情境笔记

汪丁丁／著

世纪出版集团　上海人民出版社

世纪文景

北京世纪文景文化传播有限公司　出品

序 言

　　有一种无奈，每当我面对满架书籍意识到它们都是垃圾的时候，它便涌出来，向我诉说：这些都是不得不有的，是成长的代价，是人不能成为神的明证。

　　自从背弃启蒙心态以来，渐渐地，我屈从了这种无奈。文字，不是要告诉别人真理是怎样的，它只是我在各种特定情境里的私人感受的记录，是"备忘"，是"笔记"，甚至是"隐私"。然而，它们却是不得不有的。

　　情境，真是一个丰富的语词，它比英文的"situation"和"episodes"都更丰富。哈贝马斯概括后现代理性，称之为"situated rationality"——通常译作"情境理性"，其特定含义是"敏感依赖于特定境遇的理性"。境遇（situation），较少情感色彩。相比之下，"场景"（episodes），依戏剧情节可以有强烈的情感色彩。当代的认知科学，把人类独有的一种记忆能力，定名为"场景记忆"——"episodic memory"。它是惟一能够把我们带回到温暖的过去时态的记忆能力，它让我们的追忆成为私己的。在反复思考之后，我认定"情境理性"与"场景记忆"之间存在着密切联系，故而是一个有待探讨的重要课题。对这一课题的探讨，目前正在浙江大学跨学科社会科学研究中心的几间办公室里紧锣密鼓地展开，此处不赘述。

　　也是在反复思考之后，我意识到，"情境笔记"或许是我能够找到的惟一标题，得以概括摊放在书桌上的这几十篇零七碎八的文字。这是另一种无奈，因为我们必须把有限的精力注入到一只水杯而不是同时注入到许多只水杯里，才有所积累。可是这种专业化的态度——把人生献给学问，不符合我们中国传统的幸福观念——问学的目的是人生。深受西学熏陶，又来自中国传统，于是我就有了这种无奈。

　　回到这块土地上居住，我不再远行，已经两年了。第一年结束的时候，我用了"麦田"来概括那一年写的文字。那是一个浪漫的田园诗般的主题，引出两本文集——《寻找麦田》和《麦田里的歌》。现在，第二年结束的时候，我的麦田里少了些浪漫，多了些惆怅。这一年的两本文集，《寻路问学》和《情境笔记》，多少表现了我的惆怅。

　　情境之一，是"街头"，日常生活、衣食住行、冷嘲热讽之类。情境之二，是"阁楼"，取其秘密议论之意，去其色情之英文含义。秘密议论，毕竟是议论，故而难免搬出几番大道理来，只不过，议论者不信其议论可以有用，惟束之高阁而已。情境之三，是"学园"，教育现象与教育政策批评、对未来教育的推测之类，最后那几篇来得有些意外，为要补足柏拉图创建学园的原始含义——对话、断想、理念。情境之四，是"诊所"，取其身体诊断、社会诊断、精神诊断之意。情境之五，是"墓地"，这里有我喜欢的幽灵们，和介于荒诞与真实之间的一切话题。

我建议，如果你觉得这些文字尚可入目，从"诊所"开始你的阅读，逆序向前，依次阅读"学园"、"阁楼"、"街头"。不要读"墓地"了吧？

目 录

情境一：街头

唐人街寓言

平克·潘特是一只好奇的狗,高个子,长脸,两撇眉毛和一双无奈的大眼睛,外带下巴上的几根胡须,酷似文革期间全体中国人的"副统帅"。根据美国艺术家卡通公司的考证,某年某日正午时,平克漫步穿越三藩市唐人街山顶的那条马路,走到街面大约四分之三处,对面的行人灯已经换了"停止前行"的图标,回头再看另一面的行人灯,也是"停止前行"的图标。平克无奈,只好站稳在行车道上,并于此后,被往来车辆轧成瘸子。

瘸子平克始终住在三藩市唐人街的山坡下,见得多了,智慧和无奈都与时俱进。比方说,它认为,唐人街里只有三种人:(1)游客,他们出现的频率很低。以狗族比人类高超得无可比拟的记忆力,平克把"游客"定义为每年在唐人街出现不超过13次的人;(2)伙计,他们是出现频率很高的一群人,以致平克完全打不起精神来观察他们,它认为一个每周至少在唐人街出现10次的人——包括警察、城管和看摊的业主们,已经没有什么东西值得它观察和思考了;(3)敌意分子,最引起平克的好奇心的正是这些人,因为他们虽然长着人的模样,却从事着相互劫掠和厮杀的工作——毫无目的性可言,只能用"敌意分子"来概括。

又比方说,关于唐人街的经济活动,平克认为首先与季节关系密切——因为伙计们出现的频率与游客出现的频率成正比,而这两者又与店面装饰的豪华程度正相关。其次,平克指出,游客出现的频率似乎与敌意分子出现的频率成反比——它还没有想清楚这里面包含的道理。第三,平克告诉我说,店面装饰的豪华程度还与伙计们对待敌意分子的面部表情有某种神秘的联系。关于最后的这一点,我和平克耽误了更多时间,为的是解释清楚狗族所理解的人类各种面部表情的涵义。

当我们人类露出"笑容"的时候,狗族正确地理解为"高兴"和"友好"。但是我们人类露出"洋洋得意"的表情时,平克告诉我说,它很不理解,这种表情实在有些"敌意"的味道,为什么一个人要在得意的时候对别人表示出敌意呢?最引起混淆的,是我们人类做出的"悲伤"表情,平克说,有时候它把这一表情解释成"谦虚"。可是还有些时候,它只能把这一表情解释成"愤怒"。平克告诉我说,它发现许多出入豪华店面的人——游客、伙计和敌意分子,比那些出入不豪华店面的人更经常会有那种洋洋得意的表情。平克认为这一表情是敌意的前奏，人类应当防止它出现。然后，平克向我询问了人类更深层的问题，例如，"敌意"的目的性是什么？

我们站在马路边上讨论了一个小时。平克说它理解了：人表现出得意表情的概率与他拥有的财富的数量密切相关。我试图反驳，但没有机会。平克继续说：按照这一思路，那些敌意分子要么是拥有了大量财富，要么是相信通过敌意行为能够拥有大量财富。既然如此，为什么人类把财富数量的增加当作经济活动的目的呢？难道经济活动是为了增加得意的表情从而产生更多的敌意分子吗？这实在是自相矛盾，因为敌意分子出现的频率与游客出现的频率成反比。我于是只能从更深层的问题开始我的解释：我们人类有一种狗族也可以理解的自利天性，不过，我们还懂得克制这一天性，对自利天性的克制，我们称为"德性"。我承认，狗的表现已经远远超过了人的德性，它们当中的许多个体，都愿意或者已经为保护它们的主人牺牲了自己的生命。只不过，我们人类不愿意承认狗的德性超过人类，所以我们就把狗族的德性改称为"忠诚"——它是人类推崇的美德之一，但还不是最高的德性。平克对此表示理解和无奈。

我继续解释，在自利天性与对这一天性的克制之间，人类还找到了一种协调方式，叫做"政治"——协调人与人之间利益冲突的方式。我告诉平克，人类最推崇的一位哲学家，甚至把政治看作人类德性的最高阶段。我建议平克有机会去各国首都的"议会"大厅里看看人们的表情，这样它一定会对"敌意"、"财富"、"利益冲突"这些抽象概念有更透彻的理解。

智慧程度超人的瘸子平克，说它理解了人类面临的问题，并且把这些问题罗列出来：（1）人类在政治上还没有成熟到要么培养能够克制自己得意表情的政治活动家，要么建立一种规则来克制政治活动中的得意表情——我试图解释，它说的那种规则，我们人类叫做"民主"，而且，更关键地，民主用来克制得意表情的方式，我们人类叫做"新闻监督"，而那种有效的新闻监督，我们人类叫做"新闻自由"。（2）由于人类的政治不成熟，就出现了一批这样的敌意分子，他们让一部分人——典型如警察和业主，表现出"悲伤的谦虚"或"谦虚的悲伤"。同时，他们让其余的人表现出"愤怒的悲伤"或"悲伤的愤怒"。当后者人数比前者多时，唐人街的经济状况似乎会好起来。否则，豪华的店面就越来越少。我明白，这就是平克说过的，面部表情与经济活动之间的神秘联系。（3）最恶劣的情形是，这批敌意分子因为同时拥有大量财富和政治场所而得意到忘形的地步，这时，平克说，店面几乎马上就会垮掉。因为这时，许多游客和伙计都会从"愤怒的悲伤"逐渐转化为敌意分子。

（原文发表于《财经》2004 年 2 月 20 日）

背景材料

回龙观：规划失控后的非常事件

回龙观地处北京北郊，是北京最大的社区之一，也是北京最大的经济适用房项目之一。这个项目有个好听的名字，叫"回龙观文化居住区"。在回龙观一期的图纸上，曾经有一块挺大的绿地，上面还有个足球场。由于在回龙观至今没有一处体育场馆，人们一直期盼着这片空地能够像规划图上所表示的那样，早一点成为绿地，并建成一座体育场馆。

然而，三年后，居住区都住上人了，这块空地还一直空着。事情到了 2003 年 9 月 14 日有了变化：回龙观的业主发现绿地有动工的迹象，一了解，才知道这里要盖北京市公交公司 8 栋 12 层的住宅楼。业主们意识到，如果这里真的盖了楼，那么他们在开发商出示的规划中看到的绿地和体育场馆就不存在了。于是，从这一天起，回龙观的业主们开始了漫长而艰难的维权活动（参见《回龙观绿地纠纷大事记》）。

在此次回龙观绿地纠纷中，一个核心事件就是当初小区的规划问题。2003 年 2 月 14 日，一位维权积极分子告诉《财经》，在回龙观业主维权的整个过程中，业主们曾数次到北京市规划委了解规划的具体情况，即在原来批准的回龙观小区的整体规划中，这里到底是不是绿地，是不是体育场馆；公交公司的住宅楼是什么时候立项的，其间有无规划变更的情况。

可是，几经交涉，业主们的要求没有得到明确答复。也就是说，至今所有关于这块空地的土地规划及使用情况的信息，都没有向业主披露。正因为此，很多业主对政府给出的"天鸿公司是工作失误，公交公司的宿舍项目经过审批合法"的结论并不买账。

由此可以看出，城市规划的不透明和缺少监督，很大程度上是回龙观事件愈演愈烈的制度原因。在一个对于规划缺乏必要约束的制度背景下，由于土地背后所隐含的巨大利益，想尽各种办法打通关节、变更规划，以谋求商业利益，是人们心照不宣的猜测。

类似于回龙观业主们的遭遇并非惟一。如 2003 年 11 月 24 日，在北京另一个大型经济适用房小区天通苑，两名业主在驾车上班途中，遭到不明身份者袭击，其中一人被砍成重伤，车辆被砸。业主们对事因较为一致的看法是，二人此前曾指责开发商变更土地用途，在一规划为大型花园的土地上兴建写字楼。与回龙观维权业主被打一样，这起重大刑事案件同样至今未破。

一位回龙观业主还认为，将要盖起的8栋12层的住宅楼中，并不全部是公交公司的宿舍，还有相当一部分会变成商品房出售，而由此可能带来的利益，才是引发绿地事件的根本原因。

2004年2月11日，在众多名警察和保安的监控下，回龙观这块空地"顺利"开工。在栏杆围起的空地上，各种建筑机械在紧张地施工。一个观礼台模样的建筑背墙上，刷着"认真贯彻十六届三中全会精神"的字样。铁栏杆内，每隔一段距离，就有两个保安；铁栏杆外，有几辆警车驻守。一位小区业主悄悄指了指边上的电线杆说："那上面安着摄像头……"

至此，回龙观小区居民空地变绿地的梦想，已基本破灭。

《财经》记者　石东／文

请对他们说："You are no class!"

■ ■ ■ ■ ■

读 这篇报道，不由得我不生气！这类开车的人，正应当被学生们指着鼻子说"You are no class"。舍此英俚，我不认为还可能有更合适的其他表达方式。当然，如果把这句俚语翻译出来——"你什么也不算"，它便也失去了原有的韵味。若非要用北京人的粗口来表达这句俚语，只好译成："你算什么东西？"我相信，校园里开车冲撞学生的人，已经被如此地指称过不知多少次了吧。可惜，单纯以"不是东西"来形容人，失去了原文所包含的格调。

不晓得是幸还是不幸，我们这若干代中国人，生活在转型期社会。在这样一个社会里，尤其是自从人民不再有"皇上"以来，从那些先富起来的群体里，偏偏就容易产生一种"为富不仁"的人。我说这话的时候，也顺带联想到与此密切相关的"为权不仁"的那类人。反正，北大校园里抱着书在夜路上发呆的学生们，原本比那些"炸富"起来就敢在校园里开车还撞到学生身上的他们或"它们"，要高贵不知道多少倍！与他们相比，它们简直就是"no class"。伍迪·艾伦演过的一部电影，描写一位"炸富"起来的女人，拼命要模仿贵族，在房间里装满了看上去价值连城的名画和古董，却偶然被另一天生高贵但家境不佳的女人告之满屋都是假货，她懊悔伤心地称自己是"no class"。换句话说，说"You are no class"，其意原本相当于说"皇帝没有穿衣服"，故切勿招摇。但最好是让那些开车撞学生的人自己明白并且在心里承认自己是"no class"，才合了这句英俚理想的用法。

从这些"无身份"阶级的恶劣行为说开去，难道我们不应当进一步责怪校园管理当局的无能吗？不论管理当局提出多少个理由，他们毕竟无能。一个有能力管理大学校园的当局，应当制订如下规则：（1）禁止一切机动车辆在校园内行驶。门卫若有放行机动车辆者，解雇。（2）在校园各个门口设立停车场，计时收费停车。既然要效仿外国的大学，为何不先效仿这一条呢？（3）向社会征召校园人力车队，学习四川几所大学的校园经验，在校园里提供优质的人力车接送服务。

再往深处探究，我们难道不应当询问校园管理者行为的激励机制是否设置得法吗？例如，他们每日活动的目标是什么？他们为谁服务？他们的收入是否与他们为之服务的目的"挂钩"？如果他们是社会公仆，那么，公仆怠慢了他们的主人，应受到怎样的惩罚？我们似乎应当明文规定：（1）设立由学生和教师委托的代表组成的任期制校园管理督察委员会，监督并检查校园日常管理；（2）校园主要管理者的报酬由固定工资和浮动奖金构成，其奖金部分由校园管理督察委员会议定；（3）督察委员会定期质询并根据质询情况核定校园主要管理者的奖金，质询范围必须足够广泛，以防止管理者营私舞弊；（4）督察委员会有权对不称职的校园管理者提出弹劾，并从校园收入中提出一定分额，重奖称职者；（5）督察委员会根据被弹劾的校园主要管理者的报酬水平，公开招聘符合条件的校园管理者。

我们反复强调过，在制订现代交通规则时，"弱者"总是被优先予以保护。这意味着，不论具体情况是怎样的，在交通事故的归责判断中，卡车的责任比小汽车大，小汽车的责任比自行车大，自行车的责任比步行者大，年轻人的责任比老年人大。同样的道理，学生，尤其是读书夜归的呆头呆脑的学生们，需要优先予以保护，而不是听任市场经济的弱肉强食逻辑把他们淘汰掉。

当然，你可以为市场的弱肉强食逻辑辩护，说那些不懂得保护自己的人，不值得被保护。这似乎也算是一番道理，但这样我们就要预期未来的交通工具，在均衡状态下，统统升级到吉普车甚至装甲车的水平。而我们多数人不喜欢那样一种均衡状态，所以我们从现在起就不喜欢上述那番道理。

还是回去谈如何在校园门口修建停车场吧，我觉得，这是最现实的要求。事实上，北京大学西门的斜对面就有一大片空场，足可供上千辆车停泊。当然，修停车场比盖楼房的回报率低得多，或许，腐败率也低得多，所以，未必可行。

那么，就只好先不修建停车场，先改革学校管理体制吧。反正，大学改革的号角似乎已经吹过了，还很嘹亮呢。

（原文发表于《财经》2003 年 10 月 5 日）

作为 Parking University 的北大

依稀记得读过一篇文章，叫《请把脚步放轻些》。讲的是北大百周年校庆时，从世界各地来了许多在各自领域内卓有建树的北大校友。一天中午，他们中的一部分人相约去看望师长。当接近师长们的住所时，他们都放轻了脚步，只选派了一个人先去敲门，其余人都在较远的地方等候，不敢高声话语，生怕搅乱了校园的清静。

然而近几年，随着北大的对外开放和各种面向社会的短期课程的迅猛增长，这份宁静早已不复存在。而今周末的北大，近乎成了 Parking University，各方成功人士熙熙攘攘，人流和车流骤然增多。

北京大学党委副书记王登峰认为，造成目前校园交通拥堵的主要原因有三：一是全日制学生数量上升很快，二是非北大的无论是社会上的还是外校的旁听生都不少，三是各类进修班、培训班数量不断上升。北京大学保卫部曾经做过一项统计，结果显示，每天都有数万人和千余辆车进入北大，日最高车流量为 9200 余辆。

现实中，由于汽车过多，喧哗充斥在北大的各个角落，拥挤的交通状况也给北大师生带来了很多不便。在北大的 BBS 上，针砭交通拥堵、驾车者缺乏公德意识的帖子随处可见。某一时期内，交通的话题一度晋升到了北大 BBS "十大热门话题"的榜首。

在记者的采访中，很多学生对于校园里机动车过多颇有微词。一位不愿透露姓名的同学回忆了自己在去年 9 月份遇到的一起交通意外："那天下午 5 点半左右，我骑车打算从西门出去。一路我都是靠右行，车速也不快。当行进到荷花池附近，前面刚刚进校的一辆白色面包车从我对面开来，突然，它的车头开始向我这边猛摆，而且速度极快，眼看要撞到我。我赶紧向右猛拐，急捏刹车。我摔在地上，腹部撞到车把上，疼得失去了知觉。过了好长时间，我才发现，腹部一大块地方在流血。虽没有内伤，但腹部一大块地方瘀肿，行动极为不便。"

车辆过多，在一定程度上造成了北大交通公共资源的紧张。北大校园中汽车与学生发生冲突的事件时有发生。一些车主对待学生的蛮横态度也引起了学生的不满。

一位硕士生气愤地回忆："去年本科毕业时，我在 31 楼南边摆了个书摊卖旧书。不知何时那里停了一辆面包车，下午 3 点左右来了个人，说要开车，让我们让开。我和同学就挪了挪，他还不满意，蛮横地说了一句：'丫的，快让开！'我就生气了，说'这个地方本来不让停车，你停了也就罢了，还这么横？'结果他就破口大骂，还威胁说，再不挪，就从书上压过去。"

行人车辆的过度拥挤，造成的安全隐患还不止这些。

在采访中，很多学生认为，校园应该是一个清静的地方，是一个做学问、以学术成就评判一个人是否优秀的圣地，而不是以小轿车来显示自己财富的场所，因此应该杜绝校外的机动车进入校内。

面对这一问题，学校也有自己的苦衷。校党委副书记王登峰说，北大不只是单纯的教育学生的场所，还肩负提高整个社会素质的责任。根治车辆的办法当然是不准任何非校方车辆进入，但如果要实行，来自方方面面的压力会很大。因此，目前要立足搞好内部管理，进行内部的校园建设及网络配置。可是，这又必然需要大量的投资。如果有足够的资金的话，是可以在一定时期内做到一劳永逸的，但问题是现在校方资金只允许一次只能做一两件事，资金到位了，再干其他的。于是，就出现道路一挖再挖的现象。

而道路的一挖再挖也增添了交通的混乱程度。一位车主对记者说："我在北大读EMBA，经常周末来北大上课。感觉这里的交通确实是有点混乱，还经常修路搞建设，我开着车经常看见前面一道绿网围住路，没办法只能倒车。"

目前，北大已经采取了一些措施，保卫部门加大了管理力度，但显然并未能有效地改变现状。一个"开放的北大"究竟应该如何开放，如何加大公共资源的供给以及利用效率，这可能已经不仅是一个校园问题了。

《财经》记者　李其谚／文

私车、黑车、出租车与进入壁垒

今年春季的那场灾难不仅极大地推动了北京私人车辆的销售额，而且把垄断着北京出租车市场的寡头们推入了多重困境：首先，几万辆破旧的出租车应当在奥运会之前升级换代，按照 1998 年"夏利"升级的经验，现在应当是出租车公司考虑增加"份钱"的时候。无奈，当今局势不同，即使"份钱"不变，各公司的院子里也还满满地停了一大片找不到司机来签约的出租车呢。其次，私车价格持续和迅速的下降诱致大批下岗工人和京郊农民进入"黑车"出租服务市场，其市场份额，不论按何种口径判断，也已经超过了三分之一。政府虽然推出了"严厉打击黑车市场"的行动，但我们看得出来，此类打击，断不敢太狠。道理很明显，政府养不起这些工作多年的下岗工人，已经理亏了十分，难道还要砸人家自谋生路的饭碗吗？那就不单单理亏，而且非理性，是为自己制造危机。第三，过去两年里，市民的车辆保有量猛增，至少相当于把出租车服务的市场需求压缩到了两年前的三分之二——不考虑"收入效应"。第四，以杭州为首的外地城市的出租车业的出色表现，给北京市政府造成的巨大压力，真是无法忽视。北京的出租车公司，每年"份钱"收入超过了 3 亿元。这是典型的"设"租——在原本没有租的地方设置了垄断权和相应的租金。相比之下，人家"黑车"提供的同等服务，因为不交"份钱"，向消费者索取的价格只相当于出租车的二分之一。我们消费者每年缴纳给出租车公司数亿元租金，却不得不乘坐越来越残破的出租车，迎接伟大的"新北京"和它的"新奥运"。其他官员的想法，我不敢推测。"新市长"未必忍受得了这一局面吧？

昨天见报的这则北京市第二中级人民法院的判决消息，足以把这家法院连同北京的出租业垄断，载入现代经济学教科书关于"次优定理"的中国案例集了。次优定理大致是说，如果市场不能满足"完全竞争"所需的全部条件，那么，因政府干预而使更多的"完全竞争"条件不被满足未必降低原有市场的效率。中级法院驳回一审判决，其理由，按照童处长的解释是："以前对出租车企业的份钱进行监控，现在不应该管企业太多。"

稍有经济学常识的读者都明白，如果法院意图帮助实现的是一个接近完全竞争的出租服务业，它首先就应当意图帮助把北京市目前已经有的数万辆黑车转为合法经营且缴纳管理费的出租车。这才叫做"政府退出市场"。按照这一原则，去年 12 月 10 日，朝阳法院一审判定齐兵等人胜诉，根据众所周知的现状判断，是政府根据"次优定理"对市场因垄断而生的低效率所作的改善的努力之一——它的效果是增加了出租车司机和出租车数量的市场供给。去年 12 月 13 日"首汽"上诉，今年 10 月 27 日北京市第二中级人民法院作出终审判决，驳回齐兵等人的全部诉讼请求，这叫做"政府失灵"——如果我们现在还没有足够证据把它归入更严重的"寻租"和"腐败"行为的话。

我们反复计算过，根据北京出租服务市场的现状，比较接近竞争性市场的两种解决方案是：（1）推行自由准入政策，不论是谁，只要向政府缴纳管理费并满足车辆标准，就可以提供出租服务；（2）公开竞拍出租车牌照，无限供给经营牌照，规定"指导性"出租服务价格。

以上方案，若实行（1），则管理费大约为每车每月 1000 元；若实行（2）则出租服务的指导性价格大约为每公里 0.8 元至 1 元。两方案任一种的实行，在两年内都可使北京出租服务的市场容量至少达到 10 万辆。这样，与相对昂贵的私车费用相比，北京的公共交通系统服务的"质量－价格"比就将大大改善，从而对抑制私车发展有重大意义。

大致基于上面列出的竞争性市场的解决方案（2），杭州的出租车绝大多数已经升级到"帕萨特"和"索纳塔"这类车型了。其实，政府提供的激励机制十分简单——同意把升级车辆的经营牌照在原有基础上再延长 7 年。当地的出租车司机，多为自筹投资或银行贷款购车。根据我的调查，月收入大多不低于 1500 元，按照杭州的物价指数，这一收入水平大约是北京多数出租车司机月收入的 130%或以上。

如果不计算"黑车"业务，北京出租业的年营业额，保守估计，大约是 6 亿元。而这一价值的大约 50%，是所谓"份钱"。如果政府不再保护出租车公司的垄断地位，那么直接征收出租车管理费大约可占上述价值的 10%。换句话说，每年，出租服务的消费者群体可以节约开支 2.4 亿元的租金。把这笔租金用来购置价值 25 万元的高档出租车，每年可以增加 1 万辆。至少，这就部分地解释了杭州出租业日新月异的发展。

政府退出出租车市场吗？那就取消进入市场的壁垒吧！

（原文发表于《财经》2003 年 11 月 20 日）

"份钱"的是非曲直

绝大多数北京市的出租车司机都不知道份钱已经完全市场化了。

出租车司机齐兵手里厚厚一沓的文件如今完全成了废纸。这些北京市出租汽车管理部门的文件，曾经连续性地限定了出租车份钱的上限；这些文件也曾经证实，公司多收了他的份钱。但法院最终认为，出租车公司可以根据自己的营运成本制定份钱。2003年11月11日，北京市交通委员会宣传处童处长表示，出租汽车管理部门确实已经不再对车份钱作限制性规定。

司机：政府文件曾为维权利器

齐兵是首汽股份有限公司的一名夏利车单班司机，从2000年成为出租车司机的第一天开始，他就负担着5100元的营运承包金。

2001年底，齐兵得到了1996年出租汽车管理局与出租汽车协会公布的关于营业收入水平的规定、1998年《关于贯彻执行汽车租价结构调整有关工作的通知》、1998年北京市出租汽车管理局的《关于调整出租汽车租价的通知》等一系列文件。他发现，这些文件共同规定单班夏利出租车的最高承包金应该是4634.5元。

为此，他和同事们将首汽股份有限公司第四分公司告上法庭。

出租车管理部门的文件成了胜诉的利器，去年12月10日，朝阳法院一审判定齐兵等人胜诉。靠政府的文件获胜，这对出租车司机们是第一次。

去年12月13日，首汽上诉。

今年10月27日，北京市第二中级人民法院作出终审判决，驳回齐兵等人的全部诉讼请求。

法院：车份应由市场规律决定

终审判决并非没有考虑到齐兵等人手里的一系列文件。但法官同时看到了新的变化——最后一个确定车份钱的文件是在1998年出台，而2000年后，北京市出租汽车管理部门对夏利出租车作出了更新的要求，新车的成本要高于之前的车辆。

法院认为，"之后对车辆运营承包金定额的调整，北京市出租汽车管理部门未再实行限制性管理措施"，因此公司和司机们约定的承包金是合法有效的。

齐兵认为这个判决是说：新情况出现后，虽然没有出台新规定，但老规定就视为作废，公司就可以提高车份。

政府：确实不再监管车份多少

按照北京市出租汽车行业的一贯传统，出租车份钱的多少一直受行业协会和管理部门的监管。这一判决是否意味着，政府部门无需再对车份进行监管？

从7月份开始，记者曾经多次与北京市交通委员会联系，希望得到出租汽车管理处对于夏利车车份的明确态度，但一直没有得到回答。在得知判决结果后，记者也在第一时间与交委宣传部取得联系，宣传部童处长表示，判决肯定有道理。

她表示，在市场经济条件下，在国家有关法律条款的规定之下，企业应该有一定自主经营的权利。但对于是否政府已经放弃车份钱的监管，她表示，还需再了解。

11日下午，记者得到童处长的明确回答——自1999年之后，政府部门没有对出租车的份钱出台限制性条款，出租车公司可以按照成本制定车份。"以前对出租车企业的份钱进行监控，现在不应该管企业太多。"

质疑：政府该如何让位市场

按照人们熟悉的思维，不管法律还是政策，没有新规定，就应该延续以前的法律和政策。

对于交通部门的说法，齐兵等司机无法理解——在长达两年多的诉讼过程中，他们也曾经询问过交通部门，但是没有任何人告诉他们，出租车车份政府不再管了。他们同时认为，如果管理部门真的还权利给市场，就应该有明确的文件，让进入市场的出租车司机们得到平等的信息。

事实是，在齐兵等司机与出租车公司签订协议时，他们并不知道车份应该交多少，不知道5100元钱是否合理。"成本问题出租汽车公司当然很明白，可司机们就不知道了，政府部门难道没有义务向司机明示市场的风险吗？"

齐兵等司机坚持认为，虽然2000年后，管理部门对车辆运营承包金定额的调整，未再实行限制性的管理措施，但也没有否定1996至1998年关于出租车份钱的一系列规定。他们将继续申诉。

摘自《京华时报》2003年11月12日，田乾峰／文

北京市出租车经营权如何配置

由于北京市把出租车行业看作是个"特殊行业"，即所谓的"窗口行业"、"城市名片"，认为它关乎到本地的形象，曾专门成立自收自支的出租汽车管理局专门管理出租行业。其办法则是计划经济的"审批制度"。就是说谁想进入出租行业，除了要具备经营的基本要素外，必须得有交通局的批准，由他们发给你运营执照，否则就是"黑车"，就是"非法运营"。而为了避免"过度竞争"，管理局又用有形的手对准入数量作了人为控制。这样一来，运营执照便成了身价不菲的稀缺资源。至于什么人能得到执照，明面上似乎都定有标准，但操作起来却有很大的灵活性，特别是在实行"总量控制"的北京，僧多粥少，其中不知有多少猫腻。

运营执照既然来之不易，得到了就要借它生财，也是顺理成章的事情。所以，拥有运营执照的出租车公司，便要从出租车司机身上尽其所能地获取超额利润。突出的表现就是"不平等条约"，"车份钱"定得奇高。

摘自《中国经济时报》2002 年 12 月 6 日《都是"垄断"惹的祸》一文，王克勤／文

再谈杭州食事

两年前写《食究天人之际》和《杭菜小议》时，我计划遍访西湖边的大街小巷，寻找杭菜以外足称"佳肴"的中西菜点。所幸，南线和西线陆续开通，湖滨路上也有了几家像样的去处。于是，授课之余，携内子游湖觅美食，成了我的一件工作。

沿湖滨路南行，至解放路口，有一家四川小吃店，巧妙地叫做"川流不息"，刚刚开张，很是热闹，大约是因为店主人刘仪伟在电视上主持过烹调节目吧。久居杭州，甚感"川菜不传江南"之苦。其中必有理由，此处不赘。自从遇见了"川流不息"，总算缓解了我对川味小吃的渴求。两星期内，五次造访，我和妻子每次必点"钟水饺"和"锅盔"。不过，其中第四次的水饺，配料略逊，远不如前面的三次。基于"食不厌精"的原则，我对运营总监讲述了我的感受，并阐述蒜泥之于"钟水饺"恰如柠檬草之于冬阴功汤的效果。很迅速，第五次再访时，侍者端上一碗钟氏水饺，蒜香扑鼻而来，令人食欲大振，垂涎不止。"锅盔"是一种圆形"馇面"烤饼，中空，食时夹几片腌肉或辣油拌粉丝，足以让我这类北方佬迷恋到痴狂地步。此外，这里烹制的牛肉汤面，出乎意料地好，特别是面无碱味儿，实在难得。相比之下，这里的"担担面"，虽然是店家推荐的特色面之一，味道就差得多，面也嫌"糟"。类似地，店家推荐的"麻辣豆腐"，味道也不甚如意，麻辣粉时而多时而不足，大伤食家兴致。初次造访的食客，可尝店家推荐的"三大炮"，即带馅儿汤圆煎裹豆面，一份三只，味道远不似店家鼓吹的那样出色。

与"川流不息"遥相呼应的，是西湖南岸"新天地"内的一家小吃店，据指引路径的一位经理人员说，那是"彩蝶轩"的翻版，在这里叫做"湖蝶"。徽标如蝶般美丽，室内装修也更加考究，让人联想起上海石库门新天地，尤其是那家叫做"夜上海"的小吃店门面。与"川流不息"人均消费25元相比，"湖蝶"可就贵多了，人均60元，只图半饱。我和妻子就菜单上各自喜爱的中西小吃点了七种，依次为"西洋菜南北杏蜜枣炖龙骨"、"芋丝春卷"、"蜜汁烤鳗鱼"、"鲜炸红薯饼"、"番茄汁带子烩意粉"、"山竹牛肉球"、"榄仁千层糕"。渐次品尝下来，说实话，颇有乏善可陈之慨。若要我做"回头客"的话，大约只有那份煲汤是值得重温的。其余各菜嘛，意粉就不必批评了，整个杭州，包括北山路那家以王永庆的名字招徕顾客的临湖的西餐咖啡馆，我至今没有发现一家懂得炮制意大利面条的菜馆。值得批评的，是那份蜜汁烤鳗鱼，名义上是日式菜，价格也贵得堪与日本菜馆比肩——32 元人民币一串三块拇指大小的鳗鱼段夹以半生大葱三段。葱段太老，入不得口，鳗鱼没有趁热端上来，凉得已经带了腥味儿，价格却高得令人奇怪——每一拇指大的鳗鱼段居然折合 10 元人民币。牛肉球和春卷只算得"可吃"，称不上"美食"。千层糕则搅拌了太重的香草味道，不仅称不上美食，而且未必称得上可吃。最后，我觉得，公平而论，那几块炸红薯饼，由于扑上了类似日本出产的七味胡椒粉，还是很可口的，但炸得略嫌太过，且数量太少，约合 2 元人民币一小圆片吧。为什么"湖蝶"未能如它的昂贵价格及漂亮广告所昭示的那样向顾客提供美食？仔细观察，我认为，服务员缺乏专业训练，显然是一重要因素。这里的侍者，似乎只懂得或只热衷于向顾客和熟人打招呼，对于菜单所列菜式的名称之陌生，如同外星人向我介绍地球上的建筑。高级菜馆讲究"时间性"——从厨房到餐桌分秒必争，烤鳗鱼和炸薯片必须热滋滋地端上来，才显得讲究。不提这些烦心的细节，也罢。

夕阳贴着宝　塔的时候，我们告辞"湖蝶"，沿新天地的竹林小径漫步，无意间遇到了"Pao"面包房，里面空荡荡的，窗明几净，架子上摆着不超过十种均已因长时间无人问津而干瘪的西点。我对妻子说："晚饭没有吃好，增加一道甜点吧？"我们坐下来，选了两种看上去比其他西点稍许令人放心些的，其一叫做"栗子红豆派"，两只拇指大小，卖 7 元人民币；其二叫做"牛奶面包"，大约一尺长，卖 20 元人民币。品尝之后，我得到结论：牛奶面包的味道远不如浙大玉泉校区对面新开张的那家"浮力森林"炮制的同类产品"龙卷风"，价格却贵了 30%。栗子红豆派，味道不错，虽然昂贵，但杭州市内似乎没有哪家西点店提供类似产品，难怪店员声称"不少日本人每天早上来这里买点心"。

三月初某日下午，我和友人端坐在清河坊状元馆内，心中闪过一念，细想，窃以为能说明西餐虽努力经年而不能征服杭州之道理。杭州人素以茶为食之盛事，每年春季，争相品尝新炒制的龙井茶。久而久之，胃口必然与西餐之厚重奶油不相契合，甚至连溶解奶制品之胃酶，亦未必存有。故而，与西洋人之"咖啡文化"相契合的诸种饮食，如意大利芝士面条、法兰西烤蜗牛、美利坚黄油薯皮、甚至哈根达斯的"浓情黑森林"，均未必找得到足够庞大的市场以维持其营运利润。此杭州不同于上海及香港之理由，竟足以拒西餐于西湖以外！

（原文发表于《杭州日报》2004 年 5 月）

商品质量与监测费用

现在这一题目里的四个语词，就我知道的经济思想史而言，"质量"一词是让经济学家最费思量的。这一语词，其实应当是一个单字——"质"（qualities），且应当以复数形式出现。把它写成"质量"，又无法区分单数与复数，盖源于我们汉语一贯就有从而标准化了的"不精确性"。

就概念而言，质与量的结合是一个矛盾。就"质量"概念是一个自相矛盾的概念而言，它肯定反映了以汉语描述的生活世界里某一类重要的合理性要求——在同一"功能"类别之内的商品之间就履行功能而言的"质"的比较。

例如，"杯子"的功能，要求在一切具有"容器"功能的物品类别之内单独分离出来一个子类，它应当包含一切可以手执的容器，从而至少在功能上可与诸如脸盆和水池这类物品相区分，称之为"杯子"。当然，可以手执，是"好用性"的一种。而好用性本身，又与质相联系着。所以，每一种新提出来的"功能"，都意味着一个新的质的类别。正是基于这样的思考，我在上面说过，质和量的结合是一个矛盾概念。可是我们毕竟经常谈论不同杯子的质量，故而，在汉语里谈论杯子的质量，而不是脸盆或水池的质量，是有现实意义的。这使得我们能够进一步谈论杯子这一功能类别之内的"不漏水的杯子"这一子类，更进一步谈论"美观的不漏水的杯子"、"实用美观的不漏水的杯子"、"精致实用美观的不漏水的杯子"等等越来越细的质量类别。

其次，我们又可以就上列各项质量类别——它们每一个都满足了汉语一贯的不精确性——加以精确化。例如，"实用"被进一步划分为"好用"和"耐用"。不过，"精致"和"美观"，则因材料、工艺、使用者的审美品味而可以有千差万别，以致任何"标准化"的类别都隐含着某种荒唐，此处恕不赘述。

总而言之，"质"比"量"根本得多也重要得多。量，是为着实现质而遮掩了质的差异的质。质，归根结底是基于主观价值体系的判断，是品味，是从差异中昭显价值的人生艺术。

因此，每一个消费者都有因其人生价值和判断艺术而不同于其他消费者，且因具体情境的改变而迅速改变的关于商品质量的"标准"——其实它不再是标准，而是特定个人在特定情境中对特定商品的满意程度。

如果你同意我关于"质量"的如上解释，那么，你不妨认为，质量其实就是经济学教科书里所论的"效用"。只不过，效用概念太浓缩，其哲学含义以及与人生艺术的关系往往被我们忽略。

在许多情境中，消费者很容易判断物品的效用，典型如"纸币"的效用——稍许留心便可识别假钞。还有许多情境，消费者很不容易判断物品的效用，典型如"医疗服务"的效用——其最终检验只能基于我们对健康状况的判断。

当我们很难判断商品的效用时，用经济学语言表述，就是发生了很高的"监测费用"。另一方面，同样的情境，用制度分析的语言表述，就是用以监测商品质量的制度的费用太高。在纸币通行以前的时代，艾智仁曾经论述过，人们难以判断金属货币的效用，因为"成色"不易识别。纸币降低了信息不对称性，从而降低了识别成色的费用。艾智仁还论述过，钻石的真伪很难判断，常常需要打碎了钻石才可辨识其真伪，故而监测物品质量的费用几乎占了物品总效用的百分之百。为此，人们引入一项新的制度，即钻石专家的竞争性市场。因为专家之间有竞争关系，所以，专家们很爱惜自己的名声，从而降低了消费者辨别钻石真伪的费用。张五常在《经济解释》里对香港玉石专家的服务市场有一大段精彩描写，令人难忘。

事情当然还可以更加复杂。例如我们对"股票"质量的判断，依赖于许多不同环节上的许多不同监测制度——包括上市监管机构及其质量的监管，企业信息的流通方式及其质量的监管，股票分析师及其质量的监管。在每一个环节上，都有我经常引述的所谓"三类监督方式"——基于道德自律的第一方监督，基于相关各方利益制约的第二方监督和基于利益无涉原则的局外机构的第三方监督。"安然"事件之后美国监管机制的演变方向表明：当第一方监督的费用上升时，也即在第一方监督失灵的那些场合，为了维持以往的交易规模，第三方监督往往取而代之。可是，基于经营者道德自律的监测毕竟与第三方监督（例如政府监管）十分不同。政府监管过于严密，且不说"寻租"和腐败的机会大大增加，仅仅监管机构的公正的官僚化，就可能剥夺经营者发挥其企业家创新能力的绝大多数机会，从而大大增加了商品的生产费用。在这一视角下，商品的"生产"费用和商品的"制度"费用之间不是独立无关的，虽然竞争性市场所要求的是二者之和的最小化。

食品质量监测，遵循着同样的原则。只不过，在这类情境中，消费者的判断能力远比其他监督者重要。还是那句口号：没有挑剔的消费者，就不可能有精致的生产者。

（原文发表于《财经》2004 年 1 月 20 日）

食品安全的现实与出路

餐桌上的美味佳肴令人垂涎，但有时暴露出的"画皮"下的真实面目却令人难以下咽。挥别 2003 年，食品安全的警钟依旧在耳边回响。

谁知盘中餐，粒粒皆"危险"

2003 年，金华火腿遭遇了 1200 年以来最为"寒冷"的冬天，面对敌敌畏的腐蚀，千年的声誉土崩瓦解。

太仓肉松同样损失惨重，这种江浙居民熟悉、喜爱的小菜，原料居然是死猪肉和母猪肉。食客反胃之余，各地超市商店里的"太仓肉松"纷纷撤架。

浙江温州苍南的"乡巴佬"卤制食品也在去年年末应声落马。不法奸商居然使用了粉刷墙壁的涂料"酸性橙"为卤鸡腿上色。当地卫生部门在事后又查扣了硫酸钠、磷酸氢钙、无水氯化钙和片状硫酸铜等大批化学药品。

温饱是全人类的基本需求，中国人格外珍视手捧的饭碗，不仅仅因为中华民族是世界上最古老的一个农耕民族，更是因为几千年来的不断灾荒，在中国人的记忆中留下了抹不去的印记，"民以食为天"的千年古训，代代相传。

如今中国已经基本解决温饱问题，人民的饭碗从未如此富足。但是老百姓仍然不敢掉以轻心，因为头上的这片天，还有或大或小的"臭氧层空洞"：伪劣食品，给中国人的肠胃带来一次又一次的"生化危机"。

随着众多食品安全案件陆续曝光，消费者又惊又气地发现：除了肮脏不堪的制作环境、来源可疑的原料之外，众多化学药品成了奸商化腐朽为美味的"仙丹"：甲醛、双氧水和吊白块漂白水产品，瘦肉精养猪，毛发水充当酱油，水银灌注肥肠，矿物油抛光大米，硫磺熏银耳，滑石粉增白面粉，洗衣粉炸油条，高磷农药浇蔬菜……金属、非金属、无机物、有机物，堪称一部另类化学课本。

有时真令人不得不感叹："谁知盘中餐，粒粒皆'危险'！"

漫漫监察路，款款道德心

不能将希望寄托于生产厂家的自我道德约束，在一次又一次的震惊中，人们艰难

地培养着自我保护意识：挑面制品要选那些不太白的，买来菜后要浸泡一个小时才下锅，多去超市购买食品……

可是，不能依靠普通百姓为食品安全"埋单"。

"吃什么才安全？""靠什么来保卫我们的健康？"在向市场经济的转轨中，广大的食品生产经营单位获得了活力和发展动力，但由于缺乏有效的管理和约束，个别唯利是图的害群之马将人民群众的健康和生命置之度外。

随着一些食品安全案件的曝光，各地纷纷加大了食品监督检查力度。农业部门负责种植养殖环节，技监部门负责生产环节，商委、工商等负责零售环节，卫生监督部门负责养殖、种植以外各个环节食品的卫生，还有质监、环保部门……据悉，中国食品安全方面的监督人员已经达到了百万之众。

2003 年，北京工商部门建立了市场快速反应机制，要求严重危害人身安全的食品四小时内在全市下架；上海卫生部门全年检查约 64.7 万户次，抽检样品数约 46.4 万件，处罚的案件达 1.7 万件，同比都有明显的增长；国家质检总局的食品安全市场准入已经或正在覆盖到肉制品、乳制品等 15 类主要食品；卫生部、食品药品监督管理局的食品安全行动计划等也已实施。2004 年新春临近，各省市对食品安全的市场监管、卫生检查等全面铺开。

然而，单纯依靠各类明察暗访，食品安全的防护仍难严密。上海市卫生局卫生监督所业务办公室主任顾振华告诉记者：全上海 2000 名卫生监督员中的一半主要负责食品安全，在食品安全监察行动中属于"主力部队"，但是，这 1000 人管理的食品生产、经营单位的数量为 10 万个，以 1000 对 10 万，难免力不从心。同样的情况也存在于其他负责食品安全的部门。

建立食品安全框架问责政府

2003 年轰动一时的辽宁海城豆奶中毒事件中的主犯被判处刑期三年半、罚款 20 万元。

上海复旦大学卫生法学教研室达庆东教授表示："我国已经有食品安全案件判处死刑的案例，这将有利于真正发挥法律法规对于制造伪劣食品责任人的威慑力，也体现了党和政府把食品安全放在案头和心头。"

2003 年，食品药品监督管理局成立。它将在各个部门之间发挥牵头协调的作用，整合力量，化多头管理为形成合力，改变过去"八顶大盖帽管不好一头猪"的局面。

从 2003 年开始，中国食品单位负责人（法人）、管理员和采购员"三员"分批走进课堂，参加统一的培训和考试，上海等省市还在饮食、食品连锁批发市场等重点单位建立起一支专职的食品卫生管理员队伍。政府有关部门也正在加紧对行业协会进行指导和帮助，帮助发展会员单位、建立行业自律规范。

同时，从通常的罚款、行政处罚到追究违法者的刑事责任，食品安全的处罚力度正在逐步加大，一批重大案件责任人得到了严厉打击和处罚。

在加强监管的同时，探索建立食品安全框架的进程已经起步。在食品安全的监管上，责任政府的形象将更鲜明。

摘自"新华网"2004 年 1 月 6 日，仇逸、冯源／文

现代性与食品安全

食品安全问题之所以成为公众关注焦点，与现代性有密切关系。在漫长的农业时代，人口平均寿命停留在 35 岁以下。阻碍人类提高期望寿命的重要因素，不是癌症与食品安全，而是瘟疫与营养不足。仅当期望寿命超过生育年龄的上限，例如 50 岁的时候，心血管疾病和癌症才成为人类生命的"头号杀手"。在更高的期望寿命阶段，例如 70 岁的时候，我们将更频繁地面对由基因缺陷导致的各种"个性化"的疾病——包括心理疾病。也是在人类的这一发展阶段，食品的"安全"成了问题。

现代性在中国社会有三重含义。其一是指传统农业社会向着工业社会的转型，其二是指传统价值与道德观念被现代价值与道德观念所取代，其三是指中国本土的文明及生活方式被来自西方的强势文明及生活方式所取代。

上述现代性的第一重含义，意味着大多数中国人不再可能维持传统的自给自足的或乡土的经济，他们日常生活所需要的数以千计的物品和服务，是由工商社会特有的迂回且复杂的分工的链条和网络所提供的。而且，根据上述现代性的第二重含义，这些分工的链条和网络得不到类似西方社会的那种连续存在的传统价值与道德观念的支持。当我们意识到道德在中国的沦丧是如此普遍的时候，我们就会对下面这件事情感到惊讶：被西方社会的传统价值与道德观念支撑起来并由于获得了极大成功而蔓延到中国社会的现代分工链条与网络，居然在相应的传统价值与道德观念缺失的情况下凑合着运行了多年而没有崩溃。这件令人惊讶的事情之发生，依赖于上述现代性的第三重含义所指的过程——现代分工链条与网络蔓延到中国社会。与此同时发生的，或者相伴而生的，是西方文明及生活方式在中国社会的蔓延。这后一种蔓延，带来了协调现代分工的组织形式、规章制度、政府机构、人际交往的风格，甚至不同的思维方式和语言。

突然陷入了三重现代性的中国人的日常生活，岂止食品发生了危机？他们生活的一切方面都在发生危机。让我从自己的旧作（1996 年 9 月 13 日《经济学消息报》，"生活中的道德风险"）摘录一段描写：

怎么可能呢？我从床上爬起来，活着，楼房没有被什么炸弹爆破了（感谢治安人员），没有提前倒塌（感谢造房子的工程人员），没有让飞机给撞毁，没有着火，没有……就从这一刻起，我能够活到第二天早上的概率是多少呢？我没有估计过要多少次重复运用初等概率的"加法原则"和"乘法原则"，不过我可以估计，我这一天的生命大概要依赖于几万个分工工序上的与我的生命毫不相干的人。分工的链条越长，每个环节上"出事"的概率如果不变，"加法原则"使用次数就越多，我生存的概率就越小。

当我们每个人每天生命的延续都要依赖于几万个分工工序上素不相识的人的时候，如我反复解释的那样，每一个人的生命的维系就要依赖于：（1）每一个人的道德意识、责任感、良心；（2）能够淘汰劣质商品的充分竞争，契约各方在寻求合作伙伴时的充分竞争，向消费者提供商品信息的专家之间的充分竞争；（3）足够细致和有效的法律及监管规章，足够公正的司法，足够严明的执法，以及这一监督系统的足够低的运行成本。

这样，我又要解释曾经解释过的结论：当上列第（1）项因素不再发挥作用时，我们只得完全依赖于上列第（2）和第（3）项因素，来求得解决食品安全问题的办法。这两项因素相比，孰轻孰重？从目前情况判断，第（2）项因素是否能发挥主要作用，依赖于食品供给者是否在乎自己的品牌和信誉的竞争优势，以及如何引进食品咨询服务的竞争性市场。越是难以监督的食品类型，其市场的开放程度就应当越高——最好直接开放给原本就处于最广泛和最严格的监督之下的跨国公司。对于低端市场，则应当对以盈利为主要目的的"打假专业户"给予法律保护，而不是像上海等地最近裁决的那样施以重重限制。第（3）项因素是否能发挥主要作用，依赖于法律和政府系统的效率与廉洁。我们不难想像，如果引进类似美国食品与医药管理局（FDA）那样的机构，该机构在中国将多么迅速地变得既庞大又腐败。

假如上列三项因素的作用都不足以解决食品安全问题，那么，我们只能回到中国的"耕读之家"传统中去，回到自给自足的生活方式中去。事实上，杭州的一部分中产阶级上层人士，正尝试在各自的乡村别墅营造"采菊东篱下，悠然见南山"的田园生活。

所以，让我继续援引我自己的那篇旧作：为了使我们的社会分工得以残喘，每一个参与了分工的人必须学习和遵循诸如职业道德这样的行为规范，尽管在个人好处的计算里，这不带来任何收益。道德是一种精神现象。市场经济是一种物质现象。不过，如我一贯所说，这个物质现象的存在是以这个精神现象为基础的。

如果面孔可以随意改变……

如果整形手术的费用越来越低，如果我们的工资越来越高，这两个条件当然可以同时成立，只要每一次整形手术所包含的医务人员的劳动时间随技术进步而不断减少，且减少的幅度不趋于零。那么，不难想像，未来的中学生们可以像配隐形眼镜那样改变自己的面孔——以几乎同样的价格。

面孔，根据脑科学研究，是人类和其他灵长目动物的社会认知的基本对象之一。我们从对方的面部表情想像和判断他正在经历的情感——欢乐、痛苦、悲伤、愤怒、嫉妒、无奈、索然无味、兴奋若狂……我们大脑皮质和深层结构（包括"杏仁核"与"海马体"）的一组功能叫做"他心理论"——想像他人情感和意志的能力，该能力的核心部分是对面部表情的认知。后者，在尚未演化出"他心理论"的其他灵长目动物的脑内，例如在恒河猴的脑内，以一种叫做"镜像神经元"的形态存在着。

北京大学心理学院的沈政教授和他的同事们，在近年发表的论文里报告说，猴脑的单个神经元对熟悉和不熟悉的人类面孔可以有显著不同的反应强度。单个神经元对熟悉面孔表现出更强烈的反应，是因为熟悉的面孔总能改善猴子的生存条件，故而是一种基于"条件反射"的学习过程。

如果面孔可以随意改变，那么我们灵长目动物的脑，在几百万年里积累的基于面孔的社会认知能力，就派不上用场了。这有些像网络社会里发生的情形：人们在这里可以随意更换身份，从而人们无法从对方的身份推测对方的任何内在特征。

当"身份"蜕变成为纯粹外在于个体的特征的时候，它只相当于我们穿着的衣服和佩戴的首饰。只当我们的品味和格调无意之中从我们的穿着和佩戴中反映出来的时候，我们才可能从衣服和首饰推测对方的内在特征，并且这一推测的准确性正比地依赖于人们更换衣服和首饰的费用。

有一天，我记得是 2035 年秋季开学的那天上午，曾听过我的制度分析基础课的一名女生带着刻骨的仇恨走进教室，虽然，首先，我完全不认识她，其次，我不能从她的表情推测她是否当真对谁怀有任何仇恨。事实是，课间休息时她告诉我，她听过我的课，只不过上个学期她用的是另一个名字。再次，她正在实践一种叫做"相反体验"的哲学，这种哲学主张人们必须在恨中感受爱，在爱中感受恨，在悲痛中感受快乐，在快乐中感受悲痛……非如此而不能开发我们人类的更加细微的心理能力。总之，当时，我们站在走廊里，从她的言谈举止，我推测她完全没有仇恨，相反，她似乎在体验某种爱情。

当然，在很大程度上决定着面部表情的，是"眼神"。就我所知，尚且没有任何技术可以让我们随意改变眼神。所以我们可以继续认为，眼睛是心灵的窗户。只不过，注意，当我从她的眼神里推测她的心情时，我是在对她的面孔和眼神所传达的意义做整体认知，而不是分析。例如，悲伤是一种心情，它必须与悲伤的面孔和悲伤的眼神相结合。如果面孔传递着欢乐而眼神传递着悲伤，如果这当真可能，那么，我们的认知就会发生困惑，我们甚至会患精神分裂症或其他种类的脑功能分裂症。除非，像上面我回忆的那位女生所说，我们正在开发一种更细微的心理能力，这种能力可以把一个新的意义赋予结合了悲伤的面孔和欢乐的眼神的表情。

又过了一百年，那时候的人类不得不仅仅靠观察对方的眼神——可以与形形色色的面孔相结合的眼神——来推测对方的心情。在很多场合，尤其是当他们需要遮掩自己的内心活动时，他们发展出一种让眼神独立于心灵的技巧。这种技巧的高度发展，终于使"眼睛是心灵的窗户"这句古老的格言真正地过时了。

现在，表情彻底地与内心活动相分离。我们在网上交流思想，但无法确认任何人的身份；我们在街头遇见熟悉的面孔，却难以确定它们不是影视歌星和政治领导人等类别的明星面孔的复制品。有时候，出于需要，我们的亲人、朋友、商业伙伴或竞争对手的面孔也会被复制，于是我们甚至需要仔细辨认我们自己的亲人、朋友、商业伙伴或竞争对手的面孔。

再后来，从"人马座α"——距离我们太阳系最近的另一个太阳系，有一种智慧生命来到地球上，它们能够让自己的形体和表情时刻模仿它们遇见的任何一个人。不过，初步接触表明，它们对地球人类并没有怀着恶意。尽管如此，它们生活在我们中间，这一简单的事实，足以让我们人类的面孔以及我们的一切外在形态彻底丧失意义。我们不得不发展一种新的社会认知能力，让我们能够把一个人的内在特征与这个人的行为和心理活动——例如他的"行为模式"、"言语模式"，甚至"心理模式"，比较稳定地联系起来。这种认知能力最终演变成为一种直觉，让我们能够迅速判断任何一个人与我们自身的关系，但不是从面孔、眼神以及其他外在特征。这是可能的吗？

（原文发表于《IT经理世界》2004 年 5 月 20 日）

车，也是一种教养

年前，我写了《都市是一种教养》，引来不少赞赏与或许数量更多的批评。后来，我上网拜读对我那篇文章的批评，发现大多是为汽车工业辩护的——在我的经济学家朋友们看来，汽车与住房是中国现阶段经济高速发展的两大"支柱"产业，委实不可以有任何形式的批评。

我还记得，大约两年前，每天早晨，从这个小区的几十栋楼里走出来几百位老人，沿着宽敞的小区街道两侧，一边互相问候，一边舒展腰身，在笼罩宝 山和黄龙洞的晨雾里漫步。以这样一种慢节奏的悠闲的生活方式，这些老人平静地生活着，不断刷新着中国人口长寿的纪录。就说我楼下那位"阿婆"吧，她的 5 个子女都在北美或香港工作。阿婆说："我不愿意去，他们也不愿意回来，……因为把钱看得太重。"阿婆今年 85 岁，身体硬朗，喜欢帮助邻居和素不相识的路人，整天都在外面忙忙碌碌。昨天下午我出门，看到阿婆坐在楼前的台阶上读报纸，那副样子犹如小学生放了学还不愿意回家似的。

现在，我住的这个小区，已经基本上被灰色的水泥和冷酷的钢铁覆盖了。西方式的现代化，根据它那套"放之四海而皆准"的法则，在我们这个小区也不例外，成功地打破了传统中国的宁静生活。我多次见到三两相扶的老人们，被野蛮穿越小区的汽车鸣笛驱赶到极端狭窄的道路两旁，几乎跌到树丛里。孩子们再也不能令人放心地在院子里戏耍，因为他们的生命——还来不及养成对现代交通工具的警觉——随时可能被那些喜欢开快车穿越小区的人断送。

据本地报纸披露，杭州市今年 3 月份各类交通事故比去年同期猛增了一至三倍以上。考虑到杭州市的私人汽车数量正以同样的速率猛烈增长这一事实，读者不难理解为什么同期可比的自行车和行人死亡率上升最快。事实上，根据我随手从北京国贸大厦一家航空公司办事处里拿回来的一份世界旅游刊物的报道，2003 年全世界交通事故的 20%左右发生在中国境内，而后者只不过保有全世界汽车总量的 2%左右！

都市是一种教养。车，也是一种教养。2004 年 4 月 30 日，杭州市的交通警察沿着一条繁华街道罚款：凡不遵守最新发布的"遇斑马线必须减速行驶"法规者，处以 200元以下罚款。截至当日傍晚，已经有超过百辆汽车被罚。

与包括出租车在内的各种车辆相比，我最喜欢乘坐我在浙江大学的一位同事的车，虽然那车本身是很破旧的——在杭州和北京街道上行驶的私家车的"车龄"，如果做一次统计回归，大致与车主的"驾龄"成正比。与充斥着杭州街道的那些火急火燎的豪华车的"暴发户"式的疾驶迥然不同，我那位同事保持着真正贵族的驾驶方式——不紧不慢，悠闲自在。当然，这样的方式也有风险，会招来鸣笛和咒骂，甚至以"阻碍交通"为由被罚款。

开车的方式显出车主的教养，从停车的方式更容易看出车主的教养。下午在街头漫步，我常见到车主们争抢宝贵的泊位——小区的泊位早就满额了，没有买到泊位的车主，只好抢占街口的位置。即便有合法停车位的车主们，也难免为车的各种安全问题操心劳神。我的一位邻居，刚刚结束了家庭内部的一场争吵——我住的楼，墙壁很薄，邻居家客厅里正常的对话尚且听得清清楚楚，何况是争吵呢。起因是主妇新买了一辆车，大约与另一邻居抢车位，发生过冲突。于是，新车的两侧车门都被刀子划过，需要支付 500 元修理费。妻子坚持要"以牙还牙，以眼还眼"。可是，这就意味着邻里之间大打出手。丈夫和儿子百劝不止，对话便逐渐升级为争吵了。

都市和汽车都是经济发展和技术进步的产物。哲学家告诉我们，技术"不思"，它没有思考能力，它必须掌握在会思考并且有德性的人类手里，才不会酿成灾难。当然，经历过两次世界大战，普通的人不需要哲学家们的帮助也明白这一基本的技术哲学原理。技术的含义是，它倾向于强化它的掌握者的能力，于是，相应地，它要求它的掌握者不断提升道德水平。也是在这一意义上，我强调指出，都市和车是教养，而不仅仅是经济组织方式和技术。

我的经济学同行，或许要争辩说：道德是在市场竞争过程中自然养成的，故而无需担心。强权遇到强权，自然会建立规则并相互尊重权利。可惜，在汽车如何行驶这件事上，我论证过，强权法则的均衡结局将是大家都驾驶坦克甚至比坦克更"强权"的运输车辆。或者，借用左派诺贝尔经济学家阿玛蒂亚·森多年以前的呼吁：为什么我们非要把自己变成"理性的傻瓜"呢？

法律（所谓"第三方监督"机制）与自由竞争（可视为"第二方监督"机制）的市场，绝不是万灵的制度。离开了与之相适应的道德意识（即"第一方监督"机制）的支持，它们不仅不是行之有效的制度，还很可能是行之失败的制度。

（原文发表于《IT经理世界》2004 年 6 月 5 日）

对交通肇事车辆的惩罚问题

芝加哥学派的法律经济学带给我们许多好用的分析方法，其中，对交通肇事的最佳惩罚力度的分析，是一个由贝克尔本人提供的经典例子，刚好适用于这篇报道所描述的场合。

我用图一来表示贝克尔的分析方法。这里，法院对肇事车辆所施加的平均惩罚力度，按照强弱被排列在横轴上。从社会角度看，法院对肇事当事人施加的每一特定的惩罚力度，将产生两方面的费用：（1）因惩罚力度不足故而对未来的潜在肇事者警告不足，并且由此而增加的未来交通事故损失。这一损失依赖于特定社会在特定时期赋予其成员的身体和生命的价值，依赖于缓解交通事故损失的各项技术，依赖于肇事车辆平均而言造成损害的能力。（2）因未来肇事者逃避惩罚的努力而发生的惩罚的执行成本。显然，这一费用依赖于社会成员平均的守法程度，依赖于执法机构的规模和能力，依赖于对逃避惩罚的惩罚的力度等等。

图一：第一肇事车辆给社会带来的总费用可以分解为，因惩罚不足而增加的未来肇事所带来的损失，以及肇事者逃避惩罚的努力所带来的惩罚的执行成本

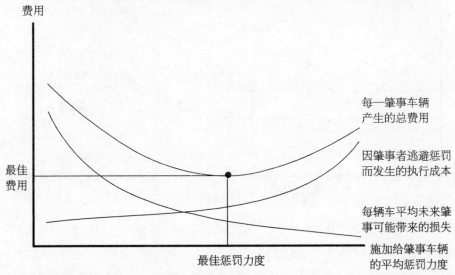

上列第（1）类费用，在图一以"未来损失"曲线表示，它随惩罚力度的增加而递

减，但递减的程度随惩罚力度的增加而逐渐减少，反映了经济学教科书通常假设的"边际收益递减律"。这样，"未来损失"曲线的形状，就是凹向左下方的。上列的第（2）类费用，在图一以"执行成本"曲线表示，它随惩罚力度的增加而增加，并且递增的程度随惩罚力度的增加而逐渐增加，后者是因为我们对坏事物的承受有一定限度，越接近这一限度，坏事物对我们而言就显得越坏。这样，"执行成本"曲线的形状，就是凹向右下方的。

这两条成本曲线的纵向叠加，就是社会预期的未来交通事故的平均总费用，在图一以"总费用"曲线表示。这一总费用曲线的最小值，叫做"最佳惩罚费用"，它所对应的惩罚力度，叫做"最佳惩罚力度"。这一惩罚力度也就是法官在审理交通事故案件时所需要的经济学根据。

下面我要讨论两种最切合我们社会目前交通状况的情形。第一种情形：汽车数量的增长如此迅速以致交通系统的其他方面无法作出相应的改善，从而执法系统能够分摊到每一车辆上的监督能力迅速减少——例如每名交通警察负责监管的车辆的数量迅速增加。这相当于对肇事者施加惩罚时的平均执行成本的下降，表现在图二内，就是执行成本曲线 1 向下移动到执行成本曲线 2。

图二：最佳惩罚力度随执行成本的下降而增加

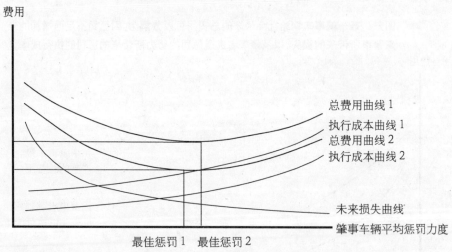

费用

总费用曲线 1
执行成本曲线 1
总费用曲线 2
执行成本曲线 2

未来损失曲线
肇事车辆平均惩罚力度

最佳惩罚 1　最佳惩罚 2

这一相对变动的"比较静态分析"告诉我们，在正常情况下，图二的"总费用"曲线将从 1 向下移动到 2，从而导致相应的"最佳惩罚力度"沿横轴向右方移动。也就是说，如果城市里的汽车数量突然有大幅度增加，那么，从社会总费用最低的角度看，法官应当对交通肇事者施加更重的惩罚。

第二种情形：社会经济发展正处于所谓"起飞阶段"，人均收入迅速增长，以致生命的价值在短期内有较大的上升。这相当于"未来损失"曲线从较低水平迅速向上移动到较高水平，如图三所示。这样的相对变动，它的比较静态分析告诉我们，在正常情况下，图三内"总费用"曲线将从1向上移动到2，并且导致相应的"最佳惩罚力度"沿横轴向右方移动。也就是说，如果人均收入水平迅速上升从而人的生命价值迅速上升，那么，法官应当对交通肇事者施加更重的惩罚。

图三：最佳惩罚力度随生命价值的上升而增加

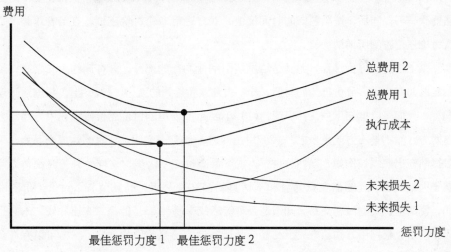

结合了上述两种情形，读者不难判断，如果一个社会的人均收入迅速增加从而生命价值迅速增加，同时，城市里面突然涌现出大批的汽车从而每辆汽车能够分摊的监督能力迅速下降，那么，法官应当对交通肇事者施加严重得多的惩罚。

上面的分析，从交通事故治理的经济效率角度，为香港法院对这一案件的较重的判决提供了理由。我们对这一理由的推演过程，显然也适用于国内其他地方的同类案件，尤其适用于北京和杭州目前的情况。基于这一理由，我们呼吁北京和杭州的法院对交通事故的肇事者施加比以往同类案例重得多的惩罚。

出租车寻价与逆向选择

为说明出租车司机的寻价行为，我打算先从典型的寻价说起。我们走进小商品市场，随处可见的，是寻价行为：卖家高价喊出，买家则根据常识，在要价的拦腰处砍一刀。随后，按照各自的时间价值，双方进行多轮讨价还价，直至收敛到"二人讨价还价"的所谓纳什解。

以上描述的寻价过程，尤其是结尾援引纳什均衡的部分，大有简约主义之嫌，虽不足以为真实世界寻价行为的写照，却不失为该类行为的某一"理想型"。根据这一理想型，我们可以推知下列几件事情：(1) 小商品市场里的讨价还价限定在甲方和乙方这两方，而不是三方或更多方。(2) 甲乙两方各自有一底线，认真要达成交易者，可以提前亮出底线，例如，"最低价格"，或"最高价格"之类，这样一种策略使对方能够省力地辨识认真的潜在交易者和不认真的潜在交易者，而且节省了讨价还价的时间，使两位认真的潜在交易者知道是否可能达成交易。(3) 但是"亮出底线"未必是最佳策略，根据甲方和乙方关于交易商品所掌握的信息的结构差异，双方可以有许多其他的最佳策略。例如，甲方可以暗示乙方，这一商品以更低的价格在附近出售；或者，乙方可以暗示甲方，这一商品是通过特殊渠道进货的故而价格奇低。(4) 不同的策略通常可以实现不同的均衡价格。这一事实不意味着纳什讨价还价模型及其解是错误的，只意味着纳什讨价还价模型的初始参数——尤其是甲方和乙方各自拥有的权力的——不同。(5) 基于某种理由，卖家不希望买家把讨价还价达成的均衡价格公布给其他潜在的买家。隐含地，基于同样的理由，在讨价还价之前，买家也不希望卖家把讨价还价的信息公布给其他潜在的卖家。(6) 于是，小商品市场内的寻价行为通常只涉及甲乙两方，而不涉及更复杂的三方或更多方。换句话说，"二人讨价还价"是小商品市场里寻价行为的稳定形态。所谓"稳定"形态，就是不需借助外力，仅靠市场自己的力量就可以保持的形态。

杭州的出租车，多为"帕萨特"、"中华"，或具有同等排气量的汽车，例如"红旗"、"普桑"、"索纳塔"，总共约 7000 辆，以私人或小公司经营为主。政府拍卖出租车牌照，每块牌照的价格约为 20 万元，经营期限均超过 7 年。公司竞标得到牌照后，再招收拥有满足政府要求档次的汽车的司机，并每月从出租车司机处征收数百元管理费。从产权经济学角度看，杭州实行的这套制度比北京的效率更高，且极大减弱了对"黑车"进入市场的激励。

杭州的出租车，四公里内，起价 10 元，四公里以后每公里按 2 元计费。不过杭州城市很小，大多数乘客只在起价范围内就下车了。以目前的价格和市场，据出租车司机的估算，大致可以养家糊口，盈余的，刚好被日后车辆更新的投资所抵消。

出租车寻价，形式与小商品市场里的大为不同。如上述，政府规定了出租车起价和每公里价格，寻价主要以非价格形式表现出来。例如，上下班高峰时段，是出租车服务的卖方市场，司机"挑"乘客。所谓"挑"，也不能明目张胆地挑选——因为乘客可以投诉司机"拒载"。司机挑乘客时，是用眼睛扫描路边乘客，然后决定是否停车载客。出租车在没有停稳的情况下又加速驶离，不算拒载。没有停稳的情况很多，例如，司机可以放下车窗询问："去哪里呀？"如果所去方向堵塞严重，或者距离太近，或者回程空驶率太高，或者与交接班地点背道而驰，司机都可以加速驶离。

如果避开高峰时段，你出门"打的"，很容易发现自己是买方市场的分享者。这时候，你可以随意挑选最喜欢的车型。例如，我妻子只挑选座位干净整洁的出租车。根据出租车服务市场的惯例，乘客截停出租车之后，只要计价器尚未开始计价，就可以拒绝乘坐，另行截停其他车辆。与妻子的偏好十分不同，我喜欢挑选宽敞的车型，例如"索纳塔"和"中华"。

可是，在杭州，还有一些出租车司机，我称之为"搭便车者"。他们的策略是在一切时段都坚持挑选乘客——只做远途生意，不做或少做近距离的生意。杭州是一座旅游城市，不缺少机场和火车站这类远途生意。这一策略的特点在于，据我的估计，搭便车者平均每天可以多收入 200 元。换句话说，如果杭州的出租车司机平均每月营业收入 1 万元，那么，搭便车者每月营业收入可达 1.6 万元。扣除油费及维修等开支，挑生意做的司机比不挑生意做的司机可以提前三年收回汽车投资。从司机的立场看，这一策略具有明显的占优性质。

不过，上述占优策略是以其他司机平均收入的下降为代价的。因为，假定市场里的远途生意与近距离生意的数量之比为一常数，那么，搭便车者其实是降低了那些遵从公平游戏策略的司机可能得到远途生意的概率。这样，长期而言，遵从公平游戏策略的司机将因入不敷出而逐渐退出市场。这一现象，叫做"逆向选择"——质量高的司机被质量低的司机从市场里驱逐出去了。

上面的故事还有一个最富深意的结尾：搭便车者越多，搭便车就越贵，因为你必须在街上搜寻良久才发现一位远途乘客。这样，在均衡状态中，司机们通常只遵循混合策略——搭便车策略与公平游戏策略按某种比例混合。于是，市场便不会因为逆向选择而崩溃。

（原文发表于《IT经理世界》2004 年 7 月 20 日）

关于汽车的猜想

不要告诉我"汽车产业拉动了国民经济高速增长",不要告诉我"没有汽车就没有现代都市"。让我先告诉你一些看法:(1)汽车在中国是一种灾难,我们原本可以用发达的公共交通系统取代私人汽车的发展,但是,(2)我们的历史包袱太沉重,我们丧失了传统道德和价值观念,我们于是,(3)完全不加反省地追捧西方人的汽车文明,完全不加反省地抛弃中国人的"耕读之家"传统,而且,(4)我们的政府,坚持以经济发展为己任,更以发展本地经济为己任,更何况,(5)汽车产业利润丰厚,可以给各级领导带来相应丰厚的回报,方便了钱与权的勾结,扭曲了政府行为,让我们的各级政府宁愿忘记连亚当·斯密都不会否认的政府"发展公交系统"的职责。

如果你看懂了,就不必继续阅读。否则,还是让我继续写下去吧。不可否认,从经济统计上说,汽车业的产值大大超过任何行业能够带来的产值,或许,惟一可以与之相比的,是建筑业。于是,作为发展经济的一般规则,欠发达国家的梦想就是建筑业和汽车业的"腾飞"。也就是说,在中国,我们正实现着发展经济的梦想。

可是,中国人已经按照人口密集的方式生存了数千年,谁能否认这一悠久历史里包含了远比任何统计数据更可靠更意味深长的生存法则呢?谁能否认汽车文明可能与中国悠久历史所包含的生存法则灾难性地相互冲突呢?谁能否认经历了与汽车文明的灾难性冲突之后的中国人可能更愿意返回自己历史远为悠久的生存方式当中去呢?于是,谁能否认今天中国人追捧西方汽车文明可能被证明是一次严重的误入歧途呢?从而,谁能否认这一次误入歧途的严重程度不会超过了已往我们误入歧途的严重程度呢?

对上面罗列的那些问题,我很悲观。"路径依赖",老人们说,那也叫做"命运"。比方说,一个民族,先是误入一条歧途,然后,从那条歧途,试图返回的时候,不可避免地走进另一歧途……如此前行,命运之手引导着一个民族徘徊数千年,以致那个民族看上去活了那么悠久,生命力如此旺盛。其实,误入歧途已经成为那个民族的统计规律,当然,神也注意到公平问题,让那个民族有足够长的时间从一条歧路走进另一条歧路,永远徘徊。我悲观,因为反正我们命定了不断误入歧途,反正这是我们民族能够生存数千年的隐蔽法则。

如果没有"新文化运动"，礼教可以继续"吃人"，那么，国民的道德观念与价值取向依然如故。梁漱溟先生询问：再给我们五千年时间，我们能发展出火车和飞机吗？先生答曰："否"！奇技淫巧，不是我们民族的精神取向。雕虫小技，壮夫不为也。

为什么国民经济必须以8%或更高的速度增长？难道高速增长当真让我们每一个人生活得更幸福吗？如果美国人和日本人，德国人和香港人，都没有因为高速增长而感受到更多的幸福，如果高速增长迟早耗尽能源、水源、矿产和土地资源故而难以为继，如果激烈的国际竞争让我们的心灵感受到更多的异化的痛苦，如果亚当·斯密推崇中国传统的生活方式是因为那种生活方式让心灵享受到更多的宁静与幸福，为什么我们要追逐高速增长呢？因为，误入歧途，这是我们民族的命运。

所以，西方列强逼迫我们兴洋务，求富强，最后，激进到全盘否定传统，全面推行"文化革命"的纲领，终于，我们彻底瓦解了传统道德和传统价值。在文化的废墟之上，我们跟着西方人，在一张白纸上画最新最美的图画。

在这幅最新最美的图画里，个人权利占据了最高的位置，虽然，这绝不意味着政府形态也是最新最美的。占据了高位的个人权利，并不伴随着约束这一权利的道德和价值诉求，虽然，在西方社会，这一权利历史地伴随着对它的道德约束和更高的价值诉求。

你看到人家的汽车了吗？我也要！占据了高位的个人权利如是说。道德约束？我们从未有过"私人领域"从而也从未有过"公共领域"，感谢无产阶级文化革命以及在它之前的一系列政治思想运动，我们根本没有道德感，故而我们既不懂得尊重"私"也不懂得尊重"公"。我们只知道"家"，一己的家。私人汽车，恰好是流动的家。公共交通？算了吧，那里没有任何"家"的乐趣。于是，我们打算把汽车当作文革时期筒子楼里的公共过道那样来对待，汽车里，是自己的，汽车外，可以随意破坏，随意打开车窗抛垃圾、扔烟头和吐痰，随意排放尾气，随意冲撞行人和其他车辆，随意加速超车，随意占领别人的泊位……只要能够逃避惩罚。

最后，汽车工业的发展，及其"乘数效应"，为大批劳动力创造了就业机会。可是，一旦我们都被堵死在都市里，一旦我们不再容忍政府对交通系统的严重失职，一旦使用私人汽车的昂贵费用让大多数私人汽车像它们的东京和香港的同类那样成为车库里的摆设，那时候，汽车工业将面临突然的萧条，并且以同样巨大的乘数效应，毁灭大批就业机会。谁来安排新增加的下岗工人呢？我看不到出路。

（原文发表于《IT经理世界》2004年8月5日）

情境 二: 阁楼

生活与人格

我的一位"网虫"朋友，最近从德国回来做"田野研究"，刚好遇到我所在的这座南方城市实施了一项旨在"禁止乞讨"的市容管理法规。这样一套法规，尽管在文字方面有所修饰，看上去没有与更基本的诸如公民的人身自由与行动自由这类宪法权利发生冲突，但它的实施，据我和我的这位朋友判断，几乎总是会侵犯街头流浪者的人身权利和表达权利的。

大约一个月以后，偶然地，我从另一位朋友那里获知，那位"网虫"朋友，在某一个星期日，端坐于市中心最繁华处，前方置一小罐，面部表情肃穆。在他当"乞丐"的那90分钟内，警察确实来过一次，没有将他带走——或许是同情他的处境，或许是感受到了他人格的尊严。告诉我此事的朋友，特别强调我那位网虫朋友在乞丐身份中所表现出来的尊严。

公民有表达自己意愿的权利。这一权利，至少在名义上，受到宪法保护。权利的有效性，首先密切地依赖于权利者维护该项权利的努力，其次，甚至更主要地，依赖于全体社会成员（包括警察和市民）基于公正态度对权利者的合法权利的尊重。

在中国北方的某一城市，失业和下岗，在许多年里始终是市民们日常生活中的沉重话题。我认识一位女士是一份相当重要的学术刊物的普通编辑，儿子读中学，家境不富裕，工作极端地认真。如果排序的话，我敢断定，在我认识的全部学术刊物的全体编辑人员当中，她的编辑质量和敬业精神，在最高的5%之内。另一方面，她领取的报酬，包括各种补贴，每月大约1700元人民币。

某月，她来我所在的城市参加一个小型学术研讨会。我见到不少学者对她那份刊物表示尊重并希望保持联系——当然还有各种方式的邀请和款待，不过被她一一谢绝。刚好，我的另一位朋友——曾经在她负责的版面上发表过一篇论文，也参加了这次会议。从目前学术界的风气和在一流学术刊物上发表一篇论文能够给作者带来的收益来看，读者不难猜到，我那位朋友当然要临别时赠送礼物给这位编辑。

她返回北方的那天下午，我作为那个小型学术会议的主席，到宾馆门口为全体客人送行，偶然地，我见到她把我的助手拉到一旁低声交代一番，之后乘出租车离去。助手返回，悄悄告诉我，她托我转告我那位朋友：稿件，只要符合学术规范，达到标准，她一定会争取发表。全部礼品——其实，只是一盒茶叶、一方丝绸，务必退回。

我和我的助手们，呆坐良久。按照常理，文章都已经发表了，收下这一点薄礼，也算是给对方一个面子吧？我的助手们和我那位朋友之间，相互熟悉，颇感为难，似乎宁可把这份礼物销毁，也不能冒"驳回朋友面子"的风险。后来，一定是带着很严肃的表情，我对他们说：礼物必须退回到送礼的人手中，这是我们的责任——为了尊重那位学术刊物的普通编辑的人格。

几年前，一家专门为农民工子女提供教育服务的"打工子弟学校"，多次被当地政府以"整顿"名义取消校址租约或强迫搬迁。我在一份颇有影响的刊物的由我主持的"边缘"栏目里撰文声援该学校，其后，收到那家学校的校长辗转发给我的信，除表示感谢之外，还希望我继续呼吁。他未必知道，凡"继续"呼吁的事情，除非继续具有"新闻"价值，否则，就都属于政府和社会其他机构的职责了。

昨天，也是偶然地，我路过卧室，发现王志电视里在"面对面"节目里正采访那家学校的校长。他告诉王志：根据学校的调查，农民工每学期能够支付的学费，大约在400元至600元之间。所以，学校就将学费定在每学期400元。根据这一标准，按照正常的班级规模，那些有足够教学资格的老师，从学校可以领取的工资大约在每月1200元至1700元之间。学校办得很成功，学生人数迅速增加，但仍有数十万元的亏损额。校长几乎没有工资收入，其家庭开支由妻子在一所著名大学任教的收入维持。

那位校长在回答王志看上去"无知"的问题时讲述了一个感动我们每一个人的故事，然后，他说，这些孩子，在那次"搬迁"事件中表现出来的对这所学校的真挚的热爱，让他坚守住为穷人办教育的信念。他是一位清瘦的中年人，鼻梁上架了一副令人难忘的旧式眼镜，讲话时充满着激情，立即可以把我这样的观众带到"青春之歌"的年代里去。

我们普通人的生活，很平凡，很琐碎，有时令人烦恼，有时让我们疲于奔命，有时还会把我们压迫到抑郁状态或疯狂状态之中，甚至难以自拔。可是就在这样的日常生活里，有时，尽管我承认这样的时刻不多见，所以不妨叫做"偶然"，我们会偶然地，见到自己身上或别人身上闪现出某种令人肃然起敬的品质——或者，又称为"人格"。

这样的人格，其实是大写的，英文是"Personality"，与上帝相连，故而，"Person"也译作"位格"。固然，位格具有严重的西方神学色彩，在"上帝死后"的时代显得不合时宜。可是生活没有死。从生活中，闪现出人格和伴随着的打动我们心灵的瞬间。

（原文发表于《IT经理世界》2004年7月5日）

立法与自由

我始终不愿意简单论述和鼓吹"自由"观念。如果引述我自己十年前写的文字，我对自由的看法是这样的：每一个生存着的人，其实可以深思熟虑，对所要求的、所拥有的和可能实现的，作一基本判断，在此之前谈论自由，便只会流于空幻。后来，借助康德，我开始这样理解自由：自由意志面临的第一次选择是究竟放弃哪些可能性以便落实另一些可能性，自由意志面临的第二次选择是究竟怎样选择才可以实现全体自由意志的等度自由。

我这样开始我的叙述，对相当多的读者来说，真是不公平。不过，有些文字不是为了铺叙而是为了留下痕迹。下面的文字也是为了留下痕迹：我对于自由的晚近理解中所列自由意志的"第二次选择"，其实，正是康德所论的"立法"过程。

康德指出过，立法的初衷，是要通过法律的强制性来阻碍对全体公民实现其等度自由的阻碍。请耐心体会，这句话颇有些"剥夺剥夺者"的意味。但后者积极是因为要主动去剥夺，而前者消极是因为对阻碍者的阻碍。恰恰是这一"消极性"，体现了法的立场。让我用哈耶克的话来解释这一立场：法的消极立场在于它只陈述不允许的事情而不陈述一切允许的事情，于是，在不允许的事情之外的任何事情，都归于自由权利与自由创造的空间。

与此相反的立场是积极的立场，即陈述一切允许的从而任何没有陈述的都是不允许的。于是，法的积极立场要求立法者集全体公民的智慧、知识和创造性于一身。立法者在多大程度上无法满足这一条件，他就将在多大程度上扼杀全体公民的智慧、知识和创造性。

哈贝马斯对法的正当性（legitimacy）是这样理解的：

> 法律只有在下述情况下才是正当的，即它们提供每个人以同等的自由，从而每个人的自由意志是可以与其他人的自由意志相容的。这些条件，道德法则本身是满足的，但是，对于实在法的规则来说，则必须由政治立法者来满足。……于是对立法过程的参与者就产生了这样的期望，即要求他们走出私的法权主体的角色，以公民身份采取一个自由联合起来的法律共同体成员的视角。……作为公民

权利之基础的，不再是意志自由，而是自主性。……现代法的基础是一种以公民角色为核心、并最终来自交往行动的团结。

（哈贝马斯《在事实与规范之间》，童世骏译，三联书店 2003 年 8 月第 1 版，第 35—41 页）。

正当性，我的一些朋友译作"合宪性"，不妥。因为，宪法也需要建立自身的正当性。经过多年反省，我认为，宪法的正当性只能建立在"道德共识"（moral consensus）的基础上。而持有不同道德立场的人们，通过社会交往和在特定生存情境中的相互理解，总是可能达成某种共识。这一共识所提供的合法性基础越是狭隘，由这一基础所支持的社会契约就越难以扩展，从而，社会秩序也就越容易瓦解。

如哈贝马斯指出的，对康德来说，道德法则是普遍主义的。不过，对我们具体生存着的人而言，我们的自由意志通常是被遮蔽着的——故而"启蒙是一个不断完成的过程"。于是，我们无法直接去落实"道德法则"，我们需要经历"公民意识"的启蒙。

所以，在这一段论述中，哈贝马斯强调，立法参与者们必须走出私人领域，采取一种公民的自由联合体的政治立场——"公民意识"基础上的"自主性"——autonomy。注意，我给出了哈贝马斯使用的"自主性"的英文原文。这同一个语词，也就是古代希腊人语汇中的"自由"。哈贝马斯所谈的"自由"，与福柯所追求的那种"自由"，味道很不一样，如同粤菜与川菜之区别。

经过了上面的阐释，"公民"——citizen，就有了与"私人"对峙的含义，于是在汉语里就显得比它的另一标准译法"市民"更贴切。最好是有一个语词同时表达汉语的"公民"、"市民"、"政治权利"——这三者，构成了"citizen"在西方社会的内涵。

例如，一位青年农民进了城，被允许居住，有了居留权，可以称自己为"市民"吗？未必。又如，设若这位农民不进城，但城市扩张，他的土地被征用甚至占用了，他可以称自己为"公民"吗？未必。再如，这位农民与当地政府签约兴办了自己的企业，约定土地租期若干年，企业利润丰厚，当地政府突然要收回土地另行开发为高尔夫球场，补偿完全不足以弥补企业损失，他可以称自己享有公民政治权利吗？未必。

仅仅根据康德提出的那些原则，是无法实现自由的。原则必须被赋予历史性——在每一个具体的和特定的历史过程中，原则都是被争取到的而不是被赐予的。农民的公民权利，不去争取，便形同虚设。根据这篇报道，湖北通山县高票当选的村委会主任余兰芳女士，为维护农民权益，不仅被非法停止职务，而且被行政拘留 17 天。农民

争取权利的过程，往往同时就是参与立法和由此参与对国家机器实行监管的过程。

（原文发表于《财经》2004 年 5 月 20 日）

背景材料

民选女村官艰难维权

为反映村小学被建成"豆腐渣"工程、村账目十几年未公开和农村税费改革等问题，55 岁的民选女村官余兰芳，耗费所有积蓄 4 万多元，跑了 2 万多公里，找县、市、省和国家各级多个部门、几百人次反映情况。最后的结果是，湖北省通山县公安局以"妨碍国家工作人员依法执行职务"为由，行政拘留她17 天。

去年 9 月，这位湖北咸宁市通山县大路乡塘下村民选村委会主任，把通山县公安局告上法院：要求撤销行政拘留裁决书，依法给予赔偿。同年 12 月，通山县人民法院作出判决："对通山县公安局作出的治安管理处罚裁决书予以维持。驳回余兰芳的其他诉讼请求。"

余兰芳不服，今年 1 月向咸宁市中级人民法院提起上诉。二审此案，3 位农民出庭作证，为余兰芳"鸣冤叫屈"。

余兰芳是塘下村的"名人"。她教过 7 年小学，当过村干部，曾是全县有名的养猪专业户，多次被评为县"优秀妇女干部"、"劳动模范"和"全省科技示范户"，靠养猪，供养 3 个孩子读了大学。2000 年，老伴从邮政部门退休，最小的儿子也大学毕业，余兰芳关了养猪场，到在湖北荆门市工作的大儿子家"享清福"。

可 2002 年 5 月，自她回村之日起，她就走上了一条上访路。她上访的第一件事是村小学被建成"豆腐渣"工程。2002 年 8 月，她向当地报纸反映情况。记者调查核实后，对塘下村小学教学楼质量问题进行了披露。

余兰芳说，当她拿着报纸找到县信访办时，一干部说，"这楼又没垮，垮了死了人，自然有人管，你操什么心？！""既然报纸曝了光，你找报社解决去。"无奈之下，她到了省信访局，接访处说，"学校的事该教育厅管。"到了教育厅，教育厅表示无能为力，需要建设部门的检测。最后，余兰芳又到北京上访。

她的上访让当地一些部门官员大为光火："你为什么动不动就上北京？""你官瘾太大，是不是想当村长？"

2002 年 11 月下旬，塘下村村委会换届选举，众多村民称："就是讨米要饭，也要跟着余兰芳。"12月16日，余兰芳以高票当选村委会主任。

余兰芳上任第二天，就接到法院传票，说村里因欠县民政局的钱已被起诉。2003年1月3日，县电力局说村里农网改造欠他们5.77万元，而事实上，这笔钱农民已交给村里，但被原村干部挪用了。1月5日，村里南堡塘水库承包人来讨债，说原村干部接待上级钓鱼欠款7000多元……村账目十几年未公开，一笔糊涂账像滚雪球一样，越滚越大。因为余是新任村官，村里以往的各种债务和麻烦都找余兰芳，而未依法当选的原村会计兼出纳仍把持着村账和公章，她工作中想用1分钱都不行。

余兰芳上任后面临的另一件事是不合理的税费。2002年，湖北省实行税费改革后，农民负担普遍减轻，但塘下村的税费任务仍与2001年一样是12.8万元。但在乡财政所，塘下村的税费任务原来只有7万多元，12.8万元是乡、村层层加码后的数字。

省里下发的税改政策，村里没有宣传，余兰芳就自费复印从省税改办拿回来的文件，送给村民。在群众代表大会上，她宣读国家税改政策。

2003年3月底，乡党委书记、县司法局局长等在塘下村召开党员干部会，列举了余兰芳"教唆群众抗税"、竞选中以"若我当选，税费减半"等言语蛊惑群众，拉选票，宣布对她"停职反省"。

从领到"当选证"到被非法停职，余兰芳上任仅88天。

2003年5月13日，县公安局开着8辆警车，将余兰芳抓走，15日下达"治安管理处罚裁决书"，称"2002年以来，余兰芳公然与政府对抗，发动塘下村村民拒绝上交税费，致使大路乡政府在塘下村甚至全乡的税费征收工作无法开展，构成拒绝、阻碍国家工作人员依法执行职务，给予行政拘留15天处罚。"5月30日，她被放出。

采访中，通山县公安局副局长朱瑞英、法制科科长叶祥高称：在余兰芳案件上真正做到了依法办案。

但村民们却告诉记者，公安局在将余兰芳抓走后，为搜集其"组织群众抗税"的证据，又抓走了好几个农民，并采取了逼供等手段。

51岁的乐德胜说："公安局将我抓去后，不让睡觉，五六个人轮流审问我。说要了解余兰芳抗税情况。我说她没有抗税。他们说'你放狗屁'。我回了一句，结果双手被他们用手铐铐在窗户上达半天时间。我被关押了36个小时，超过了法定时间。"

塘下村妇女汪细秀说："我被抓去后，他们问我'是不是余兰芳让你到村民中串联，说她当选后税费减半'，我说'不是这样，她只说要按省政府文件办'。他们说我不老实，关了我38小时，饭也不让吃饱。后来我就只好按他们的意思违心地写了材料。"

……

武汉大学法学院教授、博士生导师周佑勇认为，通山县公安局在执法过程中存在"滥用职权、打击报复上访人"、"违法收集证据"等问题。

据悉，目前咸宁市中级人民法院对"余兰芳状告通山县公安局"一案二审判决尚未作出。

摘自《中国青年报》2004 年 4 月 28 日，何红卫、从玉华／文

蜜蜂，场景，企业文化

蜜蜂的脑量，大约只有 1 立方毫米，密集地排列着大约 1 百万只神经元，足以让蜜蜂不再停留在单一神经系统的"条件反射"学习阶段。比条件反射学习阶段高级得多的，我称之为"场景学习阶段"。2003 年接近结束的时候，《神经生物学当代观点》发表了一篇关于蜜蜂的认知行为学论文，"认知神经行为学：蜜蜂脑内的非简单学习过程"，作者是法国脑科学家基沃珐，（M. Giurfa, "Cognitive Neuroethology: Dissecting Non-elemental Learning in A Honeybee Brain", *Current Opinion in Neurobiology*, vol.13, 2003, pp.726-735)。

条件反射学习，读者熟知，典型如巴普洛夫描述过的那条听到开饭的钟声就会流口水的狗，是神经元及其网络的最基本的学习能力。只要 A 和 B 之间有足够多次出现的联系，生物就可能从 B 的发生"联想"到 A 所带来的好处。

场景学习——"contextual learning"，它基于生物个体面临着的这样一种处境：已经出现了 A 和 B 之间足够多次的联系，可是，A 是否给生物个体带来好处，依赖于 B 在何种场景内发生。例如，当 B 在场景 C1 内发生时，与 B 联系着的 A 给生物个体带来好处；当 B 在场景 C2 内发生时，与 B 联系着的 A 给生物个体带来坏处。就像童话故事里讲的那样，与"拜年"联系着的，可以是好处也可以是坏处，那要看是谁给谁拜年。黄鼠狼给鸡拜年，不怀好意。

因此，自然选择的力量倾向于诱致生物的更高级的学习过程，那就是场景学习——把特定行为与特定场景正确地结合在一起的能力。洒扫进退接人待物，章太炎说，这是"小学"的教育内容——把"六书"当作小学教育的内容，那是后来的事情。诸如洒扫进退接人待物这样的行为，就其自身而言并不需要"学习"。我们需要学习的，是在每一特定场景内接人待物的正确行为方式，在英国的绅士教育里被称为"manner"。

就上述意义而言，我们这一代学者当中颇多未及"小学"者，典型如书信格式、礼貌谈吐、信义承诺、甚至闲谈与玩笑，都时有"欠缺"与"过火"的行为发生。一种行为，是否符合亚里士多德竭力赞美的"中道"，主要不在于这行为本身如何，而在于这行为是否处于恰当的场景内。

基沃珐的论文表明，蜜蜂具有场景学习能力。因为它们表现出能够区分同一种行为在不同场景可能带来的好处或坏处的概率的认知能力。假设蜜蜂有两种行动策略，A 与 B，其中 A 在场景 C1 内带来的好处超过了 B 在 C1 内带来的好处，而 B 在场景 C2 内带来的好处超过了 A 在 C2 内带来的好处。那么，简单的条件反射学习——在"好处"与行动"策略"之间建立神经联系的学习过程，就会失灵。因为，蜜蜂无法简单地判断 A 究竟是比 B 更优还是更劣。在漫长的演化过程中，那些学会了把 A 与 C1 结合起来而把 B 与 C2 结合起来的蜜蜂，获得了更高的适存度，它们的后代逐渐取代了没有获得这种场景学习能力的蜜蜂。基沃珐甚至试图寻找蜜蜂脑内专用于场景学习的神经元组织，他发现那是导致嗅觉路径和味觉路径收敛到同一点的神经系统。基于这一系统，蜜蜂能够把不同的嗅觉状态与不同的味觉状态"正确"地结合起来。

为什么企业文化对企业如此重要？为什么我们不能在商学院和职业学校里把企业文化灌输给学生？为什么企业家而不是教育家，是企业文化的塑造者？这三个问题，各自需要一篇单独文章来解答。

简单地，在 400 字的篇幅内，略去文献索引，我这样解答上列问题：（1）企业文化的主要功能在于让员工更容易在各种场景内达成默契，从而在许多可能的均衡状态中，企业内部的博弈过程能够迅速收敛到某一特定的合作解。那些无法达成默契的群体，在生存竞争中迟早会失败并导致企业本身的解体。（2）由于企业文化是关于各种场景内的默契的知识，所以商学院和职业学校不可能积累和传授这类知识。关于在各种特定场景内如何协调人类合作的默契知识，通常只能发生在特定场景之内并且只能通过直接参与这些场景内的合作才可能获得。又因为相互竞争的各企业往往在内部有重大差异，故不同企业往往有不同的企业文化——需要达成默契的场景，即便是同一类产品的生产过程，在不同企业里也会有重大差异从而要求不同的企业文化。（3）企业家，按照熊彼特的定义，是正在从事创新活动的人——未必且往往不是资本家，他们是分工协调分工着的人们的人，往往最了解企业所需要的是什么样的企业文化，而且往往直接就是企业制度的塑造者——文化是制度的潜在部分，规则与机构是制度的显在部分。职业教育家只懂得教育的一般理论和课程的一般内容，他们不参与企业的技术与制度创新，故而不能够成为企业文化的塑造者。塑造企业文化，类似于蜜蜂的场景学习过程。企业家必须在每一个特定场景内观察各种行为的后果，判断和寻求对企业最有利的那种行为，以规则或默契的形式，把这一行为与这一场景结合起来。

（原文发表于《IT经理世界》2004 年 3 月 20 日）

谁监督信用

香港中文大学一位我素来尊重的教授，在昨晚接受凤凰卫视石齐平专访时，就农业信用的高利贷问题谈到台湾经验对中国大陆的借鉴意义，忽略了一个关键性的问题，他只说要把农村标会的资金限制在农村地区之内——怎样把货币流通限制在农村？谁监督信用？高利贷之"高利"，与信用有关，与信用监督机制有关。而控制货币流向只是次要问题，甚至不是一个问题。中央电视台的几位主持人，有一位叫董倩。她的节目，最近常常引发我的争论欲望——这是好节目的特点。前不久，她请了两位嘉宾，谈论建立"信用黑名单"的必要性和可行性。可惜，董倩和她的嘉宾们，与郎咸平教授一样，忽略了一个关键问题——谁监督信用？

对一个人或法人的信用的评价，关键不在于是否要有一个黑名单和红名单，而在于是谁根据何种权威性来监督信用和制订名单。在任何一个经济社会里，正在或正在计划从事创新活动的人，叫做企业家。一位纯粹意义上的企业家，自己是没有"资源"的，他必须靠他那些创新的想法，说服银行家和其他类型的资源控制者，出借他们的资源控制权。后者，正是我们称为"信用"的那种权利——完全没有抵押物，仅凭人格担保，就可以使用其他资源所有者的资源的那种权利。

以上所述，多年前，熊彼特讲过（《经济发展理论》第一、二章），也是我在1990年代初期反复介绍过的。后来《财经》创刊，我们把"信用"问题看作是中国金融活动的根本问题。因为，金融被定义为"可转让的信用"（James Tobin, "Financial Instruments", *The New Palgrave Dictionary of Economics* ）。

书本知识，是可编码知识的一种，它不能告诉我们如何做（know-how），它顶多让我们确信什么是可能做的和不可能做的。哈耶克告诫我们，市场过程(market process) 不简单地是"市场"，它是一个"过程"——人们只能通过直接参与这一过程，才可能获取关于如何有效率地生产什么、怎样生产和为谁生产的信息。这里的语词"直接"，表明了对市场的参与，不能是书本的和"间接"的——从别人那里知道的，而必须是通过亲身体验获得的。在这一意义上，哈耶克所代表的奥地利学派经济学，甚至有神秘主义之嫌呢。

不过，读者如果认识几位成功或失败了的企业家，大约可以从他们那里知道，对市场的认识和"知道"，确实涉及神秘主义的因素。至少，如我这样从小就响应马克思的号召，打算"以全人类的知识武装自己"的人，即便某日心血来潮，真的要去经营商业，也几乎肯定是会大败而归的。市场，正是这样一个神秘的、不体悟就无从知道的"过程"。

信用是对资源控制权的竞争。而纯粹意义上的信用，它惟一能够用来抵押给出借资源者的东西，就是"信誉"——这个含义复杂的汉语语词对应着若十个不同的英文语词：（1）"trust"，信任、联盟、垄断；（2）"credibility"，可信度、信用；（3）"reputation"，声誉、名望；（4）"belief"，相信、确信、信念；（5）"confidence"，信心、坚信；（6）"faith"，信仰、使命。

如此多义，所以，我记得，印象深刻地记得，有一次在我主持的一家著名民营学术机构的学术会议上，大家讨论两位著名学者的论文——《中国信用研究》。尽管论文已经在《经济研究》发表，具有某种权威性，但那次讨论还是十分反常地充满了对论文作者所述各种观点的相当激烈的批评。这些批评和争论终于让我们明白，研究中国信用，必须以澄清基本语词为出发点。

姑且不论董倩和她的嘉宾们是在何种意义上谈论"信用"这个语词的，如我在开篇指出的，信誉的评价机制是"信誉黑名单"的关键所在。我们知道，对信誉的评价，与其他经济事务一样，可以有"市场的"和"政府的"两类机制。所谓市场的机制，要害是"竞争性"。一个充分竞争的评价机制，就可以叫做市场的信誉评价机制。否则，就可称为是政府的评价机制。也就是说，我们通常使用的"市场"这个词，含义是竞争。

中国的改革历程反复说明了一个经验：政府机制失灵的概率和危害性，大大超过市场机制失灵的概率和危害性。就连央视新闻这样典型的政府机制，不也是通过引入了一个以上的相互竞争的频道，现在才显得有些新闻价值了吗？我经常感叹，我们的大学管理机构太官僚，以至于非在每一家大学里对每一种管理功能设立两个以上的相互竞争的机构才能有效率地办事情。换句话说，比较可笑，就是要有某某大学"人事处1"、"人事处2"、甚至"人事处3"等等，这样，让那些官僚们充分竞争，事情才会变得顺利起来。

还是回到主题上来吧。谁，根据何种权威性，来制订信誉黑名单呢？政府还是市场？我知道，包括我的许多朋友在内，人们依然相信，应当由政府来制订这份黑名单和红名单。不过，我警告：任何制订这份名单的机构，一旦获得资源控制的生杀大权，也就获得了寻租的机会，从而将难以控制地向着腐败状态接近，除非引入竞争机制——不论这竞争是发生在市场里还是发生在政府里。

（原文发表于《财经》2004 年 3 月 5 日）

诚信危机催生"信用黑名单"

第一件个人征信法规

个体业主王先生来到上海某银行，询问他申请办理的买车贷款情况。银行小姐在电脑上查询一番后，给他的回答是："您可能无法在这里贷款，我真的很抱歉。"

王先生的脸顿时涨得通红，心里明白：是拖欠住房贷款的事进了个人信用联合征信系统。

两年前，王先生用住房贷款买了房，因为生意不好手头偏紧，曾有几次逾期不还贷款，而且从未给银行打招呼，却没想到在银行留下了信用记录。这下，想申请一笔贷款买汽车的计划泡汤了。

这则小故事正是今天"信用报告"在上海人生活中的缩影。"言必信、行必果"这条古训对于今天的上海人来说，不仅仅是一种道德要求，还是法律约束。如果你上了"信用黑名单"，按照《上海市个人信用联合征信试点办法》规定，将在 7 年内保留此记录。被列入"黑名单"的人，在申请房屋贷款、汽车贷款办理保险、应聘工作等等情况中，都将受到制约。

2003 年 12 月 22 日，上海市政府第 26 次常务会议通过《上海市个人信用征信管理试行办法》，并于 2004 年 2 月 1 日开始实施。这是国内首次以政府令形式发布的、并首次为个人信用征信定规的政府规章。此前，中国尚无一部完整系统的规范社会信用活动的专门法律。

根据《试行办法》，设在上海市信息化委员会的上海市征信管理办公室，负责对个人信用征信进行监督管理；中国人民银行上海分行按照国家有关规定，负责对涉及银行相关业务的个人信用征信进行监督管理。

《试行办法》明确指出，征信机构开展个人信用征信要"尊重个人隐私"，不得以骗取、窃取、贿赂、利诱、胁迫、利用计算机网络侵入或者其他不正当手段采集个人信用信息。《试行办法》规定，征信机构在采集个人信用信息时，应当征得被征信个人的同意。但是，"在信贷、赊购、缴费等活动中形成的不良信用信息"，"鉴证、评估、经纪、咨询、代理等中介服务行业的执业人员，因违反诚实信用原则受到行业组织惩戒的记录"，"行政机关、行政事务执行机构、司法机关在行使职权过程中形成的可供公众查阅的公共记录信息"，以及"已经公开的个人信用信息"，无须经征信个人同意即可采集。其中，对社会公众关心的所谓"不良信用信息"，该《试行办法》特别解释为"恶意拖欠数额较大款项的信息"；其具体拖欠数额，"由市征信办会同有关部门确定并予以公布"。

失信者背负的十字架

近两年，"信用危机"成为社会关注的话题。从个人手机欠费，到盘根错节的企业三角债，无论是有心还是无意，信用缺失已是普遍的现象。

1999 年 8 月，上海在国内率先开展个人信用联合征信，同年成立了目前国内惟一的从事征信业务的专门机构——上海资信有限公司。自 2000 年 7 月上海开通个人信用联合征信服务系统以来，已有 350 多万市民建立了自己的信用记录，内容包括个人消费信贷、水电煤气等公用事业的缴费、大学生助学贷款、租赁、司法等方面的信用信息。

在企业征信方面，上海联合征信系统现已采集 60 多万户企业的信用记录，包括企业的信贷信息、信用等级信息、行业信息、行政处罚信息、国资绩效考评信息等，几乎涵盖了所有在沪经营的企业。

由于整合了分散在社会各方面的信用记录，上海联合征信系统让失信者"一处失信，处处受制"。个人在商业银行的消费贷款拖欠 180 天以上、使用准贷记卡发生透支超过 90 天未还款、拖欠自来水公司或燃气公司费用 10 个月以上等恶意欠费行为，都将进入个人信用记录"黑名单"，名列"黑名单"之上的个人将得不到消费贷款。而进入黑名单的企业，则会被诸多市场机会拒之门外，包括政府采购和土地招标。

除了上海，全国很多地区都在着手建立"信用黑名单"。以北京为例，新年伊始，北京市工商局公布，目前北京已经有 7 万企业和个人因为失信被锁入北京市企业信用信息系统的黑名单，其中包括自然人 27876 人，企业 39275 户。

普遍存在的信用缺失，其主要原因是失信成本不高。"信用黑名单"的功能，就是加大这个成本。根据报道，在北京工商局"信用黑名单"之列者，将不能在银行申请贷款，也不能在一定期限内作为投资人投资兴办企业，增加新的经营范围。至于被锁入黑名单的自然人，则在一定期限内不能当老板，不能当合伙企业的合伙事务执行人，不能当个人独资企业的投资人、外企驻京的首席代表等等。

关键是法律保障

"信用黑名单"看似简单，但因为牵涉到企业和个人的信息，尤其需要谨慎。如如何保证信息源的完整、可靠与公正，如何保护个人隐私不受侵犯、企业商业机密不被泄漏，如何保障这个系统畅通无阻、方便使用等等，都有待探索。

中央电视台《央视论坛》近期专门就"信用黑名单"的作用和意义进行了探讨。

在节目嘉宾陆建华和王成荣看来，目前的信用缺失已经给社会造成了巨大的损失。不仅仅是几千亿元的经济损失，更重要的是对整个社会文化产生了恶劣的影响。而"信用黑名单"恰恰像给这些失信的行为贴了一张标签，不仅对社会各方有参考价值，对失信方则具有更大的警示作用，失信方甚至可能因此失去商业发展和个人前程发展的大好机会。

尽管肯定了"黑名单"的作用，嘉宾们也担心"黑名单"会"只打蚊子，不打老虎"，即只曝光一些小的、不知名的、民营的企业，而包庇那些国有的、有名的大企业，降低了黑名单的震慑力。

在嘉宾们看来，失信整治是一个巨大的社会工程，必须依靠社会各个方面的力量。需要把包括银行、海关、公安、法院、税务等有关信用管理涉及的部门联合起来，并且实现黑名单的全国联网，全方位地系统地解决这个问题。

多年来，征信工作一直行走在法律边缘，如履薄冰。一方面，征信机构的合法性得不到确认，征信工作的法律地位得不到确认，就难以顺利地开展工作；另一方面，个人信用系统所涉及公民的隐私权，无法得到清晰的界定。随着个人征信工作的开展，立法日益成为最为关键和迫切的要务。

《财经》记者　楼夷／文

再谈科学与信仰

这个主题，几年前我在清华大学讲过一次（当时的题目为"知识，为信仰留余地"），引起了许多批评。今天，我觉得有必要再讲至少一次。因为新的一代"科学主义者"成长起来，通过主流媒体以及科学主义者们聚集的网站，对国内的"人文主义者"进行批判，而且不给对方还击的机会。

科学，从有文字可考的古代希腊开始，就是这样一种认知方式：你必须首先把自己当作认识主体，从你所在的世界分离出来，把被认知的，当作"客体"。否则，一切科学认识就无从谈起。这样一种认知方式，蔡元培先生称为"物我两执"，哈贝马斯称为"主客两分"，无需解释，这是人类为了认识世界而不得不有的心智活动方式。与此不同的方式，就我所知，被称为"顿悟"。

凡持了认真的科学态度的人，也就是保持着对自己所从事的科学研究方法的深切反省态度的人，被称为"科学家"。欲以科学为审判世间万物的法庭的人，也就是从来不打算对科学方法有任何反思的人，总是倾向于以"科学"的名义去征服科学所不能进入的领域。这类人，我们不称之为科学家，而称之为"科学主义者"。八年前，我在《方法》杂志以"科学在中国的两种命运"为题，试图论证我们中国社会是一块很出色的培养"科学主义者"的土壤而不是培养科学家的土壤。今天我仍持此说，但试图把道理讲得更深入些。

科学借了西方文明的力量，尤其借了全球资本主义势力，终于可以宣称它占领了全世界。余下来的领域，科学主义者们打算去占领，却让科学显得很为难。这一领域，就是"心灵"本身。"心"，这一语词在汉语里没有区分出心灵的"理性"（mind）与"情感"（heart）两个不同方面。即便我们使用"心智"来表示理性方面，使用"心情"来表示情感方面，也依然有些偏颇，容易遮蔽西方科学内在的缺憾。今天，这一缺憾，在脑科学与认知理论获得了长足发展的时刻，表现得尤其明显。

科学对心灵的理解，如果可能的话，如前述，必须把心灵当作"客体"，把研究者当作"主体"。脑科学和脑呈像技术，遵循了这一科学方法。不过，稍微阅读一些现象学文献，我们就明白，脑呈像技术能够呈现出来的，只是心灵的"物理—生理"过程。哪怕我们运用想像力，把脑呈像技术想像为未来可能的一种呈现出"生理—心理"过程的技术，我们仍然无法直接观察到心理过程的思想内容。

思想是这样一种行动，它的意向所指的，是思想的内容，是被思想的"客体"。而思想本身，则是一种行动，是不可能同时也成为它自己所思的客体的。马赫最早指出，如果思想者打算反思自己的思想，那么他惟一的途径是把"他正在思想"当作一个被思想的场景，通过另一次思想行动来把握。于是，反思所涉及的，是一系列的场景建构，其中的任何一个都要把它之前的思想者及被思想物当作它所思的客体。这样的场景系列，我们可以称之为"单调上升"的反思系列。舍勒相信，这一单调上升的反思系列的最顶点，不是人类理性所能理解的，它是上帝的位置，是人格的最高位置——"位格"。最重要的数学家之一，乔治·康托，尽管以其辉煌的理性能力著称，也被"一切集合的集合是否仍是集合"这一悖论带到精神崩溃的境地。相比之下，几百年前的巴斯加尔，既思考数学又思考信仰，要高明得多了。

科学打算理解心灵吗？那么，它就不得不建构如上的那种无穷上升的反思系列。否则，科学怎么证明它自己的出发点，即它所认定是"公理"的那套体系，是科学的呢？说实话，笛卡儿最早认识到了科学的这一根本要求，他也因此而成为最早的一位科学主义者。不过，二百多年之后，黑格尔以更加激烈的方式认识到了科学的这一根本要求，并且基于这一认识，他改变了体系建构与论证的方式。黑格尔的论证方式，我们称为"辩证逻辑"。科学的论证方式，我们称为"形式逻辑"。

黑格尔在《逻辑学》导言里指出：科学由以出发的那套公理体系，是科学无法证明的，故只好求助于人心的共识，即"常识"。可是，常识无法提供"真理"。后者是确定性的，前者则可对可错。于是，科学因前提的不科学而成为不科学。对此，黑格尔提出的解决方案是建构一个从问题的核心出发加以循环论证的体系。如同一群盲人，既然他们当中任何一个都无法确定地指出大象的样子，那么，为什么不采取盲人之间广泛对话的方式呢？围绕"大象"这一问题的核心，通过"对话"——与"辩证"分享同一个希腊文词根——循环往复并且不断上升，从而可以趋近那个真实的"象"。

因此，形式逻辑只不过是帮助我们想清楚世界的一种方法，它绝非惟一好用的方法。辩证逻辑是帮助我们想清楚世界的另一种方法，也绝非惟一好用的方法。我们其实只关心方法是否好用，不必论证方法本身是否科学。最初认识到这一基本原理对于人类生活与人类心灵的极端重要性的，我相信，是美国实用主义哲学大师，威廉·詹姆士。

今天我们读到的许多科学主义者撰写并发表在相应网站上的那些火药味十足的文

化革命式的批判文章，不仅让我们确信他们从未读过上述著作而且从未想过哥德尔定理对科学主义的颠覆意义。这也让我们更加欣赏哈耶克的论断：科学主义是把社会导向独裁的阳关大道。

（原文发表于《IT经理世界》2004 年 6 月 20 日）

莫为奇技淫巧所困

改变一个地方的贫困状况，或许有这样两种方式：（1）把该地经济组织成为"公司"，参与到更大经济范围内的激烈竞争中去。日本、韩国、新加坡、大邱庄、甚至"苏南模式"，在经济发展的初期，都或多或少符合了这一方式。（2）把该地经济改造成为面向"市场"的，从更大的市场范围通过竞争吸引更多的资源。香港和台湾，以及所谓"浙江模式"，或者是符合了这一方式的。

第（2）种方式的最宝贵之处是它所坚持的市场秩序的自生自发性质，从而与第（1）种方式相比，它更少可能因领导干部的腐败或失误而把地方经济带入无可挽回的困境。换句话说，因为我们曾经论证过"政府失灵比市场失灵更危险"，所以我们认为第（2）种方式比第（1）种方式更可能带来地方经济的长期稳定的发展。再换句话说，第（2）种方式在政治形态上是均衡的，而第（1）种方式在政治形态上几乎不可能是均衡的，不论我们怎样努力要从我们所处的转型期社会抽样调查出多么可靠的统计数据，也不论我们怎样努力要把一位杰出干部的任期延长到他生命周期的最大限度。在人类命定了要去承受的强烈的不确定性面前，人类理性的各种努力，包括"统计"努力，是如此渺小以致时常显得可笑。

如果条件允许，我们或许可以从干部"终身制"的历史资料中发掘出数量不少于干部"任期制"下的腐败案例，况且，腐败本身必须与不腐败的代价相权衡，才有政策意义。我的一位年轻朋友，凭着他那一代人少见的聪明才智，甚至已经建立了干部"最优任期"的数学模型——既适用于美国总统也适用于我国任何乡镇或县区的领导干部。然而我们，包括他自己，都明白，这是一种奇技淫巧。

关键在于"政治竞争"制度。竞争永远存在，只不过，不同政治制度有不同的成败准则。有些政治制度只承认选票，获得多数选票的干部，就被认为"成功"。有些政治制度只承认合法权力的继承，获得了最坚实合法性的干部，就被认为"成功"。现实世界里更常见的，是混合了各种标准的政治制度。这时候，我们希望各种政治制度之间展开竞争，从而我们可以获得政治竞争的种种好处并且不必纠缠于每一种政治制度的细节优劣的算计。后者即便不是"不可能的任务"，也是信息成本极端高昂以致超过了这类算计可能带来的收益。

在已知各种相互竞争的政治制度中，我们知道这样一种，它基于市场原则。在这里，每一位农民，不论他多么"无知"和"愚昧"，都有权利选择他信任的人，作为"代表"，参与当地公共政策的制订过程。当然，这意味着他自己也可以当选为"代表"，还意味着他可以"贿赂"别人，以换取更多的选票。与此相反的情形也可以发生，甚至更经常地发生：参与当地政治的成本超过了参与所得的收益，从而这位农民表现出对当地政治的冷漠态度。这时候，传统权威不会受到挑战，不论它是基于宗法的还是基于职权层次的。于是，基于传统权威的干部，他的个人品质决定着地方经济的发展方式——第（1）种或第（2）种。

但是如前述，第（1）种方式不能持久，随着干部生命周期的终结，地方经济将面临发展方式的再次选择，再次依赖于诸如干部的个人品质这类偶然因素。久而久之，按照第（1）种方式发展的地方经济终于会因其不稳定性而改换为按第（2）种方式发展。

在那些按照第（2）种方式发展的地方经济中，有两类困境是值得讨论的：（甲）本地市场因资源不足而难以拓展，（乙）与市场相适应的本地政治制度因公民对本地政治的冷漠态度而逐渐被其他政治制度取代。

上列的困境（甲）之发生，是因为资源不足——人力资源或者自然资源的不足，故往往导致公民向其他地方的迁移。李嘉图曾经描述过这一情形，他认为在自由移民条件下，有些地区其实"不适于"人类居住，那里的人口将流失殆尽。上列的困境（乙）之发生，不是因为资源匮乏，而是因为政治秩序不足以维持市场交换所需要的各项基本平等权利。这些基本权利当中最重要的，也是任何市场交换的前提，就是公民的生命、基本自由和财产权利。如果政治秩序不能为这些权利提供足够的保护，市场就难以拓展。这时候，其他地方行之有效的市场及其政治制度，受到本地资源的吸引，往往可以侵入本地，逐渐取代本地行之无效的市场及其政治制度。

除了上列的情形（甲）——将导致人口流失殆尽，概括而言，第（2）种经济发展方式是可持续的和可拓展的。只不过，为了实行这一发展方式，我们的政治家需要发挥极大的创新精神以求找到足以补偿政治参与者的公共选择过程的社会集结规则。不如此，就难以消除公民的政治冷漠。可是，这正是"政治家"的伟大特征呀。

（原文发表于《财经》2004 年 5 月 5 日）

延长干部任期消除"政绩工程"？

河南的县级党政干部，是在 3 月 29 日召开的由河南省 109 个县党政正职参加的"发展壮大县域经济工作会议"上得到"干部延长任期"这个非正式消息的。

在会议期间，与会的县委书记和县长都拿到了一份以中共河南省委、河南省人民政府名义下发的《关于发展壮大县域经济的若干意见》讨论稿。《意见》第 18 条说："要选好配强县（市）乡（镇）党政正职，进一步优化领导班子结构……县乡领导班子成员要保持相对稳定，没有特殊情况，任期内一般不进行调整，以保持工作的连续性。……对埋头苦干、做出贡献、在一个县（市）担任党政正职 8 年以上的，经考察可明确为副市（厅）级干部，并继续留在现职岗位工作 3 年以上；对在一个县（市）担任党政正职 5 年以上，本人表现特别优秀、政绩特别突出、县域综合经济实力显著增强的，经考察也可明确为副市（厅）级干部，并继续留在现职岗位工作。"会上同时还出台了新的地方经济评价指标体系。

河南省政府发展研究中心的一位工作人员透露，会议结束后，该中心对《意见》讨论稿作了一些细微修改，但没有对讨论稿中提到的延长县乡党政正职任期情况作出修改，目前省委和省政府研究通过了修改意见，但暂时还没有公布具体规定，可能不日即将公布正式文件。

指向"短期行为"顽疾

一个容易令人联想到的例子是被称为"形象工程书记"的河南卢氏县原县委书记杜保乾，他在这个国家级贫困县推行了一系列劳民伤财的"政绩工程"，最终却因受贿罪和报复陷害罪被判刑。这次全省县域经济工作会议希望能解决这个问题，给追求短期行为的"杜保乾们"来个"釜底抽薪"。为此，会上再次强调了"杜绝不顾现实条件搞劳民伤财的形象工程、政绩工程"的要求。

传统的县级干部用人机制导致县乡两级干部调动过于频繁，给县域经济发展带来了不利影响。省委组织部研究室主任都泓岩说，省委组织部对鹤壁、漯河等几个省辖市的县委书记在一个地方的任职时间进行了调研，发现这些地方的平均任职时间不到两年半。

河南行政学院党建教研部主任、河南省党建学会副秘书长牛安生说，过于频繁的调动难于保证地方发展的连续性，加上过去的考评指标重量不重质，重快慢不重结构，很容易导致短期行为。

中国人民大学教授毛寿龙认为，"延长任期"最重要的作用是使地方"一把手"的选拔任用更加趋近于制度化、任期化，而不再像过去那样过于频繁地使用委任程序，使地方干部的选拔任用有很大的任意性。干部选拔任用的制度化，可以使得县乡党政正职在正式上任之前有一个比较好的打算，任期之内有一个比较好的作为空间。与此相反，如果县乡正职在任期内随时都可能被调往其他地方，他就会在尽可能短的时间里创造政绩，没有长远打算，这不利于当地社会经济的长期稳定发展。

会议期间，固始县委书记周大伟作为先进典型发了言。会议结束的第二天，他就离开固始县委书记的岗位，调任漯河市委常委、统战部部长。对于省里提出的延长任期的说法，他认为，一个县级干部在一年内就出经验成果，那么这个经验是否成功还需要检验。

七年前，周大伟从省委政策研究室工业处副处长调到固始县担任县长，1999 年开始担任县委书记，截止到离任时在县委书记的职位上干了五年。

周大伟到任后，提出了把政府部门所特有的管理资源整合成资本推向社会的方法，先后六年多累计运作资金将近 70 亿元，该县的综合实力在全省提升了 34 个位次。

周大伟说："我在固始这些年的工作只是编了个筐，通过整合资源，做了一些基本建设工作。"周大伟希望，固始县发展的思路会有延续。

"延长任期"利弊之辩

对于河南可能出台的延长地方官任期的做法，中国人民大学教授毛寿龙和河南行政学院教授牛安生均认为，此做法有很多积极的作用，但也不排除将来可能会遇到一些新的问题。

毛寿龙说，就目前的情况来看，河南的做法离真正的制度化还有一定的距离。《意见》对一些优秀的县级党政正职在八年和五年后"经考察可明确为副市(厅)级干部"的激励做法本身也是非制度化的，虽然鼓励干部职务稳定，但也带来一些新的问题。如果这个县委书记、县长被提拔成副厅级待遇，同时还担任县委书记、县长，那么他的级别就高出其他县的县领导，这势必造成各县之间的制度化不平等。在级别决定公共资源配置的中国，这样的不平等局面显然不符合现行宪法和组织法的精神。

牛安生认为，出台《意见》利大于弊，虽然还不能真正制度化，但可以在两个方面带来"利好"：首先，稳定了干部队伍的情绪，可以使一些县级干部"一张蓝图绘到底"，在任期内踏踏实实为百姓做点事情；其次，是有利于民主选举制度建设，过去过多地使用委任制来任命干部，使一些干部任期内频繁调动，冲淡了民主选举产生干部的意味。

牛安生说，如果《意见》修改后发布，同样会产生两个问题。首先，根据其中的用人激励机制，一些县级正职干部在一个地方长的将任职11年以上，这必然对当前的干部队伍年龄产生影响。其次，究竟什么样的干部算"埋头苦干、做出贡献"，什么样的算"本人表现特别优秀、政绩特别突出、县域综合经济实力显著增强"的，这需要组织、统计等部门拿出一个科学、客观的评价标准。

摘自《东方早报》2004年4月20日，张金发／文

土地问题的政治经济学

题目，看起来浅白，近乎平淡。因为公共政策从来就是政治学者的话题，任何问题的讨论，典型如"土地问题"，只要涉及公共政策，就涉及了政治的和经济的理论，当然就是政治经济学的话题。

虽然浅白，我现在打算介绍给读者的看法，我正式地把它叫做"城市用地经济学"的"基本定理"。这一定理得以成立的那些假设，需要用相当大篇幅来讨论，但它的结论很简明：仅仅依靠市场机制来配置土地资源，通常不能够达到有效率的资源配置格局。正是基于这样一个基本定理，土地问题才从纯粹经济学的议题，转化为政治经济学议题。

让我们设想一群人在一片质地均匀的土地上均匀地分布着，然后，由于人与人之间在能力和偏好方面的差异或由于偶然机遇，交换、分工和专业化的过程开始了。在交换及其利益的催化作用下，人群的均匀分布逐渐演化为自由流动与自由流动的均衡格局，就好像油在水里相互吸引那样。一方面，人群的集结效应吸引更多的人聚集。另一方面，聚集所产生的拥挤效应阻止更多的人聚集。

如果一切其他条件都均匀分布，那么人与人之间的差异所引起的自由流动达到均衡格局时，简单的经济学知识让我们相信，土地的边际产出率对劳动的边际产出率之比，应当处处相等。否则的话，就会有人继续流动。根据资源配置的帕累托有效率的定义，我们知道（如果满足通常假设的"二阶条件"的话），这一均衡格局实现了土地资源与人口分布的有效率配置。

读李嘉图的著作时，我觉得，他其实早就明白了上面讲述的均衡格局的效率原理。不过，让我继续讨论主题：现在，我们把每一均衡格局看作是对初始人群的一个"划分"——即把一个集合等价表示为互不相交的一组集合，这组集合的每一个集合都对应于聚集着的某一小群人，或者等价地，对应于一小片被称为"城市"的土地。

城市规划教科书里所说人群的"集结效应"，就是经济学家所说的"外部性"之一，只不过很强烈，所以导致了"都市"的形成。由于人与人之间有偏好方面的差异，不同城市的人群未必采用同一制度来协调他们之间的交换、分工与专业化。可是，不同的制度可能导致不同的经济绩效。因此，只要我们打算进一步考察上面那个极其简化的人口流动的一般均衡模型，我们就无法回避"梯伯特定理"——Tiebout Theorem（原文参阅 Charles Tiebout, 1956, "A Pure Theory of Local Expenditures", *Journal of Political Economy*, vol.64, no.5, pp.416–424)。

姑且忽略梯伯特定理的诸假设——这些假设通常与民主政治和自由移民相容，只说这一定理的含义：人口在各行政区域之间的自由流动达到梯伯特均衡格局时经济资源的配置可以是帕累托有效率的，尽管不同行政区域采取了不同的税收和福利政策。

显然，梯伯特定理有些类似我在上面讲述的那个人口自由流动的故事的结局。注意，与我那个简单故事不同，梯伯特均衡还意味着：每一个人都找到了最符合他自己偏好的"政府"——由当地的税收和福利政策定义的政府行为。另一需要注意的是，梯伯特定理只说，这一均衡可以是帕累托有效率的，并不说它必定是帕累托有效率的。这一点十分要紧，因为晚近越来越多的文献指出，梯伯特均衡通常不是帕累托有效率的。

让我们想像这样一个梯伯特均衡：如前述，人口在土地上自由迁徙，人与人之间有能力和偏好方面的差异，各城市的政府之间竞争发展，争相制订能够吸引来更多人口的税收和福利政策。当这一过程达到均衡时，每一个人都找到了最符合其公共选择偏好的政府。可是，这一均衡格局能够保证土地的边际产出率对劳动的边际产出率之比处处相等吗？

各地政府用来吸引人口的政策，虽然可以是旨在改善经济效率的，但往往不以此为主旨，或者也不应当以此为主旨。所以，能够吸引到最可能多的人口的税收和福利政策，未必是能够最大限度利用土地和人力资源的税收和福利政策。例如，我相信，只要允许我们自由流动并且自由设立政府，地球上一定会出现这样一个城市——那里的市民崇尚清谈，他们每天的工作时间刚好足够维持他们偏好序列当中"可接受"的物质生活水平，事实上，他们只喜欢在梦境里活着。可以想像，这一城市所占用的经济资源会是怎样地被"浪费"着。关键在于，这些市民们对于其他城市的市民所享受的商业生活并不羡慕，他们甚至不愿意参与城市之间的贸易。于是，类似国际贸易所能够带来的"要素回报率"的趋同效应，在这里失效。所以，这一城市的土地的利用效率可以长期低于其他城市。

但是，我们似乎没有理由认为，上述那个乌托邦城市的市民们的效用水平比其他城市市民的低。因为他们已经找到了最符合自己公共选择偏好的城市。

（原文发表于《二十一世纪经济报道》2004 年 3 月 15 日）

水资源经济学的问题

多年前，我研究过的资源经济学，没有想到在今天派上用场，让我能参与讨论遍及南北的水荒问题。只不过，资源经济学自己有一些基本问题尚且没有解决。故而，把它应用来解决例如我们目前遇到的水资源最优配置问题时，需要格外谨慎。

在资源经济学分析框架里，诸如水、空气、鱼群、土地、森林这类资源，叫做"可再生资源"，与诸如矿产、能源、资本品这类"不可再生资源"相对而立。根据资源的可再生性与不可再生性，资源经济学提供了不同的分析方法和定价准则。

然而，一个基本问题是：如何判断一项资源是"可再生的"或"不可再生的"呢？在这个问题上，经济学家无话可说，他们依赖于工程技术人员的计算。例如，根据历史统计资料，建立所考虑的资源的"年获取量"与"总存量"之间的函数关系，如果获取量保持不变但总存量随时间逐渐递减，就说该资源是"不可再生"的。否则，就是"可再生"的。

这样一种基于工程学的资源分类方法，不仅不符合经济学原则，而且不适应目前我们遇到的资源经济学问题。事实上，中国目前面临的水资源问题表明：水，正在从"可再生资源"转化为"不可再生资源"。

当然，水荒的挑战也给中国经济学家提供了机会：发展更普适的资源经济学分析框架，为可再生资源与不可再生资源之间的相互转化提供经济学根据。

价格理论告诉我们，当某种资源的价格严重低于一般均衡水平时，便发生资源的浪费。只要资源浪费的速率足够高，资源就会从"可再生的"转化为"不可再生的"。在农业时代，我们知道，"免费"程度最高的物品，典型如"空气"，价格长期保持为零。可是，在工业时代，当汽车和其他类型的污染达到足够高的速率之后，在任何都市地区，新鲜空气都不再是免费的了，它正在被耗尽。我注意到，在北京之前，温州和杭州实行了水的差别定价政策——超过每日生活基本用水量的那部分用水，按照两倍和四倍递增付费。由于水表的普及和敷设水网的高昂费用，这一差别定价是行之有效的。但是，用水的大户是工业部门。由于经济政治利益以及历史因素的纠缠，我很怀疑，差别定价政策是否能够使工业用水达到帕累托有效率的配置。

价格理论还告诉我们，如果某种资源的产权是公有的，那么，只要维护公有产权的费用足够高并且私人在这一公共领域内"追租"的费用足够低，就总会发生类似"公地悲剧"的那种掠夺效应，最终，足以把该资源的经济价值完全耗尽。眼下正发生在我们周围的一种"公地悲剧"，是私人停车位对小区人行道和绿地的随意侵占。我注意到，只有极少数的小区管理者懂得把停车位的价格（即土地资源的"获取"价格）提高到足以抑制"公地悲剧"的水平。根据这一原理，近年来，国内许多地区实行了"水权交易"。从我收集的案例判断，这类交易是否实现了帕累托有效率，尚有待考察。目前，我持怀疑态度。

第三项效率原理，来自资源经济学，那就是"替代资源"的开发常常足以阻碍被替代的资源从"可再生的"转化为"不可再生的"。例如，夏威夷政府实行的旨在缓解淡水稀缺的主要政策之一，是推动"海水淡化处理"的研发。当居民用水价格上升到海水淡化价格附近时，资源替代效应便逐渐强化，从而避免了岛上天然淡水的耗尽。这一原理可以适当拓广至制度层面，例如，具有不同资源利用效率的城市供水系统和供水制度之间的替代效应，通过制度竞争，可以缓解水资源的耗尽过程。有了电讯"多网竞争"的成功经验，我们是否应当允许敷设多重水网呢？这是一个值得认真研究的问题。

最后一项效率原理，虽然不是直接来自价格理论，也不妨看作是后者的未经证明的拓广。那就是，我在过去几年内多次介绍的"梯伯特定理"。该定理从未获得过严格证明（Ellickson and Scotchmer 2001 年发表的一篇《广义俱乐部一般均衡》论文接近于对它的严格证明），粗略而言，它告诉我们：假设自由移民，假设各地政府以各自的经济和社会政策吸引最大多数选民的支持，假如自然资源和商品的市场是完全竞争的，那么，可能存在着一般均衡使得每一地区的政策对于该地居民而言是"最优"的，而且资源配置是帕累托有效率的。

例如，近年以来，北京市与河北省关于拒马河的用水问题发生了冲突。这一冲突的实质，我认为，不在于水权交易和定价问题，而在于拒马河流域的居民是否有移居北京市的权利。当居民没有自由迁徙的权利时，梯伯特定理失效。

总之，面对"水荒"，我们的政府应当拓宽思路，不要局限于传统的计划经济思维方式，不要陷入理性设计的狂想症，不要动辄就大兴水利工程，甚至要炸喜马拉雅山引雪水至北方诸省。

（原文发表于《财经》2004 年 7 月 20 日）

略论"软约束"

观察社会主义国有企业的行为,科尔奈提出过"软约束",成为社会主义经济在投资方面的一个核心特征。所谓"软约束",是相对于经济学教科书"消费者理论"所讲的预算约束而言。后者是"硬"的,前者是"软"的。

当然,科尔奈论证的主要篇幅不能仅仅是提出这么一个不伦不类的名称,而是要阐述预算约束"软"化的种种制度方面的原因。制度原因,广为人知,如新制度经济学家们论证过的,最重要的一项是私有产权的缺失。于是,那些愿意认可"软约束"概念的经济学家往往在黑板上写出一个企业或一个消费者的理性选择模型,然后指出预算线变"软"的种种后果。

对于消费者而言,"软"预算意味着可以不再量入为出了,从而可以拼命消费而不考虑收入,典型如当前我们周围发生着的银行贷款买车和买房。银行不是私有的,故对银行"坏账"的监督和惩罚都比较"软"。于是许多就长期而言原本无力偿还贷款的消费者,可以从银行获得大笔贷款购房和购车。更进一步,银行软约束还诱致许多贷款购房者改变购房目的,不是为了消费而是为了"炒"房。

对于生产者而言,"软"预算意味着可以不考虑或较少考虑因投资效率低下而招致的可能的惩罚。这样诱致大多数企业的主管人员竞相扩张企业规模,因为此时"规模"不再单纯是获取规模经济效益的手段,而是获取更多更大行政权力和个人经济权利的手段。所以,如科尔奈所论,软约束造就了社会主义企业的"投资饥渴症",从而日积月累,导致了社会主义经济产业结构普遍偏"重"的现象。这一过分偏重发展"重工业"的倾向,发生在苏联东欧各国尚可忍受,因为那些地区的人口密度相对于资源来说比例较低。如果发生在中国这样的人口密集地区,就变得难以忍受了。这当然是我们中国人学习苏联人,在我们一穷二白的土地上画出的最大败笔。

大约一年前,科尔奈又写了一本著作,讨论"后社会主义时期"的预算软约束现象。他认为即便社会主义阵营已经消失了,"软约束"却仍然是对前社会主义各国经济的严重威胁,足以导致金融危机。这部著作的中译本,我前不久在《财经》"书评"栏目里推荐过,作为对中国读者和政策制订者的某种"警告"。谁料到,这警告之后不久,我们的中央银行就发出了"上半年投资贷款增长率大大超过正常增长率"的警告。而且，对投资贷款的产权结构的分析，更让我们联想到科尔奈讨论过的主要来自国有经济部门的投资饥渴的驱动力量。

对于"软约束"概念，在学术界，颇有主流经济学家不以为然。因为这似乎不是一个逻辑严谨的概念。不错，我同意这一判断。不过，我觉得，这一概念毕竟触及到了对当代经济发展相当重要的从而不能忽视的投资和金融行为特征，略为深入探讨，当可确立成为逻辑严谨的经济学概念。

对软约束概念的"严谨化"，经过思考，我意识到，必须借助于类似一般均衡分析的视角，而不能仅仅诉诸"私有产权"这样的局部制度分析的视角。否则，我们就难以理解为什么会出现"安然"公司及其后一系列美国大公司的明显与"软"约束行为类似的投资和金融行为。

显然，一组约束是否"软"，不仅取决于该约束本身的监督和惩罚机制的有效性，而且更关键地，取决于与该约束相竞争的其他一切方面的行为约束的监督和惩罚机制的有效性。这就是说，我们不能仅仅观察局部的制度，而必须观察全部制度，即我上面说的"类似于一般均衡分析的视角"。

假如我们观察五家银行，其中两家是私人拥有的，其余三家是"国有"的。那么，我们很可能发现，私有的那两家银行在贷款和坏账控制方面远比国有银行"硬"。因为，至少，私有银行可以因相当小量的贷款坏账而解雇高层经理人员，而国有银行则很难施加这样的惩罚，除非贷款坏账达到了惊人数量。

现在，让我们假设全部五家银行都已经私有化了，通过股票市场的运作，它们的股东大会都有权力解雇高层经理人员。这时，我们希望理解为什么会发生"安然"事件。显然，这五家银行可以因市场结构、技术结构、资产结构和企业文化等方面的重大差异而有十分不同的内部治理结构和外部监督结构。各种结构，经过适当整理，总能够被归结为对企业经理行为的约束条件。进一步，企业内部和外部的一切因素，假设都已经被归纳成为对企业特定决策者的行为的约束条件的集合。那么，在一般均衡的制度分析视角下，我们需要判断的，不是任何一个约束条件的"软"或"硬"，而是任何一个约束与任何另外一个约束相比较而言的"硬"的程度。这种相对意义上的约束的"软"，最具经济学意义，因为它是对决策者行为真正发生诱致作用的"软"。故而，即便在私有化的五家银行里，仍然会发生"安然"事件。

谨以此文，影射目前我们观察到的国有银行的投资和金融行为。

（原文发表于《IT经理世界》2004年2月20日）

政治与市场

物质生活，市场经济，上层建筑。这三者顺序发展出来，并且互相影响。一家企业的规模，只要足够大，就会难以避免地通过各种渠道——产品、广告、就业、纳税以及政府官员关心的各项经济指标，对政治生活发生影响。同时，政府的各项政策——财政、货币、就业、产业优惠、区域发展、国际贸易以及环境与资源等方面的法规，当然也会影响一般企业特别是规模巨大的企业的经济绩效。政治与市场之间的这种相互作用，很容易导致官与商的勾结，这一倾向性，反映在民间智慧中，被称为"无官不商，无商不官"。

健康的市场经济与政治发展，要求一个社会时时注意抑制上述的那种倾向。这一努力，我们叫做"反腐败"。在我们的反腐败和法治建设可以借鉴的各种政治经济理论当中，我最喜欢的是布坎南的理论。这一理论，在布坎南晚期的作品中，叫做"宪法经济学"——把立法过程当作市场过程来分析。立法，在这里被视为各种社会成员讨价还价的过程。政治家、技术官僚、政策研究者、普通选民和利益集团、知识分子和弱势群体，以及各色各样的大众媒体和小众媒体，统统参与这一立法过程，并监督权力运作的另外两个侧面——司法与执法。

注意，上述的社会交往过程，从市场角度看是客观存在的，是任何当代社会都无法回避的现实状况。这一现实状况，它不会理睬我们究竟采用什么样的政治制度或我们是否理睬弱势群体的呼声，它要么直接表现出来，要么通过迂回方式表现出来。即便是中国古代的帝王，如黑格尔和钱穆老先生所论，也不过是一种符号，不是为所欲为的个人。在这一意义上，蔑视客观规律就会导致相应的惩罚。所以，政治上明智的态度，是承认它的存在，认真研究它的各种特征。

把政治当作市场来对待，于是要求三项基本假设：（1）"方法论个人主义"假设，它认为每一个人都只了解自己的需求——经济的和政治的，所以只好从自己的立场出发来参与立法过程。这一假设不承认"利他主义"价值观念的作用，尽管利他主义对于社会生活至关重要。也因此，这里采取的个人主义立场被称为是"方法论"的而不是"实质性"的。（2）"理性经济人"假设，它认为每一个人都只追逐经济利益，这意味着任何其他的追求——艺术的、家族的、爱情的、政治抱负和科学理想，都只在能够被折算为在经济利益的程度上被纳入成本和效益的理性计算。（3）"政治市场"假设，它认为世界上的政治家都不追求崇高，相反，他们只是普通人，只追求私人利益。只不过，他们之间的竞争迫使他们在政治活动中对全社会的福利负责。

不过，毕竟，我们每一个人在政治市场里的行为不同于在商品市场里的行为。概言之，有下列诸方面的差异：（1）在政治市场里，决策是由"集体"作出的，我们每一个人都无法事前确定最后的决策是否有利于我们自己，我们甚至无法判断集体决策的最后结果是怎样的。在这一意义上，我们面对着的，是集体决策的"极端不确定性"。作为对比，我们在商品市场里作出的大部分决策，其结果都是确定的，因为决策由个人作出，其结果通常不依赖于其他人的行为。（2）在政治市场里，我们每一个人的选择都会受到我们所在群体的价值观念和身份认同的重大影响。"近朱者赤，近墨者黑"，林妹妹和刘姥姥，不同的身份通常决定了不同的选择。这与我们在商品市场上的行为形成鲜明对比。彩电和冰箱，不论你是百万富翁还是下岗职工，质量相同时都要购买价格较低的。（3）在政治市场里，由于个人无法决定集体的选择，故集体选择的责任是由集体的全体成员分摊的。这一状况导致了大量的"免费搭车"行为。更严重的是，如果多数社会成员都采取免费搭车的态度，这个社会很可能会作出极端不负责任的决策。（4）在政治市场里，供我们每一个人选择的各种方案之间的冲突，在本质上不同于我们在商品市场里的各种可选择方案之间的关系。后者即便包含了冲突，也是在"边际效用递减"规律作用下的冲突。而前者包含的冲突，则往往是不同群体之间的利益冲突，具有生存竞争中的那种"你死我活"的性质。（5）政治市场里的行为，比商品市场里的行为更受到权力结构的影响。如果市场是天生的平等派，那么政治市场则天生不平等。在彩电和冰箱面前，我的一元钱和你的一元钱没有差别，都是一元钱购买力。可是在政治市场里，我的一票和你的一票，我的声音和你的声音，我的势力和你的势力，有天壤之别。所以，政治市场里经常发生操纵选票的行为，或者，如果没有选票可以操纵，就发生操纵声音的行为，用金钱、用权力、或者用暴力——看看我们的媒体吧。

正因为上列的我们每一个人表现出来的政治行为与市场行为的重大差异，我们的社会才需要法治——宪法原则、符合正义程序的司法原则，以及符合宪法且具有合法性的政府机构。不仅如此，社会进步的重要标志是：社会成员们能够通过参与立法过程，来修改甚至重新建构权力结构与权力运作的规则。

（原文发表于《财经》2004年4月5日）

中央下发通知限期清理党政领导干部在企业兼职

中共中央纪律检查委员会、中共中央组织部最近发出通知，要求各地、各部门限期对党政领导干部在企业兼职问题进行清理。

通知对清理工作作出了具体部署，要求各地、各部门 2004 年 4 月底以前完成清理工作。凡在企业兼职的党政领导干部，要免去或本人主动辞去其在企业的职务；凡企业负责人兼任党政领导职务，要免去其党政领导职务。由于历史原因形成的依托企业建立城市的地方，为协调企业和地方的关系，建市以来一直由企业负责人兼任地方领导职务，今后确需继续兼职的，可继续兼职一段时间，但要从严掌握，并由上一级党委组织部门审核批准。经选举担任人大、政协领导职务不驻会的企业负责人不在清理范围。今后，在换届选举中当选党政领导职务的企业负责人（不含经选举担任人大、政协领导职务不驻会的企业负责人），当选后必须辞去企业的领导职务。因工作需要，企业负责人调入党政机关担任领导职务，必须辞去企业的领导职务；党政领导干部调任企业负责人，必须辞去党政领导职务。

摘自新华社北京 3 月 24 日电

安徽省芜湖"红顶商人"成群

记者在芜湖调查采访时发现，已被中央多次严令禁止的党政领导干部在企业兼职的行为，在芜湖市已是人见不怪。"红顶商人"现象在芜湖已成建制、成系统、成系列地出现。

起初，记者对芜湖国土资源局的一位副局长的称呼产生了兴趣。这位名叫季兴善的公务员，同时还兼任芜湖市建设投资有限公司副总经理。这位副局长告诉记者："叫局长或叫总经理我都答应。"

据记者了解，芜湖市从市委书记、市政府领导到市财政、计委、建委、经贸委、国土资源局、开发区管委会，乃至审计、监察等局的主要负责人，都是戴着"红顶"的商人，双重身份在当地干部中被认为是荣耀和"当然"。芜湖市委宣传部的同志还自豪地向记者介绍："我们的市委书记就是奇瑞的老总嘛！"

除芜湖市市委书记长期兼任上汽集团芜湖奇瑞汽车有限公司董事长外，以上部门领导主要任职于芜湖市建设投资有限公司。这家"红顶"公司成立于1998年，以财政局大楼作价6000万元，财政资金4000万元共计1个亿注册，是国有独资企业和独立法人单位，办公地点就位于芜湖市财政局楼上。芜湖市原常务副市长任董事长，公司实行董事会领导的总经理负责制，董事会理事主要由市政府领导担任，市财政局正副局长、国土资源局副局长出任总经理、副总经理。

上行下效之风在芜湖"红顶商人"现象上十分明显。芜湖市所属四区三县均在芜湖市建投成立后，纷纷成立自己的建投公司，由区长和县长兼职任董事长。不仅如此，四区之一的鸠江区大桥、官陡、湾里等镇也成立了镇建投公司，湾里镇下属的村里也成立了资产经营管理公司。

芜湖各级建设投资公司的共同特点是：直属于政府，由当地党政一把手担任公司的董事长，由党政干部在其中运作，甚至在村里成立的资产经营管理公司也是由村支书担任董事长。

记者从芜湖市建投的一份汇报材料上得知，芜湖的"红顶商人"们完全是组织行为。芜湖市委组织部门对在建投兼职的"红顶商人"们视同下基层挂职锻炼，"红顶商人"一般两年轮换一次，因此，盛产"红顶商人"的芜湖市建投被誉为芜湖的"干部学校"，芜湖市国土资源局的一位干部说："我们想去建投还去不了。"

至2003年底，刚刚成立几年的芜湖市建投公司已由最初的注册资金1亿元，超速发展到52亿元资产，建投中的"红顶商人"们雄心勃勃地宣布，2004年的目标是100亿元。

摘自"新华网"2004年2月22日，作者为新华社记者朱玉

芜湖整顿"红顶商人"

安徽省芜湖市委认真贯彻中央二号文件精神，全面清理此前存在的干部在企业兼职的现象。目前，芜湖市委书记詹夏来已辞去兼任的奇瑞汽车有限公司董事长职务，该市其他党政领导干部在芜湖建设投资有限公司所兼任的职务均已全部免去，有关法定代表人的工商变更手续已基本办理完毕，所有兼职干部的离任经济责任审计正在进行当中。

近些年来，随着芜湖经济建设的快速发展，芜湖市也严重存在着党政干部在企业

兼职的现象。主要是市委书记兼任奇瑞汽车有限公司董事长一职，一批党政干部在芜湖建设投资有限责任公司兼职。2004年2月11日新华社发表了题为《芜湖"红顶商人"成群 官商相结成隐患》的调查稿，对此现象作了披露，引起了中央领导的重视。随后，安徽省纪检委、监察厅、省委组织部组成联合调查组到芜湖进行了调查核实。

据芜湖市委领导介绍，詹夏来在1993年任芜湖市市长助理期间，负责汽车工业项目，1997年安徽奇瑞汽车有限公司正式成立，经安徽省委批准，詹夏来兼任投资17亿元、全部为国有资本的奇瑞公司董事长。近几年来，奇瑞汽车公司发展迅速，2003年已实现产销10万辆，销售收入88亿元的目标。在奇瑞公司的发展中，詹夏来付出了心血，做出了贡献。詹夏来表示，辞去奇瑞公司董事长一职，有利于加强党风廉政建设，有利于党政分开，也对企业的长远发展有利。新华社的稿件为他敲响了警钟，他个人接受相关的批评。

摘自"新华网安徽频道"2004年3月18日，作者为新华社记者汪延、偶正涛

广东救香港？

"**陕**北救红军，广东救香港"，这话不是毫无道理。从中国经济的空间视角判断，香港经济的竞争力，大约与它的地产价值一样，已经下跌了一半以上。从长期视角判断，1985 年，特别是 1993 年以来，香港因中国大陆的改革开放而享有的巨大的体制优势和政策优势，与中国大陆的各种经济特区一样，正在迅速消失。

昨天，我遇到从香港来的久别的老友，得知香港大学毕业生的工资，已经从 1995 年时平均月薪万元以上，跌至 5000 元左右。1992 年的时候，我雇用一名博士研究生做助理研究工作，要支付他每月酬劳 2 万元。一个经济，失业率从 3% 迅速攀升一倍以上，到了 8% 或更高，工资下跌一半，是可以理解的。费解的是，假如香港居然允许中国大陆的劳动力自由流动到香港，那么，将来香港的毕业生，以及香港现在就业的职工，究竟靠了什么类型的人力资本，来和中国大陆的数量众多且素质也高得多的知识劳动者，特别是 IT 业从业者们竞争呢？香港人目前的工资水平大大高于中国大陆同类人员的工资水平，他们靠了何种手段能够保护自己的既得利益呢？须知，中国大陆的城里人一直就面对着与香港人目前所面对的同样的问题——他们靠了何种手段保护自己的既得利益不被大批来自农村且同样能干的劳动者分摊呢？

因为费解，所以，我很怀疑香港与广东是否真的能够"一体化"。我觉得，香港政府设置种种措施以保护香港人的既得利益，反而符合经济学常识，也符合中国大陆经济发达地区多年以来的政府行为模式，因为毕竟，香港政府是香港纳税人养活的，不是大陆中国人养活的。况且，从香港政府历年储备的总额和香港经济目前失血的速度判断，保护主义的政策应当可以维持相当长的时间呢！

姑且把我对"一体化"的种种怀疑放在一旁，假设香港与广东真要促成一体化。那么，我认为，香港人与大陆中国人相比，他们最大的人力资本优势，可能还是他们对市场的敏感性吧。

对潜在市场的敏感性，克兹涅尔定义为"企业家才能"。我基本同意这一定义，不过，根据诺思和韦伯的研究，还应当增加另外两项因素：（1）协调合作的能力，（2）勤奋敬业的精神。

很久以前，我在比较研究香港和中国大陆的企业家精神的时候写过，香港的企业家比中国大陆的企业家更富于创新和合作的精神。广东和浙江的企业家，今天看来，或许比香港的企业家更富于勤奋敬业的精神。

以上是正打算"一体化"的两地，在人力资本内涵方面的粗略比较。其次，知情人发现，与纽约股市相比，香港的股票市场只能与上海和深圳的相提并论——在规模、制度、黑幕等等方面。第三，与中国大陆的各门工业相比，香港的工业基本上不具有竞争性的规模。须知，迟至1995年，香港的"转口贸易"总额还是超过香港国民生产总值——这意味着香港基本上扮演着一个巨大的中间商角色。

在国民经济的农、工、建、运、商五部门统计表格里，至少有三个部门，香港不具备竞争优势。建筑业，不错，在香港目前似乎还享有相当的竞争优势。可是，我们不能忽略，香港建筑业的设计方案普遍是香港本土型的，未必能在长期内满足中国大陆的"泱泱大风"建筑需求。最后，香港商业发达，商业制度发达，商业的企业家才能发达，这或许是香港硕果仅存的优势了。

另外，我要谈谈广东的处境。广东能救香港吗？对此，我也是很怀疑的。广东人不会看不到西德救东德所招致的后果吧？当然，东德的制度包袱太沉重，而香港没有这方面的问题。可是，东德之所以难救，因为它规模巨大，如同泰坦尼克号巨轮，沉没的时候，没有谁救得了。广东经济与香港经济相比，要互补是可以的，要出手相救？还是嫌太小。

如果只考虑两地经济互补的方式，那么，我觉得，基本的方式还是从前就行之有效的那一套：香港人开发市场，广东人生产商品。当然，前提是广东人必须承认香港人有保持高得多的月收入的权利，既得利益嘛。可是，广东人凭什么承认香港人维持既得利益的权利呢？甲方救人，乙方被人救，政治格局是明摆着的。况且，"珠三角"现在还面临着来自"长三角"的竞争呢。越是激烈的竞争，就越妨碍竞争者发扬雷锋精神。

看样子，广东人未必愿意也未必有能力救香港。那么，我最后就只好谈中央政府的职能了。可是这个话题很敏感，不便谈论。所以，就只是说一个结论吧：香港经济的拯救，其实不是经济问题，而是政治问题。

（原文为《IT经理世界》2004年香港专刊而作）

宏观调控者不可微观参与

履行着宏观调控职能的政府不可再去扮演微观角色，这是教科书经济学的粗浅原理，却也是经济游戏的第一条宪法规则。裁判员不仅吹"黑哨"，而且还下场踢球，天下哪里有这样的球赛呢？如果政府执意推行这样的球赛，后果是很明白的：要么，裁判自己踢球，政府自己从事一切生产活动，让我们回到"计划经济"的时代。要么，裁判踢球累了，重新颁布规则，让百姓继续日常生产活动，于是规则丧失其严肃性和可预期性，不再是"商鞅约法"，而流于"妲己烽火"。长此下去，真要危害国之大体的。

关于宏观调控的必要性，国内学者时有争议。坚持市场自由立场的经济学家们，或可根据市场运行的逻辑的彻底性，断然否定宏观调控的必要性，并且相应地否定"宏观经济学"之为经济学一分支的合理性。相信市场可能"失灵"且相信效率与公平不可兼得的学者们，或可根据欧洲大陆思想传统里的经济学派，认定政府对经济必须履行宏观调控之职能，甚至支持政府直接干预厂商和消费者的微观经济决策。居中者，是"稳健派"的经济学家。他们既不赞同政府直接干预微观决策，也不相信市场能够解决人类社会的一切问题。

在成熟市场社会中，我相信，稳健派的经济学家是主流。道理也很简单，因为稳健派代表了那些社会里的中产阶级的长远利益。不幸的是，中国社会正处于从"中央计划体制"向着"市场社会"的转型期，而且正处于经济发展的"起飞阶段"，或许已经进入阶段的尾声了吧？这已经是双重的转型了，命运还要给我们加上第三重的转型：即文化、价值观念、思维模式、基本生活方式的转型。

在急速转型的社会里，一切与未来相关的收益都极端不确定。故而，处于三重转型期的中国人以及政府官员，理性地要把自己未来的利益以极高的贴现率折算为当下的利益。高贴现率的社会学含义是既无西方中产阶级那样的"恒产者"又无中产阶级那样的"恒心"。任期未满的官员有短期行为，追逐利润的厂商也有短期行为。对于前者，明智的办法是严厉监管政府官员，推行"阳光法案"。对于后者，明智的办法是逐渐改善市场的环境，特别是逐渐确立法治的尊严和可预期性。

我们必须逐渐把我们的思维范式转换到更加理解市场机制的基础上来。市场机制的健康运行，如同协商政治之健康运行一样，绝非朝夕可得。那是一种艺术，妥协的艺术和交易的艺术。当初，我们决心把市场体制从魔瓶里释放出来时，或许没有想过它今天有如此巨大的难以控制能力。事实上，市场经济越是在国民经济整体中占有重要位置，因不尊重市场规则而引发的灾难就越深重。

在市场面前，我们的政府官员必须养成"如履薄冰、兢兢业业"的思维范式。你以为任期将满，"我死之后哪怕洪水滔天"？市场可能就在你任期之内给你带来巨大灾难，让你引咎辞职，或把你钉死在耻辱柱上。不幸的是，我们多次看到政府官员以傲慢的态度对待市场——以"理性"的名义。其实是被人类理性所具有的那种"狂妄倾向"所迷惑，反而导致了对历史和对人民极端不负责任和不理性的行为。

一位履行宏观调控职能的政府官员，在每一项政策的权衡中，他权衡的究竟是什么呢？从基本原理上看，需要认真谨慎地加以权衡的只有两种利益：（1）如果不实施宏观调控，市场运行内生的经济周期将在多大程度上导致经济资源的"浪费"？（2）如果实施宏观调控，那么，包括政策执行者的"权力寻租"所导致的资源浪费，为把市场内生的经济周期控制在一定程度内所耗费的资源是否超过了第（1）项的"浪费"？

经济学家念念不忘的一条真理是这样陈述的：天下没有白吃的午餐。运用在宏观调控政策的评估过程中，就意味着上述两项成本之间的权衡。

当政府的行为模式还没有完成甚至还没有进入与市场经济相适应的"转型期"时，权力寻租所导致的资源浪费——不妨以眼下的"铁本事件"为例，几乎总是大大超过了市场的内生经济周期所导致的资源"浪费"。是谁把那家钢厂的规模随意扩大了若干倍？为了追求什么样的经济租？以何种形式存在的租？为了权衡上列两种浪费方式孰优孰劣，我们其实只需询问这样几个最简单的问题，然后再去公正地观察现实世界里发生着的事情，就足够了。

最后，我要指出，中国的改革始终是"摸着石头过河"，头疼医头，脚疼医脚。殊不知，这位医头或医脚的医生，早已经病入膏肓，那就是法治的缺失。市场经济的逻辑，十年前如此，现在依然如此，绝不会以我们的主观意志为转移。你要利用市场吗？那就请你认真对待它的权利。第四次修宪的主旨是"尊重产权"。产权当然是市场权利的一种，最重要的一种，任何宏观调控政策都必须认真对待。认真对待权利，就要求我们每一个人都尊重"法的治理"。

（原文发表于《财经》2004 年 6 月 5 日"观点评论"）

何谓"集体理性"和"国家利益"？

最近几年，"集体"和"国家"，这两个不仅含义模糊而且跟不上"市场"大潮的语词，被媒体和它们的年轻记者们——往往是刚摆脱了"愤青"姿态的那些记者，拿来与"理性"和"利益"结合，编织出两个令人尊重的新语词，所谓"集体理性"和"国家利益"。应当引起读者警惕的是，最近一期《财经》"产业纵深"栏目也开始使用这样两个危险地模糊了含义的语词。

我们知道，学术界之所以不愿意使用"集体理性"这一语词，最初是由于阿罗证明了他的"不可能性"定理。然后，更关键地，森（Amartya Sen）在 1970 年证明的一个"不相容性"定理，可以这样陈述：如果可选择集合包含至少三项元素，如果社会成员至少有三人而且每人都有自己的私人领域，那么，对于任何满足最弱理性（即"非循环性"）假设的社会选择规则，帕累托最优资源配置与每一社会成员至少在其私人领域内具有决策自主权，这二者之间不可能相容。

在上述的理论背景下，如果我们仍然坚持"集体"可以有"理性"，那么，我们就必须：（1）拒绝承认每一个公民在其私人领域内的自主权；或者，（2）放弃对经济资源配置的帕累托效率的追求。政策制订者们应当明白，前者是政治上的错误，后者是经济上的错误。

于是，不打算犯政治和经济错误的政策制订者们，在逻辑上便不应当接受"集体理性"这一语词。

类似的论证方式当然也适用于剖析"国家利益"这一语词，只不过，经济学家们更熟悉对这一语词的"哈耶克批评"——任何"利益"都是对世界的评价，故而只能是主观的。基于主体之间的交往和协商，如果达成某些共识，那么在这些共识的基础上，我们可以谈论"国家"这一语词，但仍然不可以谈论"国家利益"这一语词。

（原文发表于《财经》2004 年 5 月 20 日"读者来信"）

赋税的确当性问题

我们都知道，"确当性"（legetimacy），不同于"合法律性"（legality）。后者只要求符合实存法的授权层级及阐释，前者则要求更深层次的，例如，基于"道德共识"的合法性。赋税，因为涉及利益在不同社会成员之间的转移，在政治经济学诸议题中，成为与确当性问题关系最密切的议题。

斯密曾经提出赋税的四项基本原则。这些原则——由于其基本的确当性，至今还被市场社会的各国政府所沿袭，对今天我国税制的改革同样有着重大的意义。让我大致把这四项原则翻译如下：

（1）公民应当尽可能地按照与其能力成比例的原则向政府纳税，也就是说，公民的纳税额应当与他在同一政府的保护之下所创造的收入成正比。

（2）每一公民根据比例原则所缴纳的赋税，应当尽可能地事前确定而不是被随意地确定。也就是说，赋税的数量、种类和支付方式，都应当尽可能清晰和简单，不仅对纳税人自己如此，而且对纳税人以外的一切其他人亦如此。因为，只要相反的情况出现，各地的纳税人就会被置于征税者肆虐的个人意志笼罩之下，从而导致税制的极大扭曲和为了私利的滥用。……事实上，赋税的随意性往往导致腐败和随之而来的秩序本身的瓦解。与赋税的不公平性相比，避免赋税的随意性显得如此重要，以致各国政府宁可容忍相当大的赋税不平等而不能容忍赋税的极小随意性。

（3）任何赋税，其缴纳时间和缴纳方式，都应当，至少看上去，对纳税人尽可能的便利。例如，土地税是在收获的时候缴纳，消费税则在购物时缴纳。

（4）任何赋税的安排都应尽可能地降低征税损耗，即纳税人负担的超过了政府由该赋税实际所得的那部分赋税。税耗之发生，源于四种情形：首先，赋税的制度安排或许需要太多的税务官员来征收从而支付太大比例的工资以致侵蚀了赋税额的太大部分。其次，赋税的制度安排或许把太多的劳动和资本从社区的生产性服务转用于非生产性的征税活动。第三，赋税制度的安排或许会过于严酷地惩罚了那些未能成功避税的公民或过于加重了那些贫困公民的负担，从而使得他们完全被摧毁了，以致他们的原本可用于生产性活动的资本消耗殆尽。第四，征税官员过分频繁地探访纳税人或许造成不必要的麻烦、压力和胁迫。

我国当前的税制改革不仅应当遵循斯密提出的上列原则，而且，在我看来，它还需要更多的确当性原则。这些额外的确当性原则，是转型期中国社会的根本特征所要求的。在这一转型期之前，政府开支的主要支付者是国有部门，同时，政府服务的主要受益者也是国有部门。在这一转型期内，事情发生了本质变化。政府服务的主要受益者正在或已经从国有部门改变为诸如外企和私人公司这类非国有部门，它的开支的主要支付者，按照"受益者埋单"的原则，也应当从国有部门转换为非国有部门。可是，这需要在宪法层面上有相应的改变，于是就有了"赋税的确当性问题"。

政府服务的对象，从基于国有部门生产资料创造着劳动收入的劳动者群体，转变为基于非国有部门生产资料创造着合法非劳动收入的各类群体。在立法、司法和执法诸领域内，这一转变导致了相当严峻的阐释问题和操作困难。我们从杨之刚教授的这篇文章，不难感受到我国税制改革所面临的重重困难。

在税制改革面临的重重困难中，我认为，符合"宽税基"、"低税率"和"严征管"的个人所得税制度的确当性问题，或许最难确立。就个人所得税而言，同时符合"宽税基、低税率、严征管"这三项原则的税制，通常倾向于惩罚纳税群体中的穷人和奖励纳税群体中的富人。如果这一看法有几分道理，又如果政府收入的三分之一以上来自个人所得税，那么，政府服务的对象就应当主要是纳税人群体中的穷人而不是富人。当然，这一推论与现实不符。所以，赋税的确当性要求政府把个人所得税的原则修改成为"累进制"和"严征管"。遗憾的是，政府难以推行这一原则。因为，若要保护富人们创造财富的积极性，那么经济发展这个"硬道理"就要求我们推行最小限度的累进制甚至"平税制"的个人所得税制度。

至少，我们应当从现在开始积极推动关于个人所得税制度的公众讨论，通过对话，或许可以确立适合中国社会目前道德共识的赋税的确当性。

（原文发表于《财经》2003 年 11 月"评之评"栏目）

赋税公平与立宪经济学

赋 税的合法性及立宪原理，是一个早就该提上日程却因其艰难而被延宕至今才提出来讨论的议题。任何时刻，任何一个政府，都不应当忘记美国"独立战争"的起因。惟其如此，现代社会的赋税问题才被称为统治者合法性基础的"试金石"。

赋税公平问题之不易论述，因为赋税是现代国家的主要收入来源，故而讨论赋税公平问题，首先就要讨论现代国家自身的"合目的"性。从道德哲学的层面，略去冗长论述，我们假设国家的存在确实符合全体社会成员的基本道德共识，所谓"legiti-macy"——又译作"合法性"，故而可以直接下降到政治哲学的层面。若我们进一步假设国家已经获得了法律的合法性，所谓"legality"——又译作"合法律性"。那么，在宪法层面，我们可以讨论政府及其收入来源的合法性与合法律性。

在这一层面，斯密、李嘉图、小密尔和其余的古典政治经济学家，为我们提供了市场社会所需要的政府开支及收入的基本类型。当然，市场社会在国家之间存在重大差异。不过，我们仍然可以想像，在与市场社会相适应的政府开支及收入之外，还有一套与旧体制相适应的政府开支及收入。这两套开支状况与收入状况的综合，大致就是我们这个转型期中国社会所养活的政府的开支与收入的状况。不言而喻，在旧的政府职能与新的政府职能交错接替的转型阶段，总的政府开支可以异常巨大，从而社会需要背负一个政府的异常沉重的收入来源。这当然意味着赋税问题在转型期社会可以变得异常尖锐，甚至导致暴力事件。

可是，赋税公平的准则是怎样的呢？学者们至今或许也提不出一个清楚的解答。下面列举的，是几个主要的且严重冲突的赋税公平准则：（1）一律平等地对待全体社会成员，典型如"人头税"；（2）根据每一个人的能力强弱等比例地赋税，典型如"个人所得税"；（3）根据每一个人积累的财富多少等比例地赋税，典型如"遗产税"；（4）根据每一个人的需求等比例地赋税，典型如"消费税"；（5）根据每一个人的需要等比例地赋税，"现收现付"的养老金账户，在稳定的人口结构内，大约可以归入这一类型；（6）根据每一个人的权力等比例地赋税，我一时找不到合适的例子，在权力市场上，最显著的交易方式是"院外活动"，如果这是政府收入的来源之一，那么，由此发生的费用，大致可视为"与权力"成比例。而根据布坎南的看法，院外活动的公正性在于它为各种权力提供了交易机会从而改善了政治运作的效率——在帕累托意义上的改善，故而对效用主义者而言具有某种公正性。

如果理论家无法提供赋税公平的准则，那么，现实生活是否可以提供一些线索呢？这里报道的"都市白领"的日常收入及开支表明，普通中国人收入的相当大部分是用于都市生活必需品的开支，衣食住行、社会交往，这两类开支大约占个人总收入的80%或更高。我们应当看到，个人储蓄率低于20%，这是大都市经济生活中十分正常的现象。但是，目前个人所得税的起征点，却相当于从这位白领的个人收入的20%开始累进征税。换句话说，用于维持一个人日常生活开支的大部分收入都被纳入政府税基。可是，那些富人呢？他们拥有自己的公司或"项目"，他们合法地把日常开支的绝大部分摊入成本——避开了原本应当课征在维持日常生活的收入部分上的个人所得税。仅根据此一项比较，读者不难判断，目前通行的个人所得税制度，不符合以上所列六条公平准则的任何一条。既然如此，我们怎么能够认为目前的个人所得税制度是公平的呢？那么，它的合法性又从何论证呢？

从目前中国社会的基本状况出发，我们认为，赋税的原则必须至少符合上列六项标准之一，或者更多。至于何种公正标准最终能够获得多数社会成员的共识，则取决于我们是否可能建立各种利益群体的对话和协商渠道。

不公平的赋税制度，从政府角度看，可以导致高昂的征税成本。后者又往往导致更加恶劣的"包税人"制度，激化社会矛盾。事实上，目前通行由财会人员代扣个人所得税，就有向包税人制度进一步演化的可能。

斯密提出的税制四项基本原则，第一原则是"根据每个人的能力等比例纳税"，这也是上列第2条公平准则；第二原则是"个人税负的确定性和不任意变更"；第三原则是"必须以最便利纳税人的方式征税"，这一原则当然可以极大地降低征税成本；第四原则是"尽量降低税耗"——必须指出，中国传统的包税人制度，是增加政府收入的确定性的手段而绝非降低税耗的手段。"苛政猛于虎"，描写的正是包税人凶猛搜刮的样子。

赋税制度，如我开篇所称，是统治者合法性基础的试金石。目前的个人所得税制度、公司所得税制度、财产税和遗产税制度，都需要改革，也都必须在广泛对话与协商的基础上，才可能获得道德合法性。

（原文发表于《财经》2004年3月20日）

一位都市白领的窘困生活

3月上旬一个煦暖的中午，北京国贸大厦附近的一家餐厅，在一家外资机构任出纳的刘佳应约接受采访。落座之前，她建议："我们去肯德基吧，这里菜价太贵了。"

刘佳的公司在高档写字楼内，办公室禁止员工吃自带午餐，刘佳只能跟同事去附近的餐厅用餐。每月上班22天左右，仅吃午饭，平均花费700元。

"说起来我们叫'白领'，可是生活真的不如你想像的那么好。我工作两年，月收入也就五六千块，我的同学中混得最好的，也不过1万元左右。大部分人不超过6000元。"

刘佳给记者算了算6000元能派什么用场：

房租以及房屋贷款：在北京一般的地段，两居室的房租为1500至2500元。刘佳与同事合租，分摊房租以及水电等费用，每月这一项支出超过900元。她刚与男友在20公里以外的通州区买了房子，每月贷款与男友分担，她支出约700元。

固定电话费、上网费、手机费：每月最少300元。

交通费：从住地到单位，需要坐一辆不能用月票的公交车，再转乘地铁，每天花费10元。每月上班22天，共220元。这还不包括打车费和其他车费。

置装费：刘佳的工作环境对着装有要求。加上爱美之心，刘佳每个季度至少得有两套套装，以及搭配不同款式衣服的鞋子。这些套装即使在打折的时候，价格也得数百元。质地好些的，要数千元。此外，还有皮包、化妆品、美容美发等方面的支出，每月最少也得1000元。

千万别忘了，还要交税呢。按照税法规定，工资越高，税率就越高。以6000元的工资算，扣除1200元的免征额，要缴纳595元的个人所得税。此外，还要扣除"三险一金"以及公司的其他费用，平均每月300多块。

"最后还能剩下多少？900多块。还不包括额外的支出。"

"不光是我这样，我认识的大部分白领，只要不是北京人，不愿意特别委屈自己的，生活成本都不低。"刘佳说，"我们单位流行一个名词解释：所谓白领，只不过是一群听起来很爽，看起来很美，干着辛苦活儿，拿着血汗钱儿，受着脸面与金钱双重熬煎的穷人。"

2003年，国内人力资源服务机构"前程无忧"公布了一份《国内主要城市白领薪资调查报告》，据称该报告采集了 200 万个样本，覆盖北京、上海、广州、深圳、武汉、成都、西安、杭州八个城市。这份调查报告显示，2002 年国内有五个城市的白领平均年薪超过 4 万元，其中深圳最高，为 50143 元；杭州列第五位，为 41817 元。也就是说，在这几个平均年薪最高的城市，白领平均每月工资是 3500 至 4200 元。

调查显示，在上述各城市，白领工资增幅并不高。深圳、上海、北京和广州白领薪资增幅都低于当地同期国内生产总值增幅的 2 至 3 个百分点，深圳则低了近 7 个百分点。而且在通常情况下，他们的薪资增长会被个人所得税、养老金、保险费和物价的增加而"消耗"掉一部分，城市白领的实际收入（指税后的可支配收入）的增长是十分有限的。

以刘佳为例，她现在工资 6000 元左右，每月个人所得税 595 元。假若她的工资上涨了 2000 元，每月需要缴纳个人所得税 945 元，比起涨工资前的税金增加了 350 元——仅此一项，就占去工资增长部分的 17.5%。

说起个人所得税，从事财务工作的刘佳颇为不满。她认为，个人所得税是最不公平的税。虽然去年北京地区的个人所得税起征额由 1000 元提高到 1200 元，但与高昂的生活费相比，1200 元的起征点依然很低。

"现在报纸上都说要改革个税，由分类课征向综合课征制度过渡。事实上，国外的综合课征制度都是扣除了最基本的生活费的。比如说，北京当地人住自己的房子，而我们这些外地人房租和房贷负担很重，收税时都扣一样的费用，这不公平。还有同事有小孩在上幼儿园，每月得交 1000 多块的入托费，这一块其实也应该扣的。"

大多数工薪阶层的税款都是由企业代扣代缴，员工自己既不知道为什么要扣这么多税，事后也拿不到完税的凭证，只能在事后看到工资条上列出的被扣的数百元税款。而刘佳接触到一些人，月收入与自己差不多，生活背景也基本相同，实际缴纳的所得税额却相差很大。"这也不合理！交税，总得交得明明白白吧？"刘佳说。

中国个人所得税的纳税方法有自行申报纳税和代扣代缴两种。工资、薪金所得的纳税一般由纳税人所在单位代扣代缴，这是个人所得税的主要部分；而许多其他所得，有的纳税人在自行申报时有时会偷税漏税。这部分人有许多高收入者，他们收入渠道多，隐性收入、灰色收入较多。结果是，个人所得税管住了工薪阶层，而一些高收入者则偷逃税，个人所得税的调节功能没有得到发挥。

据统计，公务员、国有大企业职工和外国公司员工交纳的个人所得税最多，他们承担了较大的个人所得税税收负担。"谁好征管，谁就多纳税；谁不好征管，就少纳税"，这是多数纳税人对现行个人所得税制度不满的一个原因。

在刚刚结束的"两会"上，个人所得税制度也是代表委员们议论较多的问题。据《中国青年报》报道，全国人大代表、娃哈哈集团董事长宗庆后说："个人所得税和每个人都有关系，建议尽快修改个人所得税法，将起征点调到 1600 元。"宗庆后建议将最高征收税率降到 20%，还建议"供养一人以上的每人按最低生活水平线开支抵扣个人所得税"。他说："目前我国的个调税，没有考虑纳税人的实际经济负担。这种征收方法易造成低收入困难家庭，引发社会不稳定因素。"

《财经》记者　李其谚／文

无神时代的道德

■　　■　　■　　■　　■

无疑，这是一个值得议论的话题，不论它是否由红二村的"道德银行"引发，或恰好因为红二村社区居民们的实践而引发了公众对它的关注。

18 世纪末叶，康德苦心孤诣，营造"三大批判"，终于未能解答"无神时代是否能有道德"这一重大问题。20 世纪初叶，齐美尔询问："社会何以是可能的？"挑起了社会科学的反思运动。从此，社会理论家们不断"回到康德"，试图解答"道德何以是可能的"问题。

诺贝尔经济学家西蒙教授，从认知科学与行为科学的立场出发，曾把"道德"定义为"利他主义"行为：当且仅当一个人为了增加群体的平均适存度而降低了自己适存度的时候，我们称此人的行为是"利他主义的"行为。这里，关键在于理解"适存度"（fitness）——生物演化理论的术语，此处指基因型（genotype）在特定个体的生命过程中的表现型（phenotype）对生存环境的适应能力。

首先，西蒙教授的这一定义把基于血缘关系从而有同一基因型的个体之间的"互助行为"排除在利他主义范畴之外。其次，显然，这一定义把个体为追求"现世回报"所做的有利于群体和其他个体的努力排除在利他主义范畴之外。

如果神在，那么，那些献身于神的个体，可以毫不犹豫地降低自己的适存度，为着增加群体的适存度。经济学家试图庸俗地解释这类行为，把它看作是"追求此生和来生总效用的最大化"的行为。通常，神愿意给此生的利他主义行为特别高的来生奖励，所以，只要贴现率足够低，神的来生承诺便足以补偿利他主义行为对此生的损害。不过，我宁愿认为这种庸俗经济学解释是渎神。

不论如何，进入现代社会，韦伯宣称：众神都已退隐。生命无处奉献，道德行为是否也不可能发生了呢？金迪斯和他的桑塔费学派同事们 2003 年发表论文综述了他们的研究成果，其中最引起我注意的是这样一个命题：如果没有劝说人们实行利他主义行为的社会说教，那么，长期演化的结果是，社会将彻底瓦解。换句话说，没有对利他主义行为的褒奖，社会将不再可能存在。

那些对"道德银行"发表非议的人，我猜测，多半是受了康德的古典道德哲学的影响，认定道德行为不应有任何形式的回报。当然，这一道德立场不错。只不过，它所坚持的，颇类似"饿死事小，失节事大"这样的道德意识形态。不论如何，红二村的社区成员们，在"道德银行"的激励下，扎扎实实地改善着群体的生存环境，增加着群体适存度。

任何实践，不论是道德的还是科学的，就其形式而言，在开始阶段，甚至终其全部过程，都不可能完善到足以符合柏拉图在天国里定义的"理念"形态的程度。人不同于神，他只能具有演化的理性和演化的道德。

既然如此，对这样一个赤贫社区里发生的道德实践，对社区主任硬汉子顾红的道德记录工作，哪怕在实践的原则和细节上满布着不合逻辑甚至荒唐的错误，我们都不能仅仅根据康德的看法就加以非议，我们甚至没有资格仅仅根据康德的看法就对此加以非议！

布鲁默尔以降，当代思想界认识到，概念，不应当是逻辑的"定义式的"（definitive），而应当是在每一特定场景都表现出概念的场景特殊性的"知感式的"（sensitizing）。假如，亲爱的读者，假如你生活在红二村极其拥挤和极其贫困的空间里，假如你经历过从前发生在那里的"一切人对一切人的战争"，甚至，假如你是宁厚玉的双目失明的母亲或先天不足的弟弟，那么，你肯定认为顾老汉和他的居委会推行的道德银行，是一件"好事"，不是一件"坏事"。这里，好，是作为"善"的好，是朴素自然的善，是让宁厚玉一家四口得以生存下去的善。无需康德式的说教，因为，场景决定了概念的意义！

无神的时代，我们不应当再返回康德，我们应当不断地返回尼采和鲁迅：追问理性本身，重估一切价值，不论它们是传统价值还是现代价值，也不论它们是西方价值还是东方价值。

对价值的重估，我们所根据的，只能是现实生活本身。当然，仅仅生活在现实中，不足以构成对价值的重估。我们需要思考，尤其是在忙碌的生活之流里停下来思考。于是，逐渐地，然而很不幸，缓慢地，我们终于可能把我们的良知捡回来。

良知不是价值，它仅仅是一种能力，或可视为"社会认知能力"的一部分——核心的部分。这种能力，如果我们长期生活而不反省生活，就会消失。而当它消失的时候——阿伦特在纽伦堡和耶路撒冷审判纳粹的法庭上的思考向我们表明，当良知消失的时候，邪恶便开始泛滥。可惜，反省需要时间，而时间对高速发展着的中国经济和生活在这一经济社会里的人来说"越来越贵"——工资是闲暇的价格。于是，愿意在忙碌中停下来反省的中国人，越来越少。

（原文发表于《财经》2003 年 12 月 5 日）

贫民聚居区诞生"道德银行"

兰州市首家社区"道德银行"于 2003 年 11 月 18 日在火车站街道办红二村社区落户。"道德银行"落户的当天，就有 15 名社区居民的"道德储蓄"被自动转入该银行。

提到银行，人们都会把它和货币联系到一起。可是红二村社区建起的"道德银行"储蓄的并不是货币，而是居民"道德风尚"。

红二村社区是被这座城市曾经差点遗忘了的一个"死角"。几条铁轨和站台围墙将这里与外界很严实地隔离了起来，很长一段时间以来，这里处于"两不管"状态。

社区主任顾红介绍说，流动、暂住人口和下岗失业人员多，弱势群体集中，这是红二村与市内其他几百个社区一个显著不同的特点。目前大多数人生活来源无着落，有 100 多户、近 350 人急需低保金的救助。

尽管如此，居住在这样一种环境中的 1000 多户居民，义务赡养和安葬村内孤寡老人、收留转送（养）站台弃婴、自发组织综保队、"一帮一"结对子的志愿者却越来越多，当地治安环境也很稳定，邻里之间有难时，每个人都能热心出手相助。

红二社区居民的行为让人流泪。

为了抚养一个弃婴，与他共同生活了 10 多年的妻子，摔门后离他而去。留下人生无法弥补的伤害，只能他一个人去承受。宁厚玉，独立承受生活带来的无穷大的压力已经三年了，每当提起这件往事，悲痛不由涌入心头。

记者随同宁厚玉来到他的家。宁厚玉掀起家中门帘，随着灯绳"咔嗒"一声响后，瞬间映入记者眼帘的一幕，无法不让人心酸。房子里占地面积最大的就是一张说不清楚是单人还是双人的基本没有厚度的床，但就这样一张床却成为这间房子里最为可观的财产，床边拥挤地靠坐着宁厚玉的四位最亲近的亲人：他正在上初二的亲生儿子；他 10 年前捡回的弃婴，现在是他的女儿宁惠；宁惠的旁边坐着一位双母失明的老人，这就是宁厚玉的母亲；靠最边上的一位 40 多岁的男子，是宁厚玉的弟弟，先天的不足让他无法像正常人一样生活。

家里上上下下这样的现状，无不需要宁厚玉的照料。在诉说的过程中，这样一个真正的男子汉，也没能抑制住自己发自内心的酸楚。

顾红欣慰地告诉记者，虽然该社区的居民物质生活十分贫乏，但精神上，居民拥有的高尚道德，是无人能及的。也就是基于这一点，社区才有了一个建设"道德银行"的想法。"道德银行"建设的初衷就是要将这个村子仅存的"财富"——"高尚道德"——为广大的居民储备性地记载下来，以此来鼓励该社区居民的良好道德风尚最大限度地发挥出来，让生活上并不富裕的红二村居民通过精神上的财富丰富生活。

听到红二村"道德银行"对社区居民"做好事、登记入账"的做法之后，部分市民认为参加志愿服务、做好事不应该图回报，如果是为了储存起来，以后为己所用、得到好处，这样就会使道德变味。他们说，"做好事图回报，将道德明码标价"，此举不利于普通人之间的关系维系，更不利于小社区和大社会的长远发展。

赞同和支持红二村社区创办"道德银行"市民们则认为，强调助人为乐，讲求无私奉献，不应当成为否定道德回报的理由，付出的同时得到回报，这符合公平原则。

摘自《都市天地报》2003 年 11 月 24 日，鲁强／文

情境 三：学园

卖血，自选择，学术的民间性

我曾经介绍过这样一种看法（参阅我在《IT 经理世界》"丁丁"栏目的随笔《从五常卖字说起》）：不论从社会角度还是从私人角度，"献血"都是一种比"卖血"更优的制度安排。因为如果允许卖血，则往往会有人逐渐转变为"卖血专业户"。但在中国目前的经济发展阶段，血的价格较低，不足以让一个卖血者把两次卖血的间隔保持足够长以便他的身体再生产出等量同质的血。更糟糕的是，当血价上升时，如果缺乏检验血液质量的优良手段，卖血者就会把献血者驱逐出血液"市场"，从而受血者所接受的血的平均质量将下降。

经济计量理论家经常告诫我们要注意样本的"自选择"（self-selectivity）效应——那些被观测到的因某种激励而成为被观测到的，那些未被观测到的则因同一激励的缺乏而未被观测到。血价上升，吸引来更多的卖血者而非献血者，故而买来的血占医院用血总量的比例上升。这是因为血价上升只对卖血者有正的激励作用，对献血者没有或有负的激励作用。这样，在统计数据中就会出现"血的价格与血的平均质量成反比"这类奇怪的现象。

哈耶克在《通向奴役之路》中指出，极权制度最糟糕的特征是它往往把能力最差的人选拔成为公共事务的决策者。因为在这样的制度下，那些习惯于报喜不报忧、利用裙带关系和懂得如何玩弄权术的人，获得最多的升迁机会。而最优秀的人才——其中不乏敢于直言的人，则往往受到这一制度的惩罚。读者不难看出，这里再度出现了"自选择"效应，糟糕的制度安排使得优秀人才"自选择"不进入决策机构。

推而广之，任何事物，只要关于这类事物的"质"的信息在该事物的供给者和需求者之间的分布极端不对称——通常是供给者知道的信息远比需求者多，典型如医疗服务和学术思想，那么，这类事物的定价机制就可能因某种"自选择"效应而失灵。最著名的例子是关于"二手车"市场的所谓"柠檬原理"——当买主按主观预期的平均价格购买二手车时，好车的卖主"自选择"退出二手车市场，从而导致二手车的平均质量进一步降低，又导致平均价格的下降，直至市场崩溃。

当然，市场未必总是崩溃。杭州农家养的"本鸡"，在市场上至少卖 15 元一斤，比普通鸡价贵了两倍。换句话说，如果市场提供有效的技术来判断事物的质量，让买主以足够低的费用把事物归入例如"本鸡"和"速成鸡"这样两个类别，并据此定价，那么，市场将为不同类的鸡制订不同的价格，也叫做"质量歧视"价格。

不过，市场未必总是能对事物的"质"制订出歧视价格。杭州的茶叶，以我的观察，就是这样的一个例子。茶叶的品质，一位曾在茶场工作过许多年的朋友告诉我说，非要专家亲自品尝而无法辨别高下。最近闹得沸沸扬扬的阜阳"奶粉事件"是另一个例子——这些销往农村的假奶粉几乎不可能遇到懂得使用检验仪的消费者，从而它们可以通过包装得精美一些而获得与优质奶粉同样的价格。这时候，我们说：市场失灵了。

还有一些事物，它们的质量未必敏感依赖于价格。换句话说，价格信号难以传递这类事物的质量信息。再换言之：对于这些事物，市场是要失灵的。我觉得，学术与思想，就是这样的事物。

中国社会刚好处在这样的人均收入水平上，在这一阶段，市场表现出对"学术与思想"的旺盛需求。凡是"重点"大学，动辄就可以从国家财政领取数以亿计的拨款。此外，办学创收也呈现出巨大的盈利前景。以辨别学术产品的质量为主要功能的"权威级"学术刊物，由于提供了关于研究人员学术水平的信息，必须时刻抗拒来自大学研究人员的数目诱人的"版面费"。读者当然不会忘记，大学经费的一项主要开支是建造更宽敞更舒适的教工住房，从而把教授们的市场价格提高到比他们交给刊物编辑的"版面费"远为诱人的程度。最后，谁控制着大学经费的发放和使用，谁当然也就有了权力把自己优先包装成为"大学教授"。

当学术价格上涨时，由于学术的质量几乎与价格无关，故而，我们不难想像，卖血者将把献血者淘汰出局，剩下来的，或当这一过程达到均衡状态时，一群与学术和思想几乎无关的人物，把持着大学和科研机构。

那么，学术与思想躲到何处去呢？躲到献血者该去的地方。关于学术与思想的"自选择"效应在于：那些以"学术为志业"的人，通常不能适应市场竞争，因此，他们"自选择"躲在市场外面，某个安静的角落。假如大学已经变成了市场，自选择效应就会把这些以学术为志业的人驱逐出大学，让那些与学术几乎无关的人被大学的消费者观察到。不错，消费主义的时代早就显明：大学是可以拿来消费的。

于是，学术便恢复了它的民间性——既没有市场的喧闹也没有官府的张狂。只在学术的这一形式中，学者永远可以找到自己的安静的书桌。

（原文发表于《IT经理世界》2004年5月20日）

也谈教育"乱收费"

——教育价格及价格歧视

教育资源的配置，按照从高等教育到初等教育的顺序，应当越来越顾及公平原则——此处的"公平"，是罗尔斯所论的"作为公平的公正"（justice as fairness）这句话里的"公平"概念，不是"平等"概念。

全国平均而言，城里小学的生均经费是乡下小学的生均经费的数倍至数十倍。如果不考虑复杂因素的话，如此巨大的不平等，对天资同样聪慧的孩子们，不能算是公平的。两位缴纳了同样税收的市民，只因学区不同，他们的孩子们，在缴纳和不缴纳"择校费"或"赞助费"的假设下，分别进入了"重点"学校和"普通"学校——重点学校得到的财政拨款可以是普通学校的数十倍之多，于是孩子们所享受的来自同一政府的教育经费可以相差数十倍。以这样的方式把一位纳税人的赋税转化为另一纳税人的福利，不能算是公平。如果政府把教育经费平均分配给各校，而那些聚集了大批优秀教师的百年名校，若不允许"乱收费"，就只能支付平均工资给优秀教师。这对于优秀教师来说，显然，不算是公平。国民纳税给政府作教育开支，而政府办的学校效率低下且腐败丛生，所浪费的资源是民办教育的数倍至数十倍。那么，政府就应允许学生们从公立学校转入私立学校且免去这些学生家长的相应额度的税款。否则，就不算是公平。

教育收费的公平原则如此错综复杂，我宁愿搁置这一话题，转而探讨诸如"教育的价格是由哪些因素决定的"这样一些更简单的话题。更进一步，这里所说的"教育价格"，仅仅是局部均衡分析框架里的教育价格，而不是一般均衡分析框架里的教育价格，更不是人力资本投资的动态过程视角下的一般均衡分析框架里的教育价格。

如果不考虑教育的消费性质，单纯地把教育视为"劳动力"的生产过程的投入品之一，那么，我们说，对教育的需求是一种"诱致需求"（derived demand）——从对"劳动力"的需求中派生出来的对劳动力所需的各种投入品的需求。关于诱致需求，马歇尔提出过四条定律。把这些定律应用于对"教育"的诱致需求，大致就有了下列的四项原理：（1）教育费用在劳动力成本中所占比例越小，对教育的需求曲线的弹性就越小。例如，当一个社会的产品主要是劳动密集型产品时，劳动力成本主要是衣着、食物、住房及其他生活必需品的费用，而教育费用在这一总成本里所占比例很小，故而，教育价格可以有大幅度上升而不必引起对教育的需求的大幅度下降。今天，中国社会正处于劳动力的人力资本含量迅速增加的阶段，教育费用在劳动力总成本里的比例迅速上升。于是，教育价格的大幅度上升几乎必定引起对劳动力所含的人力资本的替代——即劳动力的人力资本含量大幅度下降，从而，中国经济结构将滞留在劳动密集型产业内。（2）对劳动力的需求的弹性越小，对劳动力所含的教育的需求的弹性，也就越小。例如，江浙地区最近两年对技工的需求，弹性极小——厂家招聘广告开出的价格，年薪从 10 万到 35 万。据此，技工学校的收费标准应当能够在大范围内浮动而不会导致市场需求的显著变化。（3）劳动力所含的教育的类型越是难以替代，对该类型教育的需求的弹性，也就越小。在中国目前的发展阶段，数学与音乐，前者更难以替代。所以，数学课价格的波动范围可以比音乐课大得多而不会导致需求量的显著变化。如果大学的名称被社会视为教育的类型，那么对"名校"的教育需求，就会因为难以替代而有了极小的需求弹性。也因此，三流学校"乱收费"的余地远比名校要小。（4）教育的各种替代品的供给曲线的弹性越大，对教育的需求的弹性也就越大。如果各种民办学校以及国外的学校，愿意以充分竞争的价格提供足以替代公立学校的教育服务，那么，任何试图多收费的公立学校都会立即损失大批学生。

我相信，任何关心学校"乱收费"问题的读者，若仔细读了上列诸原理，大概都会觉得我的下列看法比单纯讨论"乱收费"问题要深入得多：（1）许多"乱收费"的情况是"不完全竞争"的市场行为，实在不应当被称为"乱"收费，典型如上述技工学校和名校的例子。（2）遏制"乱收费"的最佳途径，莫过于扩展教育服务的竞争性市场。（3）为了中国经济结构的升级，政府最紧迫的任务是把目前占 GDP 至少3%的公共教育经费最大限度地用于开办和补贴基础教育。注意，是"补贴"，不必是"公办"。（4）取消政府对公立"重点"学校的财务支持，由市场竞争挑选真正的重点学校及其收费标准。（5）学校归其所在的社区管理，社区从政府领取教育经费，社区任命和监督学校管理者的行为。（6）公民有在社区之间自由迁移的权利，学生有根据亲属法由父母抚养的权利，也有根据义务教育法由政府支付学费的权利。

（原文发表于《财经》2003 年 10 月 20 日）

教育乱收费探源

名目繁多

沙老师是河南省周口市一所小学的班主任，每当新学年开学，他都要犯愁。一个多月前，在学校召开的班主任会议上，校方通报了今年的学费标准，沙老师班上的同学每人要缴纳400元，而县教育局规定的学费只有300元。

至于这多出的100元钱用到了哪里，沙老师表示她也不知道。与沙老师相比，今年被媒体曝光的江西省波阳县芝阳学校的校长潘桂英最近的日子要难过得多。根据最新的调查报道，芝阳学校存在着极为严重的乱收费现象，而波阳县教育局的官员也表示，芝阳学校这几年收费不入账、补课乱收费等问题相当严重，目前县纪委也已经介入调查。

波阳县是江西省少数几个尚未普及九年制义务教育的贫困县之一。芝阳学校则是波阳县城里一所颇有名气的公立学校。根据该校教师介绍，芝阳学校一直以来都有两本账簿，一本是正规的账簿，一本是"账外账"。正规收费一般按规定入账，而乱收费则往往放进"账外账"。

在芝阳学校的"账外账"里，我们可以看到各种名目的收费：初三年级每年寒暑假的补课费、每学期的预收书款、教师的课时津贴、双休日的补课费和保险费等等。而在这"账外账"之外的学生家长所记的"账"里还有以下这些项目的收费：开学报名费、书款、试卷费、学校修乒乓球台费用、上课费、英语听力磁带费、报考费、其他收费。

择校费：学校与家长"合谋"

芝阳学校的"账外账"名目虽多，但单个项目收费都很有限，不过几十元到数百元，可以说是"依靠规模出效益"的"粗放型"乱收费。而在大中城市，多数学校——尤其是"名校"，每年仅仅依靠新生入学的一笔"择校费"，就可以赚得盆满钵满。

中国大中城市的择校费用之高令人瞠目：广州一个择校生收费可高达18万元；南宁的一位家长则表示："入学捐款四五万元不过是'毛毛雨'，就是捐上10万元、20万元的也大有人在。"……

芝阳学校强迫家长缴纳各种乱收费项目，可以看作是一次以学生"为人质"的勒索：学生家长为了孩子在学校得到良好的"关照"，不得不忍气吞声被动地缴费；与此不同的是，大中城市的家长为进入"名校"而缴纳高额的"择校费"，更多是出于理性的主动选择，近乎于一次家长与校方的"合谋"。

学校好差的标准是等级：薄弱学校、普通学校、区（县）级重点、市级重点、省（市、区）级重点、国家级重点。而高等级学校靠的是长期高强度的投入，尽管现在政府财政投入不再像过去那样向名校倾斜，然而"冰冻三尺，非一日之寒"，普通学校要想在软硬件设施上赶上重点学校，还需要一个长期的过程。有调查显示，有的薄弱学校全校的资产，甚至比不上省级重点的一间教室。

作为学生家长，理性的选择当然是缴"择校费"让孩子上高等级学校。广州一位家长曾经算过这样一笔账：花几万元给孩子买一个好学校上，获得学校几千万元资产三至六年的使用权，优秀教师三至六年的教导，然后获得名牌大学的准入证，从投资回报的角度说，绝对超值。而根据现在各地推行的学校收费"一费制"，等级越高，学杂费收费标准也越高。于是出现这样的循环：高等级学校——高额赞助和学杂费收入——更高等级——更高额赞助和学杂费收入。

无奈的借读费

无论是在大中城市还是小城市，都有这样一批"流浪学生"。由于父母的工作性质，他们可能每隔几年就要换一个城市生活。在中国现有的户籍制度下，他们只能成为学校中特殊的一族：借读生。

与本地学生相比，他们要缴纳的费用要多得多：借读费、择校费、赞助费、座椅费、听课费等等，名目繁多，甚至稀奇古怪。

虽然赞助费完全凭家长自愿交纳，但至少也要几千元。在江苏某小城镇已经做了五六年生意的浙江人江先生说："我们最担心的是孩子受歧视。学校让交什么费用就交什么费用，还不敢交少了，就怕学校看不起我们，怕孩子得不到老师的照顾。"

《财经》实习记者　田启林／文

文明进程中的生存处境

——评埃利亚斯《个体的社会》

有些作者，他们的照片让我们情不自禁地想要阅读他们的文字。埃利亚斯（N. Elias），对我而言，属于这样的作者（见附图）。他去世的那年，我记得，巴尼斯—诺贝尔书店专门摆放了他写的《德国人》和他的两卷本名著《文明的进程》。我站在那个书架边读了一会儿，由于没有找到激发共鸣的段落，就转身走开，以后十年，竟未有机缘再与埃利亚斯相遇。

2003 年 11 月初，我去"万圣书屋"会见朋友，在楼梯拐角的格子窗那儿，不期而遇埃利亚斯。就是这本书——《个体的社会》，1988 年因对社会科学产生重大影响而获欧洲阿玛尔菲奖，翟三江、陆兴华译，译林出版社 2003 年 10 月第 1 版，是刘东主编的"人文与社会译丛"的一种。引述译者的话：埃利亚斯曾做过"街道炉盖厂的推销员和经理，一生绝大部分时间流亡在一个岛国做访问讲师……母亲死于纳粹毒气室，他竟七年不着文字，只怕影响自己对德、英、法三个民族的文明进程里的民族个性研究的客观性。这本书里，有诸多让我们读出热泪的地方。"

埃利亚斯写作的视角，一方面是大历史的、长周期的、试图纵览文明全部进程的，另一方面是生存的、特写的、试图为具体处境里的人提供现象学分析的。由此，我推测，我们中国人大多很喜欢埃利亚斯的文字。

这本书有三个部分，第一编的标题是"个体的社会"，写于 1939 年，虽然从立场到论证都与米德（G. H. Mead）1910－1930 年间论证过的"社会性的自我"（social self）相似，却通篇没有提到米德的名字。第二编"自我意识和人类形象诸问题"，写于 1940－1950 年代。这一部分，就文字而言，我最喜欢第二章"沉思的石像"；就思想而言，我喜欢第三章"社会进程中的人的个体化"；又就片断而言，我喜欢引述第一章

"人类作为个体和社会的出自愿望和恐惧的自身形象"。

第三编成稿最晚，"我们—自我平衡中的演变"，写于1987年。三年后，作者就去世了。中译者建议那些没有时间读书的读者跳过前面的两部分，直接读第三编。所以，我试着从前面两编里摘录一些吸引我的片断，罗列于下：

以倒叙的方式，先是第162页，

> 因此，我们之所以需要对人类的生成过程作上述那种长距离的回顾，首先是为了看清人们试图用"远见"、"理智"、"文明"、"个体性"这些词语来指明的那些人类的自身特性，而不将其理解成某种静止和终极的东西；相反，我们应当把它们看成某种发生着和过渡性的东西，看成某一过程的某些方面。

埃利亚斯此处试图"看清"的，是已往的伟大思想家们，被放置到他们的思想由以发生的特定社会历史及社会的观念史情境之内，怎样反映了人类生存的整体状况和当时普遍发生着的思维模式。这样，康德就不再是孤立于历史的，不再是"超验"世界里的，而是西方文明特定进程的某一侧面——或许因其思想引发了同代人的普遍共鸣，或许仅仅基于偶然因素，社会思想的这一个侧面被照耀得格外引人注目。

当文明演变到"现代"的时候，

> ……人类之间在各自特征方面不仅事实上变得越来越不相同，而且，就连个人自己也清楚地意识到这种差异性。从社会发展的某一阶段开始，人们也随之给人的这种与众不同赋予了特别意义。……对他的自我感觉和自信心最具重大意义的，是他能够对自己说："这就是我的个性，我的独到之处，我的成就和天赋，有了它们，我才不同于我周围的其他人，从而让我出人头地。"……他们不仅接受这种奋斗的形式和与此相应的行为态度，而且还把它们视为自明和"自然的"。……它使得单个个人能享有较大的选择余地和较高程度的自由。……因为，在这类社会的价值序列里，所有这些都享有很高的等级，为个人赢得荣誉、尊敬、掌声甚至崇拜。……然而人们也会因此犯错误。这就是上面所讲的风险。原因在于，由如此这般的社会构架提供给个人奋斗的成功机会，相对于具有这种奋斗欲望的人数而言，少而又少。

继续讨论人生的这一普遍的悲剧情结，从第167页开始：

……往往让身陷其中的人类自己觉得，它们根本就是人类的永恒问题。绝大多数竞争参与者都将是竞争的失败者，……未能赢得所希望的东西的苦涩，他们一天天衰老，却远远未实现年轻时为自己定下的宏图大志，只好抱残守缺。与前者那种实现了人生意义的感觉形成对照的，是后者这里的普遍失败，没有意义和一事无成、沮丧和罪感，甚至是生命毫无意义的情绪。

　　人类于是需要理解作为整体的历史与社会，由此而有远见的积累。第153页：

　　每一次这样的变革都以远见的某种积累为前提，反过来，变革本身又再次引起远见的增长。

　　变革和文明演变，一方面是历史性的，一方面是个人性的。作为个体，思想家的注意力"……格外集中于那些惟独与个人有关的问题，……孤独、畏惧、痛苦……或者死亡问题。……因此把知觉和认识问题逐出了哲学研究的中心区域……"（第136-137页）。

　　这样，埃利亚斯对西方思想的反省把他从曼海姆知识社会学带到了当代认知科学领域里。但，这是历史视角下的认知科学，是关于演化的、嵌入在社会场景内和生命有机体内的脑的认知理论，是西美尔（G. Simmel）和许茨（A.Schütz）论述过的社会学领域内的脑科学。

（原文发表于《财经》2003年12月"书评"栏目）

权力配置与大学改革

——评张维迎《大学的逻辑》

改革是艺术，是政治运作的艺术。政治，就是配置和重新配置权力的活动。这类活动之所以具有艺术的特征，因为：（1）一个人对其他人所发生的影响——即"权力"，是难以定量地测度的。每一个人，通常是基于亲身体验来判断别人对自己的影响，并且通过对比来判断这一影响力的强弱的。政治运作者不仅需要判断别人对自己的影响，而且需要判断人们相互之间的影响。与纯粹理性不同，任何"判断"，都包含了艺术的特征。（2）人们之间的相互影响和这些影响力之间的相互作用，依赖于人们所面临的特定问题和特定情境。为了准确地"判断"，政治运作者必须对这些问题与情境有超越其他人的洞察与把握。对本土社会的问题与情境的洞察与把握，绝不是从教科书里能够学到的，它需要在本土社会里的长期实践和与其他社会成员的长期交往，在很大程度上，它被称为"生活的艺术"。（3）政治运作者提出的改革方案，以可行性与合目的性为两项最关键要素。单纯地合乎改革的目的而不可行，则改革流于幻想。单纯具有可行性而违背改革初衷，则改革沦为改革的敌人。如何为改革找到动力并将改革动力引导到合乎改革目的之方向上去？这被称为"改革的艺术"。

还是小波的那句名言：好书需要批评，坏书需要炒作。大约十年前，我为维迎的博士论文中译本写了书评。据维迎的"回应"文章所称，我的批评是"击中要害"的。今天，媒体的注意力从大学改革逐渐移开之后，于一偶然场合，维迎送我《大学的逻辑》，以其"好书"之资格，要求我再行"批评"之义举。

书，在书桌上搁置了几天。然后，我一口气读完了它，断定这是一本好书。惟一不能让我释怀的，是它的最后一则附录，"北大教师人事制度改革中的法学思考"，作者不是张维迎，但其文字被维迎收录以作"支持"。我相信，任何一位读者，甚至是粗心的读者，都不会赞同如此文风及论理是对张维迎这本书的主旨的支持。在三篇"附录"当中，我最喜欢的，是周黎安和柯荣住合写的那篇——《从大学理念与治理看北大改革》，这才是货真价实的"支持"。

书的正文，我建议忙碌的读者只读第一章"大学的理念与治理"。这篇演讲词，真是写得酣畅！而且，它也确实概括了全书的主要观点。惟一没有被它概括进去的，让我最终决定写这篇书评的，是第116页出现的这样一段话：

> 我曾经提出三个命题，并提出任何人能证明这三个命题，那北大这次改革就不要搞了。第一个就是这次改革会阻碍大学行政制度的改革；第二个就是这次改革会降低学术自由；第三个就是这次改革会降低教授的权力。

正是如此。我对维迎改革方案的批评——曾经以不会损害改革进程的方式发表过，正是基于我对大学行政权力、思想自由和教授合伙人制度的考察而提出的。上引三个命题，不甚清晰的地方在于，是否这三个命题当中任何一个被证实就都构成对改革方案的否证？或者这三个命题之间具有某种等价性从而任何一个被证实就会导致其余两个命题也成立？——我相信这一可能性。或者它们相互独立从而维迎必须指明足以否证改革方案的最要害命题为何？——我相信是命题一。

依我所见，只要有人能让众人相信，上列三命题的第一命题是很可能被证实的，那么，维迎的改革方案就足以被否证。我不敢说我能说服众人，不过我十分悲观，十分地不能相信大学的行政系统对大学教授的权力的对比关系将因维迎改革方案的实施而有所改善，尽管"不改善"并不意味着"恶化"。

改革肯定是"路径依赖"的。你依靠了行政系统来推动你的改革，就不得不赋予行政系统更大的权力。维迎会反驳我，因为他没有说过要依靠行政系统来推行改革。对于这一反驳，我不能回应，我希望读者自己去观察和体会我们大学里的现实状况，得到他们自己的看法。根据我自己的观察和体会，今天能够推行这一改革方案的，在我们大学里面，政治上似乎惟一可行的力量，不论我们如何不愿意，依然是大学的行政力量。

在过去若干年内，由于行政系统的主导地位，许多行政人员都获得了"大学教授"的头衔，表面上看，改革似乎增加了教授权力。可是，正如维迎在这本书里指出的，假如一位教授兼副校长要做"学问"，那么他其实是对"行政"采取了不负责任的态度，他应当放弃学问而做好行政。也就是说，从统计的角度说——不排除少数天才人物的统计例外，一位合格的行政人员，哪怕他已经带上了最高级别教授的头衔，也不应当再被视为"教授"。

中国的改革，最初是靠了农民的力量，同时赋予农民更大的权力和权利，解决了当时迫在眉睫的粮食问题。后来，改革策略从"农村包围城市"演变为"以城市为重点"，不靠农民了，赋予另外的群体更大的权力和权利。若干年之后，"三农"问题成为迫在眉睫的问题。

　　大学改革，是权力的重新配置。以思想自由和真正意义上的"教授"合伙人制度为主旨的权力重新配置，应当从大学立法开始，让行政权力"合法"地退出大学学术的主导地位，让校长和院长获得独立于"垂直管理"体系的人事组织部门的权力，换句话说，落实"党政分离"的原则。否则，你如何让校长和院长对"大学理念"负责呢？

　　　　　　　　　　　　　　（原文发表于《财经》2004 年 3 月"书评"栏目）

行为与意义的综合视角

——在浙江大学民营经济研究中心 15 分钟发言提纲

■　●　■　●　■　●

I take it that the empirical world of our discipline is the natural social world of every-day experience. In this natural world every object of our consideration—whether a person, group, institution, practice or what not—has a distinctive, particular or unique character and lies in a context of a similar distinctive character. I think that it is this distinctive character of the empirical instance and of its setting which explains why our concepts are sensitizing and not definitive. In handling an empirical instance of a

1. 西方新政治经济学的核心议题：公共选择理论框架内的政府权力运作。这一议题所呈现的两个不同思路：（1）布坎南（1949，1986，2002）思路，"宪法约束演化"、"宪法对话"、"宪法创新"（"The Pure Theory of Public Finance"，JPE；"Constitution of Economic Policy"，AER；with Vanberg，"Constitutional Implications of Radical Subjectivism"，RAE）；（2）阿罗思路，对公民在全部现实可比较的社会状态的集合上的价值排序的全部逻辑可能的"社会集结规则"的集合，当公民的价值排序具备了何种理性条件时，何种社会集结规则可能满足何种社会价值——正义、效率……（Stefanescu，1997，"Impossibility Results for Choice Correspondences"，*Mathematical Social Sciences*，vol.33，pp.129−148）。

2. 布鲁默认为，社会理论应当研究的"概念"，不是被"定义"出来的（definitive concepts），而是被特定情境中生存着的个人、群体、社会真实地感受着的"sensitizing

concepts"（Herbert Blumer，1954，"What Is Wrong with Social Theory？"*American Sociological Review*，vol.19，no.1，pp.3—10）。

后者，我视为"情境依赖概念"，与"概念"相区分。因为概念的意义敏感地依赖于情境，所以社会理论家对概念的把握依赖于"局部知识"的传统。

3. 当代中国社会的特征：大范围制度变迁——文化的、经济的、政治的。这一现象，难以被现有的西方新政治经济学分析框架容纳——社会事件的可预期问题，创造的不可预期，以及"意义"与"创造性选择"的关系。

4. 米德（1911，1912，1930）的自我对话理论和布鲁默的符号交往主义（1980，1986）代表着西方学术传统内部的试图理解人类行为的"意义"维度的努力。

5. 当代认知科学关于"意识涌现"的脑科学研究，代表着西方学术传统内部的试图为行为的意义维度的研究提供经验科学手段的努力。

6. 当代演化理论关于"基因—文化"共生演化的研究，代表着西方学术传统内部的试图为"制度变迁"提供理解框架的努力。

7. 有可能建构中国的新政治经济学分析框架：（1）局部社会网络（例如由强联系或弱联系所界定的网络）—本土社会博弈—行为与意义的模式化以及边缘意义的发生；（2）各局部社会网络对资源的竞争（例如俱乐部竞争理论）—结构洞与企业家创新活动—边缘意义取代核心意义（符号交往）—本土社会博弈规则在竞争压力下的变异—行为与意义模式的变异（费雪基本方程）；（3）在全部逻辑可能的社会集结规则的集合内寻求最大限度地允许和鼓励各局部社会网络的创新活动的规则——这些规则未必符合任何"理性"条件。

市场、教育与消费主义

市场经济允许有千差万别，允许它自身有无数不同形态，故而允许不同形态的市场生活。我们今天所处的这一"市场生活"形态，似乎以行为短期化和消费主义价值观为最显著的特点。

随着腐败的泛滥，"行为短期化"已经成为日常谈话的语汇，我也是在日常语言意义上使用这一语词的。相比之下，"消费主义"还没有进入中国人的日常语言。那些打算阐释这一概念的学者们，最近出版了至少一整套丛书，来刻画它的不同方面。

2004年6月24日，我在杭州街头报摊见到这样一幅头版大字标题："她曾当众拥抱过毛泽东"。这样的标题，大有"媚俗"之嫌，似乎说明这份报纸是市场导向的，以"销量"为绩效的核心指标。不过，办报纸的人，哪怕他从来不打算跟随市场的导向，也不太可能追求"销量"最小化——这与"报纸"的本性相冲突。所以，我们应当追究更深层的理由。这些深层理由之一，就是"消费主义"——把世间万物，包括政治人物、性别、生命、历史、信仰，统统视为消费品，不仅如此，还把这一倾向提升为现代生活的基本方式，把它提升为"主义"，当作一种"价值"来追求，并且愿意为获取这一价值而放弃其他价值。

市场生活不必然导致但却可以导致消费主义的人生态度，因为市场倾向于把一切价值，不论它们多么崇高或邪恶，都拉到同一层面上来交换。有一位学生来请教："老师，您可以告诉我这道题怎么求解吗？"如果没有受到消费主义的影响，她的意思就是请我说明解题的基本步骤和要领。如果受到消费主义的影响，她的意思就是请我直接告诉她这道题的答案，因为求解的过程已经无关紧要了。求解的过程不再被关注，是因为包含在过程当中的知识和体验，与其他价值相比变得无关紧要或者显得太昂贵从而被更便宜者取代。这样，计算器逐渐取代了计算尺，考试题的答案逐渐变得比求得答案的过程更加重要，把奶粉卖出去这一事实逐渐遮蔽了卖出去什么样的奶粉这一事实。

即便是商业活动，其过程也往往包含了宝贵的从而值得追求的生命体验。可惜，我们的学校未必传授这样的看法。市场倾向于把学校当作制造"商品"的过程，而这一过程是否合乎"目的"，完全依赖于人们是否愿意花钱买这种商品。因此在市场生活中，人们愿意花钱买什么比教育大纲规定学什么来得更重要。目前，弥漫世界的功利主义情绪正把我们的学校塑造为典型的商品工厂，正从家庭、社区、政府和学校内部的各方面向孩子们表明：急功近利的教育比其他类型的教育更合乎学校的目的。

急功近利的教育，典型地以各种"升学率"指标为导向。在其他类型的教育中，古典教育以"人文"的极大发展为其导向，现代教育以培养学生的批判性思考能力为其导向，个性主义教育以每一学生的独特个性为其导向，进步主义教育以实践技能的培养为导向。因此，在急功近利的教育过程中，受损害最大的，是人文价值。

如果人文价值失落了，心灵就无从安顿，我们每日的行为就变得匆匆忙忙。或者反过来说，激烈的竞争让我们每日的行为变得越来越匆匆忙忙，以致我们没有时间停下来思考我们每日行为的意义，从而我们最终忘记了心灵是否还需要安顿。

当我们于人生的匆忙之中忘记安顿心灵时，生命本身也就发生了异化。用萨特的语言，这叫做"信仰的败坏"。生命不再被我们当作自我鲜活创造的过程，而被当作无心灵的器具，用于完成它每日匆忙着去完成的工作。萨特继续说：信仰的败坏导致虚无主义。是的，虚无主义之外，你能告诉我还有什么是流行的信仰吗？

两千多大学生被欺骗参与传销。这则报道引人注目，因为这数字本身意味着对"欺骗"的否定，意味着被欺骗的其实倾向于被欺骗。而这样一种被欺骗的倾向，或者寻找欺骗者的倾向，则是我们急功近利的教育的不难想像的后果。

我们在市场里生活，却不必为市场生活。苏格拉底也在市场里生活，他向人们询问生活的意义，从而使匆忙的人们在市场里停下来思考。今天，世界各地有许多人都在市场里生活而不为市场生活，他们代表着有希望的市场生活的方向。

关键在于，我们怎样把这些有希望的方向展示给我们的学生。这是教育的问题所在——教育的主要功能之一是把社会核心价值灌输给下一代人。正是我们社会的核心价值，出了问题。这与上述的心灵无处安顿是同一问题。从这里出发，问题被带到了学校和学生那里，后者又把问题带回到我们面前。问题的循环往复，说明它是不可回避的。

我们必须克服教育的短期行为模式，必须让学校违背急功近利的原则，必须从学龄前就开始"补"人文教育的课程——章太炎所谓"小学"者，是学习洒扫进退接人待物，而不是学习六书。

教育，往者已矣，来者可追。

（原文发表于《财经》2004 年 7 月 5 日）

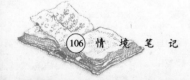

2000 多大学生参与传销

"我不知道事情会搞得这么大,你觉得我会判多少年? 有期,无期,还是死刑? " 6 月 24 日,在重庆渝北区公安分局看守所里,穿着黄色囚衣的秦永军哭丧着脸问记者。

事情确实"搞大了"。从去年 9 月到今年 3 月,短短半年间,秦永军和他的下线诱骗全国各地 2000 多名大学生到重庆搞传销,被骗者不乏北大、清华、西安交大等名牌大学的高材生。

秦永军,38 岁,是河南省项城市孙店镇解堂村人,初中文化。他何以令 2000 名大学生身陷传销泥潭欲罢不能? 2000 年,秦永军发现传销是个"适合"他的行当。"我年龄偏大了,力气活干不了,传销不费太大力气又赚钱。"

"当初我没有有意发展大学生,上头也没有要发展大学生的明确计划。大学生是自己发展自己。"秦永军说,他的文化低,口才不好,所以讲授传销都是一批大学生传销骨干自己去做,他基本上可以坐享其成。

根据警方的调查,秦永军所在的"法国欧丽曼"传销公司的前身是"莱奥奇"传销,最初在广西北流、玉林、贵港发展,当时的组成人员基本为社会中下层人士。

而在警方的记录上,组织成员发生转变是从秦永军的下线大学生张伟伟开始的。随着广西加大对传销的打击力度,秦永军和四十几名大学生传销骨干移师重庆渝北区、合川市和巴南区,形成了秦永军为地区超级总代理、于高明为重庆地区负责人的格局。

重庆渝北公安分局一位办案民警介绍,在解救 2000 名大学生时,大多数受骗学生坚持认为他们没有受骗,坚信自己从事的是"直销",是"符合社会经济发展趋势的新理念"。还有相当一部分大学生又回流到了成渝鄂地区至今还在搞传销。

"我们可以解救他们的身体,但谁来解救他们的内心? "这位民警说。

为了凑齐 3350 元入会费,湖南某校大三女生黎平有生以来第一次欺骗父母,说要交 2000 元学费。在农村的父亲二话不说,3 天之内就把钱汇过来了。被解救后她才得知,家里是把她曾放牧了 7 年的两头老黄牛卖了才凑到这笔钱的。

黎平是被自己最好的朋友、大学同学余平(化名)骗到重庆渝北的。余在电话中说有一份好工作让黎平惊喜,但到了渝北后却让她去听课。

第一天培训老师告诉她"成功学"，"成功学——王侯将相，宁有种乎"。然后是在一间小屋里做游戏，要求每个人上台演讲，唱歌，相互称"老总"。还有是求婚游戏，异性间相互求婚，直到对方同意为止，"目的是消除害羞和不自信，又很刺激。"

黎平说，在这样的环境中，人很快就沉浸在一种"追求成功"的狂热中。此后的几天，每天不停地学习直销理念、制度、心态，称"直销"是中国当代经济发展给予中国年轻人的第四大机遇。

重庆某校大四学生李民，在"欧丽曼"中曾是管理近十个"幼儿员"的"家长"。他至今坚持，除产品问题外，"欧丽曼"在培养口才和提高素质方面是有益的。

和传销组织的洗脑手段配套的是他们的组织制度。

传销组织以"家庭"为单位实行"亲情管理"，这对涉世不深的大学生也很有吸引力。该传销组织还有严格的纪律。各传销窝点以家庭为基本单位，由"家长"实施封闭管理。发展下线都采取单线联系，不同级别人员不允许往来，同级别联系密切，但又必须置于"家长"严格监督之下。

在发展下线时，还制定了邀约加盟的"五同原则"：即同宗、同乡、同事、同学、同好。"家长"在严管手下的"业务员"时，把打电话的时间严格控制在 3—5 分钟内。每个"家庭"里少则三五人，多则十来人。晚上，十个人睡在地上的通铺上。第二天凌晨 5 点半，有人起来做饭。6 点半，准时将屋内所有人叫醒，一起晨练。吃完早饭后，便是听课时间。然后吃饭，然后又听课。不停地有人在耳边讲述"成功捷径"和"致富秘诀"。

这样，经过 3 至 7 天，一个新来的大学生便会从开始的反感、抵制，到认同、接受，并最终积极参与其中。一些介入较深的大学生甚至觉得"自己各方面的能力提高了"、"人生中第一次遇到这么美好的事"。

一名卧底警员说，"我看到他们像中了邪一样，听课时不开小差，不说话，几天时间便可记完一本厚厚笔记。"

"从洗脑、到每天必须举行的仪式，再到严密的组织和人身的控制，一整个就是邪教的模式。我们围剿的是经济邪教。"重庆市公安局新闻中心主任陈萍说。

重庆警方认为，传销和变相传销之所以能迅速发展蔓延，和它有一个严密的、自我繁衍能力极佳的组织体系有直接关系。

摘自《新京报》2004 年 6 月 28 日，袁凌、傅剑锋／文

也谈科场弊案

考试作弊，史称"科场弊案"，所涉惩罚之严厉程度，从"杀无赦"到"流放宁古塔"，但仍为历朝难以根治的重大弊端之一。究其理由，当与"科举制"的资源配置功能及这一配置资源的制度随王朝老化而日益腐朽密切相关。中国人面对着"数千年未有之变局"，固然可以行"废科举"之激烈改革，却难以割除"举贤良"制度的"历史遗产"。

任何一种制度，不论其如何稀奇古怪，在经济学视角下，无非是社会用以配置资源的方式。此处"资源"泛指人类生存的一切手段——经济的、政治的、道德的、文化的，无所不包。任何一种资源，只要是稀缺的，就意味着人与人之间关于这一资源的占有、使用、受益、转让以及与这些权利相关的各种派生权利，结成了相互竞争的关系。因此，经济学家往往直接把资源的稀缺性等同于人与人之间关系的竞争性，后者又再被等同于产生了竞争关系的人群内部为决定竞争胜负而达成的关于"歧视"的各项标准的共识。根据人群内部达成的这些歧视失败者的竞争标准，资源得以在人群内部实行"公平"的配置。

显然，人群内部就竞争胜负的标准所达成的共识，也就是人群内部关于"公平"的某些特定原则所达成的共识。这一关于"公平"原则的共识，未必满足经济学的效率原则。事实上，人类社会实行过的大多数公平原则都不满足效率原则。而在满足效率原则的各种资源配置的制度当中，我们知道，基于完全私有产权的市场制度，与其他效率原则相比，满足一种具有较小程度的不公平的公平原则——它的严格陈述，就是所谓"福利经济学第二基本定理"。另一方面，阿罗、森和其他学者找到的各种"不可能性定理"说明，如果社会必须尊重每一个成员的最小自由（自主权），那么，社会将无法找到既满足效率原则又具有最低程度的理性的资源配置制度——所谓"最低程度的理性"，其表达方式之一是"社会选择的可传递性"。

考试，是已经在中国社会建立了悠久历史的一种决定竞争胜负的制度。与其他历史悠久的制度一样，考试制度因其悠久历史而在这个讲究"历史叙事"的社会里获得了坚实的合法性基础。这也意味着，在合法性与公平原则密切相关这一意义上说，与其他的尚且没有获得坚实的合法性基础的制度相比，通过"考试"成绩来配置资源更能节约在群体内部达成关于"公平"的共识的费用。这样看来，只要中国人的基本思维方式依然是"历史叙事"而不是"科学叙事"或"审美叙事"的，那么，任何已经存在了很长时间的制度，就都比那些新生的制度在节约达成关于"公平"原则的共识的费用方面占有优势。公共选择理论家，例如布坎南告诉我们，群体为达成共识往往需要支付巨大的费用，甚至不惜发动内战，以求得必要的共识。

考试制度往往偏离了效率原则，是因为考试者务以考官和试题的导向为提高竞争能力的方向，故而其技能与知识可以极端地不符合经济效率的要求。与考试制度相比，市场制度提供了一种更加符合效率原则的决定竞争胜负的标准。注意，这里所谓"市场"，特指"自由市场"而非任何一种处于个人权力垄断之下的市场。

但是，市场制度在当代中国社会，与考试制度相比，没有获得坚实的合法性基础。究其理由，一方面是市场的道德基础的普遍缺失，另一方面，市场制度的效率受到仍遵循着旧行为模式的政府的严重制约。前者限制了市场的广度从而限制了专业化和分工能够带来的收益，后者限制了市场发挥其节约资源配置费用的潜力。

这样，教育资源的配置方式，或许在短期内，仍以考试制度为主，而以市场制度为辅。长期而言，教育资源或许应以下述方式加以配置：（1）基础教育，在由国民义务教育所规定的范围内，让每一适龄社会成员享受同等教育经费——把相当于每年GDP 的特定百分比的教育经费送到农村去并监督实施基础教育，这是中华人民共和国教育部的第一项职责，也因此，"教育部"应当称作"基础教育委员会"。基础教育的监督实施，以考试为奖惩的根据。（2）高等教育，实行大学的"属地化"——多数大学都应当向其所在的本地社会负责并由本地社会提供其经费的主要部分。根据这一安排，本地大学的收入主要有三类来源：学费，政府的不动产税收，本地社会的捐款。本地大学的教育，主要以劳务和学术的市场竞争为配置教育资源的方式。（3）各地的教育政策及教育经费的充裕程度，与各地的其他政策一起构成地区之间竞争资源的策略。教师和学生根据自己的寻优策略，在学校之间自由流动。学校通过考试制度或市场制度来选择适合自己教育政策和教育经费充裕程度的教师和学生。这一竞争过程的均衡状态，在一定假设下满足经济学的效率原则。

改革我们社会的资源配置方式，这是消除科场弊案的根本途径。另一方面，科场弊案之泛滥，追究教育的内容和形式方面的理由，主要在于考试所要求的竞争能力极端地偏离了获取知识的竞争能力。于是，考试优胜者往往不是获取知识的竞争的优胜者。前者甚至必须严重地损害自己获取知识的能力，才可以得到考试的优胜。因此，消除科场弊案的另一根本途径，就考试制度比其他制度更具合法性这一意义而言，在于改革我们的基础教育和高等教育的内容与形式——所谓"教育改革"。

（原文发表于《财经》2004 年 6 月 20 日）

河南镇平曝出高考舞弊案

河南省镇平县曝出"高考特大舞弊案"：读者热线电话称，当地有人以每人 1000 元的价格，在高考时利用手机短信息等手段传送答案。当地警方已拘捕了与之相关的几十人，其中包括不少在校高中学生。

镇平县位于河南省西南部，隶属于南阳市。镇平第一高中是该县惟一的省重点中学，由于升学率高，在南阳地区非常有名，而这次高考舞弊案中被拘捕的不少人，就与这所学校有关。

据读者提供的情况，高考刚刚结束的 6 月 8 日下午，当地警方就开始拘捕这次高考舞弊案涉及的相关人员，其中包括部分镇平一高在校学生。

此前有知情人向记者透露，这次舞弊案主要涉及的是该县文科考生。于是记者又找到镇平一高高三文科某班班长，他告诉记者："高考前我曾听班上同学讲，考试的时候要带手机。我们班上 70 多人，以前有手机的不过四五个，但是到高考时用手机的人突然增加了很多，考试的时候也总有手机收到短信息时的响声。"

采访中记者还获悉了一条重要信息，在被拘捕的人员中有个叫邵将的被确认是舞弊案的"主要人物"，然而令人意想不到的是，邵将不过 19 岁，此前还是镇平一高高二文科四班的学生。

按照记者在学校了解到的情况，邵将不喜欢学习，因此成绩很差，平常跟社会上的人员来往较多，属于那种"问题学生"。

6 月 13 日上午，记者找到邵将的家，邵将的奶奶张凤英接受了采访。老人告诉记者，邵将父亲常年在外地做生意，孩子母亲本来也在外地，因为邵将要参加高考，春节前后返回了镇平。记者询问为什么要让高二的邵将提前参加高考，老人说："孩子母亲觉得这样可以少供他读一年书，节省些开销。"按老人的说法，孩子春节后就搬出去住了，说是为了好好复习，但是记者从镇平一高老师和学生处了解到，从春节后也就是邵将从家搬出那段时间开始，他就再也没去学校上过课。

采访中记者还得知，高考前那段时间经常有学生来家找邵将，每次邵将的母亲就会将老太太支出门去。6月8日邵将被带走后，老人曾找当地警方了解情况，被告知孙子涉嫌"贩卖高考答案"。从邵将手中共卖出去了四份高考答案，每份1000块钱，这4000元钱也被警方缴获。当时被拘捕的还有20多人，警方同时收走了邵将屋里的一台电脑。

邵将被抓后，张凤英曾经多次到看守所想看看孩子，但都被拒绝探视。老太太坚持认为，尽管孩子成绩不好，但是性格比较憨厚，不可能是舞弊案的主谋。

记者在镇平一高的采访中还证实，除了邵将之外，该校高二文科四班平常与邵将关系紧密的三名学生徐某、许某和王某某在今年高考结束后就再没来上学——和邵将一样，这三名学生成绩并不好，但今年也都报名参加了高考。

6月13日，记者再次来到镇平一高。该校杨副校长表示，已经知道学校有学生因为涉嫌参与"高考舞弊事件"被警方带走，但是具体情况自己并不清楚。记者问道："那三名高二（4）班的学生突然不来上课了，您也不知道原因吗？"杨副校长说："这个问题我也不清楚。"

记者又问："像邵将这样的高二学生为什么能参加高考？"杨副校长说："河南省允许同等学力的人报名参加高考，邵将他们是通过社会报名点报的名，没有通过学校。"至于一个高中还没毕业的孩子如何证明自己的"同等学力"，对方再次表示"不清楚"。

此前高二学生参加高考的情况并不少见，但一般都是成绩比较优秀的学生参加，目的是提前获得"实战经验"，像邵将他们这样的情况还要提前参加高考就有些令人费解。记者了解到，这几名考生几乎每场考试都是在发卷后没多久就离开了考场，因此不排除他们参加考试的目的就是为了获取高考试卷内容的可能性。

那么试题流出后又发生了什么呢？据知情人提供的线索，这些高二学生从考场带出试题内容后，由外面负责答题的人作出答案，再用手机短信息发给交了钱的考生手中——但是这些孩子包括邵将在内都只是十八九岁，一帮涉世未深的高中生，他们真的就能"自发"地想出如此方式，进行这样大规模的舞弊行动吗？

由于此前当地有关部门一直未向外界披露案件的具体信息，因此案子究竟涉及多少学生、有多少人被拘捕都说法不一。至于谁负责解答试题、邵将等人背后是否另有主谋等重要细节也暂时无法查证。

摘自《北京青年报》2004年6月14日，曾鹏宇／文

从脑到网脑

——兼评《网络中生存》

■ ■ ■ ■ ■

我肯定谈论过这个重大问题，例如，在 1998 年底写的《互联网与人文精神》里。不过，"网脑"这一概念，是在我阅读罗斯·道森 2003 年的著作《网络中生存》时最后形成的。我没有找到合适的英文对应，例如，"web brain"、"network brain" 和 "internet brain"，都不合适，不能传达我心里思考着的网脑的含义。

关于互联网对人类思维的种种影响，我一开始确实怀着不很友好的态度。这些影响当中，最负面的那一种，我称之为"思维的平面化倾向"——由于人脑把大量知识储存在网上而不再储存在脑深层的海马体内，因而导致诸如额叶前回和颞叶中回这类脑区在进行思考时缺乏历史感和深度感，从而有把人脑简约成为网上"智能搜索器"的倾向。今天，这一倾向当然还在延续着，可是，关于它对未来人类思维方式可能产生的负面影响，我已经不觉得太糟糕了。想当初，柏拉图费劲儿地批判文字的传播，担心文字替代口语的后果是毁灭了以面对面交往和情感传递为基础的人类的"社会性"。今天，"交往的冷漠化倾向"依然延续着，至少，现在还没有让西方人丧失社会性，而且也并没有妨碍西方社会强大到足以把西方文明铺开到整个地球上。

与面对面的口语交往范围相比，借助于文字媒体，脑的交往范围对习惯于口语交往的人类而言，其扩展的程度和速度简直就是"不可思议"。在柏拉图以降的两千多年里，一方面，以"信息单位"与"时空距离"的乘积来测度，文字传播的技术成本和制度成本都在不断降低，另一方面，人均收入的增长使"时间"的价格不断上升，从而社会交往所需的时间费用越来越高。这两方面因素联合作用的结果，根据我的判断，面对面的口语交往，与文字交往相比，在如上定义的同一测度下，将成为更加昂贵从而更加奢侈的社会交往形式。

宽带互联网交往，是基于听觉（口语及其他）和视觉（文字及其他）的多媒体社会交往形式。以如上定义的同一测度来衡量，宽带网交往成本的不断降低，最终将使"面对面"口语交往再度变得比文字交往更廉价。

然而，仍是根据我的判断，宽带网交往，至少在它能够传递真实的触觉、味觉和嗅觉的感受之前，不能让我们获得真实的"历史感"。这一判断，似乎令人不服，不过，它确实有来自脑科学"社会认知"研究和来自诸如伯格森和詹姆士这样的哲学家的令人信服的论证。历史感，首先是一种对"时间"的生存感受——在特定历史中生活过的感受。试想一位美国汉学家，隔着太平洋，研究中国社会 1964－1976 年间的历史。不论他的视觉和听觉多么出色、他的感受多么丰富，只要他没有在中国生活过，他的触觉、味觉和嗅觉——被康德视为人最私己的感觉，统统在美国感受着，那么，我断定他不会有我们中国人统统都有的那种历史感。当然，他仍然是一位出色的汉学家。他有美国人的历史感——那意味着他的社会认知是美国人的，不是中国人的。

2003 年下半年发表的几份研究报告表明，我们的"社会认知"，在很大程度上基于本能、情感、长期记忆（杏仁核、海马体及"limbic system"的其他部分）和对面部表情与身体姿态的意义感知（大脑右半球、前额叶、颞叶中部）。研究表明，正常儿童大约在 5 岁左右开始获得社会认知能力，然后，可以迟至 15 岁甚至更晚，这一能力才发育成熟——"自闭症"患者则终生难以获得这一能力。并且，医生总是建议母亲多和自己的"自闭"儿童进行面对面交往。

换句话说，由于缺乏历史感，宽带互联网交往的冷漠化倾向将继续存在，尽管可以有所缓解。

可是，这似乎不妨碍宽带网交往极大地扩展人脑的知识范围。道森的这本书，英文标题的核心语词是"living networks"——活的网络。正是这一标题，让我联想到"网脑"——在网上生活着和扩展着的脑。这里生活的"正在进行时"太重要了，以致我不愿意认同《网络中生存》这个标题。

简单而言，我觉得这本书精彩的章节是：第一章第二节"造就全球化大脑"，第二章第二节"对等网络带来的压力"，整个第五章"发散性的创新"，第七章第二节"流经济的六个要素"，第九章第三节"专业服务的变革"、四节"专业服务网的兴起"，整个第十章"个人的解放：自由经纪人的网络策略"。而作者提出的新的概念，我觉得只有一个具有核心意义，那就是"协同性过滤"。

很好的书，我主张个人翻译。这本书的译者是"金马工作室"，想必是集体翻译。第116页出现的"活动家 Keanu Reeves"很可笑，应当译作"演员基奴·里维斯"。类似地，第89页，"如果您也购买了《斯蒂芬王》，您可能是《库恩特兹主教》的爱好者"。然而，这是两位名望不亚于比尔·盖茨的神秘小说作家，中文译名是"斯蒂芬·金"和"库恩特兹·丘吉尔"。

不论你喜欢还是不喜欢，你的脑，或者你的孩子的脑，迟早会变成网脑。可惜，我们当中的许多人，根本不适应网脑思考。因为，就"社会认知"而言，他们还没有获得网脑的道德意识。我如此简单地结尾，因为我相信那些对网站的各种烦恼有所体会的读者知道我所指的是什么。

（原文发表于《财经》2004 年 1 月"书评"栏目）

场 景 记 忆

写完了"情境理性"，哪能不写"场景记忆"呢？这两个概念是"共轭概念"，这两篇文章是"姐妹文章"。

1998 年出版的 *MIT Encyclopedia of the Cognitive Sciences*，是认知科学的权威工具书。说实话，我在美国替浙江大学经济学院资料室买了这本书之后，真有些舍不得把它寄到国内来。所幸，回国不久，在杭州一家名为"枫林晚"的书店里，眼睛一亮，发现楼梯附近一排最乏人问津的书架的顶层，摆了一本影印书，标价人民币 160 元，正是我爱不释手的《MIT 认知科学大百科》，价格却便宜了 9 倍！

闲话少说。这本工具书的词条"场景记忆与语义记忆"（英文本第 278—280 页），从文献索引判断，概括了至 1998 年止，关于场景记忆的最前沿的科学报告。

场景记忆——"episodic memory"，是存储能力几乎无限的"长期记忆"能力的一种，语义记忆（semantic memory）则是另一种。具有重大意义的事实是：语义记忆是各种记忆能力当中惟一的、可以把我们的主观意识沿着"时间"维度带回到"过去"的记忆能力。换句话说，没有场景记忆，生物就不可能有"时间"意识，当然也就不可能有历史感。在已知的物种当中，根据上引词条和我读过的 2003 年发表的一份脑科学研究报告，似乎只有人类的脑，具有场景记忆能力。

作为长期记忆的两种最主要的类型之一，语义记忆——关于身体运动的编码、语言符号和语法规则的记忆能力，则没有那种沿着时间维度回溯的能力。根据上引词条，语义记忆在生物演化史当中的发生时期，要大大早于场景记忆。

即便有如上所论的重要差别，场景记忆和语义记忆还是共同属于所谓"外显记忆"（declarative memory），显著地不同于所谓"程序记忆"（procedural memory）。后者，往往由于身体动作的反复发生和运动模式的长期稳定性，已经转化为无意识的、本能的和器官的记忆了。而外显记忆，原则上能够随时被读取和修改。

另一方面，外显记忆又根本性地区分于"工作记忆"（working memory）。后者在存储量方面受到极大的限制，通常只有 7 个单位的存储量。所谓"7 个单位"，其每一"单位"所包含的信息依赖于正在被寄存的知识的结构与既有知识的结构之间的相容性以及其他知识和工作特征。不过，给定了这些特征，根据波佩尔（Ernst Poppel）新著《意识的限度》所报告的研究结论，我们在 3 秒钟左右的时间里，大致无法记忆超过 7 个单位的信息——最强记的头脑可以记忆 9 个单位，最健忘的头脑可以记忆 5 个单位。

在心理学实验室里，专家们设计出来一些实验方法，可以区分场景记忆和语义记忆。例如，我们认识许多汉字和外文单词，却未必能够回忆起来我们学习这些语词当中的任何一个的时间和场景。也因此，我们虽认识许多中文语词，这些中文语词却通常不能让我们感到温暖，除非，它们当中的某些语词把我们的记忆带回到过去发生过的某些私人场景当中，让我们感到亲切。例如，"阜成门"这个语词，对许多北京人来说只是曾经存在过的某一座城门的名字。但对我来说，它很亲切。因为我小时候就在这座城门上面玩耍，并且那上面还发生过一些故事，让我难以忘怀。于是，我相信，假如我躺在强度为 2T 的核磁共振脑呈像仪里面，看到"阜成门"字样，一定会激活我大脑右半球颞叶顶沟内侧的那块区域。而通常的中国人，则大多只被这个语词激活他们大脑左半球语言中枢和前额叶的某些区域——干巴巴地，不带任何情感地。

承接着我在"情境理性"中引用的麦金泰尔的"同情地理解"，我们看到，没有场景记忆的生物，是不可能"同情地理解"的。事实上，场景记忆远比"同情地理解"更加切近人类的社会本质。2003 年 6 月至 12 月发表的三份研究报告表明，社会认知和道德判断过程所激活的三块脑区，按照它们的主要功能分别是（1）自我意识（下图前额叶极上方的金黄色区域，或图 A 标有"ACC"字样的橘红色区域），（2）他心想像力（"theory of mind"，图 A 或图 B 除"ACC"之外的两块橘红色区域），（3）场景记忆（图 C 顶枕叶之间颞叶内侧金黄色区域）。（参阅 A.Sanfey, et al., "The Neural

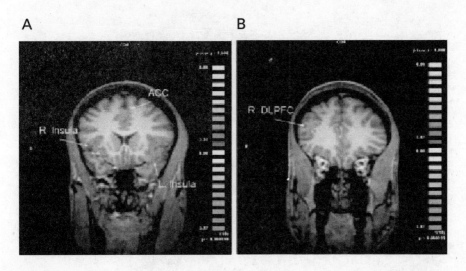

C

Basis of Economic Decision-making in the Ultimatum Game", *Science*, 13 June, 2003, vol.300; J.Decety, et al., "Shared Representations between Self and Other: A Social Cognitive Neuroscience View", *Trends in Cognitive Sciences*, vol.7, no.12, December2003; N.Eisenberger, et al., "Does Rejection Hurt? An fMRI Study of Social Exclusion", *Science*, 10 October, 2003, vol.302):

基于常识的韦伯

——读《韦伯作品集》卷 I "学术与政治"

■ ■ ■ ■ ■

基于常识的韦伯，有下列三重含义：（1）韦伯提出的社会科学诸核心概念，是以他那一时代的常识为基础的；（2）韦伯提出的社会科学诸核心概念，与当下生存的常识密切相关；（3）韦伯用以建构社会科学诸核心概念的方法，是基于常识的知识学方法。

上列三重含义，是我读这套五卷本《韦伯作品集》（钱永祥等译，广西师范大学出版社 2004 年 5 月第 1 版第 1 次印刷），特别是卷 I——"学术与政治"时概括出来的。这一卷的核心部分，不是韦伯本人的那两篇著名演说——"学术作为一种志业"和"政治作为一种志业"，而是中文编译者们为它编译的"导论"和"附录"。事实上，那两篇正文一共占用了 162 页，而三篇导读和三篇附录，占用了 131 页。而且，中译者们还精心地把韦伯的这两篇演说词，按照他们的理解，划分成为 102 个小节，每一节都有小标题，读来十分清楚和方便。

三篇导读当中最重要的，我认为是第一篇《韦伯小传》，和第三篇《韦伯的学术》。正是通过阅读这两篇文章，我意识到韦伯的社会科学核心概念与后来许茨（Alfred Schütz）提出的基于常识的社会科学概念，有亲缘相似性。此外，从这些导读文章里，特别是通过参照阅读舍勒的《知识社会学问题》（艾彦译，华夏出版社 2000 年第 1 版第 1 次印刷），我们可以察觉出韦伯与舍勒，这两位生活在同一时期且交往甚密的社会理论家之间在思想上的相似性——当然，在他们之间更显著地凸现出来的是思想上的差异性。

对韦伯学术产生了重要影响的生活事件，就我阅读的感受而言，有下列三项：（1）韦伯的尚武的父亲和虔信的母亲之间始终保持着的那种紧张关系以及这一紧张关系通过家族网络构成的包围着韦伯几乎全部生涯的延伸影响。处于这一紧张关系中的精神生活，将饱受情感与理性之间尖锐冲突的折磨。基于这一感受，韦伯把握住了现代精神的基本处境——"昔日众神从坟墓中再度走出来，……企图再次主宰我们的生命，并且又一次展开了他们之间的永恒争斗"；（2）1897 年至 1904 年期间，韦伯陷入严重的精神崩溃状态，这是命运对一位正接近"不惑之年"的学者的自信心的致命打击。能够承受这一打击的人，将获得比自信心优越得多的一种类似神召的信念；（3）1904 年 8 月应邀考察美国，为韦伯提供了一次最可宝贵的对新教伦理和资本主义生活方式的"田野研究"机会，使他能够从纷繁错杂的现象里提炼出"资本主义"概念的"理想型"。

上列第（1）项重要事件——其实是一个漫长的过程，延续到韦伯的父亲去世，这一过程带给韦伯的影响，反映在他的第一篇演说词中，就是关于保持学术价值中立的呼吁。价值世界既然已经被众神撕裂成无数碎片，学术便不能以证明某一价值比其他价值更高尚为己任，而后者只能依赖于信仰。正如雷蒙·阿隆在为韦伯的这两篇演说词撰写的法文本序言里指出的，"在韦伯眼中，行动的悲苍性在于两种伦理的对立——责任伦理与心志伦理。"（本书"附录二"）学术良心其实是以"责任伦理"为学术所奉持的价值立场的，它拒绝接受只顾信仰而不问后果的"心志伦理"的指导。这样，与康德的立场相似，韦伯认为知识不应越出自己的领域，知识应当为信仰留余地。

上列第（2）项重要事件——也是一个长达 7 年的过程，至少帮助韦伯意识到了社会现象的极端复杂性。面对这一极端的复杂性，学者只能根据某些先定的价值参照来选择他要加以描述和解释的"事实"。也因此，学术良心要求学者把自己的价值参照明白告诉读者，这相当于把信仰问题留给读者自己来解答——根据每个人心灵的意向。选择什么样的事实加以描述和解释，这是一种行动，因此它包含了上述的那种"悲苍"，它要求学者为自己的选择负责而不是狂热跟随自己的信仰。尽管，信仰依旧是学者生命的源泉，它依旧是学者心灵的意向所跟随的，故而它依旧为学者的行动提供着意义。

上列第（3）项重要事件——并且作为对这 3 个月考察的不断的回忆，它还是一个过程，为韦伯的政治社会学思想提供了丰富的在德国与美国之间的常识性对比。关于这一点，读者不难从贯穿了"政治作为一种志业"演说的大量来自美国和欧洲政治生活的例子，获得自己的判断。

基于常识，韦伯指出：为了凸现真实的因果关系，我们建构非真实的因果关系。所谓理想型，就是这样一种"思维图像，将历史性的生活中诸般特定的关系与过程，综合到一个由在思想上建构出来的网络所构成的没有矛盾的秩序世界中去。"

于是，通过这样的对历史过程诸要素所作的理想型建构，学者得以将流变中的转瞬即逝的社会现象把握成为静态的逻辑关系。这些逻辑关系之整体，就被称为"社会科学"。

最后，韦伯关于学术与政治各自作为"志业"的论述，对当下的中国学者和政治家的活动，有基于常识的密切关系。限于篇幅，我只好将这一论题留给读者，由他们自己去领悟这一相关性。

角斗士莫迪格里亚尼

这位意大利裔的经济学家，骨子里是一名角斗士，1944 年发表第一篇论文的时候，就开始引人注目；1985 年圣诞期间，飞抵斯德哥尔摩发表他的诺贝尔奖获奖演说。莫迪格里亚尼在最重要的学术期刊上发表过 74 篇论文，他活了 85 年，第 26 年的时候开始发表论文，此后，平均每年发表论文 1.25 篇。

任何量化都是对个性的扼杀。刻画个性的一个不太糟糕的办法，是列出每 10 年内同一作者的代表作品，让我也来试试：（1）1940 年代，《流动性偏好与货币与利息理论》（"Liquidity Preference and the Theory of Interest and Money", *Econometrica*, vol.12, Jan.1944, no.1, pp.45-88）。这篇论文显示出作者雄心勃勃，试图建构一个远比凯恩斯"通论"更广义的货币与利息理论。当时，他在哥伦比亚大学；（2）1950 年代，《社会事件的可预期性》（with E.Grunberg, "The Predictability of Social Events", *Journal of Political Economy*, vol.62, Dec.1954, no.6, pp.465-478）。根据我的理解，作者通过这篇论文所表达的"理性预期"思想，导致了给他带来诺贝尔奖的两项工作——风险条件下的平均投资回报率与公司金融结构的"分离定理"和关于个人储蓄率的"生命周期模型"。发表这篇论文时，他在卡内基理工学院，与提出"有限理性"假设的西蒙教授（H.Simon）关系密切，也是在那里，他接受了他在公司金融理论方面的合作者和后来得到诺贝尔奖的金融学家米勒（M.Miller）作为他的研究生。这里需要多解释几句，因为"理性预期"概念十分不同于"合理预期"概念。后者几乎是否定了"看不见的手"市场原理，而前者坚持认为：基于公共信息的预期是可能的，只要（A）知晓了预期的人群难以影响所预期的社会事件，或（B）知晓了预期且有能力改变所预期的社会事件的人群，其行为已经被同一预期所预见。这样，莫迪格里亚尼就把他最终所在的"MIT 学派"的立场与"芝加哥学派"的立场区分开了；（3）1960 年代，《关于储蓄的生命周期假设》（with A.Ando, "The 'Life-cycle' Hypothesis of Saving", *American Economic Review*, vol.53, Mar.1963, no.1, pp.55-84）。作者们分析了经验数据并提出"储蓄率由当前收入与预期的长期收入水平之差决定"的假说，经历了多年的争论和检验之后，最终进入"主流"，取代了凯恩斯提出的"边际储蓄倾向"假说。莫迪格里亚尼的这一假说，最近从考古人类学证据

Net Food Production for Human Foragers

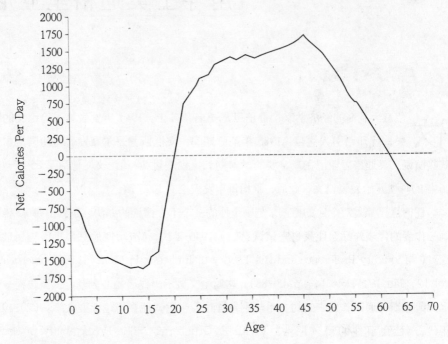

Source：Adapted from Kaplan and Robson (2001).

获得了更扎实的支持。如图示，我们祖先的生活方式和家庭结构，大致服从个人净产出——即作为"产出"与"消费"之差的"储蓄"，随年龄增长而变动的"生命周期"模型。（参阅 A. J. Robson, 2001, "Evolution and Human Nature", *Journal of Economic Perspectives*, vol.16, no.2, pp.89 –106）；(4) 1970 年代，《退税制是有效的稳定政策的工具吗？》(with C. Steindel, "Is A Tax Rebate An Effective Tool for Stablization Policy？" *Brookings Papers on Economic Activity*, 1977, no.1, pp.175–209)。基于生命周期的储蓄模型，莫迪格里亚尼不相信凯恩斯式的政府退税能够刺激消费和投资。消费者把减税额当作超过长期收入水平的短期波动的一部分，他们的基于本能的长期消费偏好不会被收入的短期波动所"欺骗"。刺激经济的更有效工具，他认为，是降低流转税率并承诺长期不再改变，从而改变消费者对长期收入水平的预期；(5) 1980 年代，《里根经济政策：一个批评》（"Reagan's Economic Policy：A Critique", *Oxford Economic Papers*, vol.40, 1988, no.3, pp.397–426)。莫迪格里亚尼毕生反对凯恩斯主义，即便在评价"里根经济学"的时候也如此。他相信，财政赤字是凯恩斯主义的最大祸害，里根政策旨在降低财政赤字，并表明是卓有成效的政策，不过，降低赤字的努力究竟能否成为长期努力，还需要拭目以待。赤字很容易卷土重来，使已往的努力成为短期的，从而完全抹杀了它对消费者长期预期收入的积极影响；(6) 1990 年代，《浮动汇率 25 年：一些观察》(with H. Askari, "Twenty Five Years of Floating: Some Observations", *International Journal of Forecasting*, vol. 14, 1998, pp.161-170)。这篇文章或许会对中国人正在认真考虑的汇率制度改革有所启发吧。莫迪格里亚尼指出，实行浮动汇率制度以来的西方各国数据表明，浮动汇率没有达到它的设计者当初预期的效果，主要原因包括：(A) 资本的国际流动性大大增加了；(B) 宏观经济政策的信誉变得更加重要了；(C) 工资变得更加具有刚性了；(D) 汇率波动更加剧烈了。于是，我们有足够理由怀疑浮动汇率在中国是否可行，尤其是当原因 (A)、(B)、(D) 都比已往更适用于中国的时候。

最后，莫迪格里亚尼不认为布什政府试图让养老基金"私有化"的政策能够缓解社会保障基金面临的危机。因为私有化将使用于养老的储蓄面临更大的风险，从而导致经济的失稳。最直接的后果是，养老储蓄长期风险的增加，迫使人们更大幅度地减少消费，诱致经济衰退。

真理：从另一个角度

——评帕特曼《性契约》

长期以来，我被尼采的一句话所困扰，不知道怎样翻译可以传递尼采的原意。我读到的尼采的这句话，是翻译为英文的，"There is no truth as such. There is only truth from a point of view."按照我所理解的尼采，他这句话应当翻译作："没有客观存在的真理，只有从不同角度看上去的真理。"不过，这样的翻译，颇有"意译"之嫌。

不论如何，当我阅读帕特曼教授的这本著作时，心里首先想到的，就是尼采这句名言。作为享誉英语世界的女性政治理论家，在加州大学洛杉矶分校任教的卡罗尔·帕特曼，从女性角度审视了我们男性的政治世界，特别是拆解了我们男性建构起来的"契约主义"学说。可贵的是，她把她审视所得的感受，告诉了我们这些男性——这当然不意味着这本书不对女性读者言说，让我们有机会从另一个角度窥测真理。

初次被帕特曼教授转换了观察世界的视角的时候，我感受到某种神秘撞击。例如，在第35页，出现了这样一个"大论点"——我将要介绍给读者的十二项"大论点"之一："男人在性交中的作用与生孩子中的作用之间有什么联系？人们必须寻找或发明父亲。父权与母权不一样，它仅仅是一项社会事实，一项人类的发明。"从男人的亿万颗精子当中，某一幸运者与女人的卵子结合，这是男人在性交中的作用——即男性在维系人种繁衍时的功能。然后，经历漫长的充满情感投入的怀胎过程，女人生育孩子。启蒙了的独立运用自己理性的每一个人，尤其是每一个女人，都会敏锐地意识到这样一个问题：在这样一个自然过程中，父亲对孩子的权力来自何处呢？如果不借助于社会意识形态及其他上层建筑的支持，男人怎么可能建立自己对孩子的"父权"呢？

紧接着这一论点，在第45页，出现了"大论点"之二——我概括为这样一项陈述：母权不会自然地导致家庭。这句话的意思是，从人类生育的自然过程中发生了母权，这一权力可以独立于男权而存在，因此，母权不导致家庭的发生。我们中国读者还记得恩格斯的《家庭，私有制和国家的起源》，这本书反映了人类学的看法，把"父权制家庭"视为私有制和国家的原型。这一看法把我们引到帕特曼教授的"大论点"

之三，出现在第 49 页：家庭是征服的产物。在自然状态下，自由平等的个体凭借征服而成为附庸。当女性从本能的情感出发感到需要把自己变为"母亲"的时候，在与男性的竞争当中，她由于孩子的拖累而成为较弱者，从而，与奴隶的起源类似，她成为男性的战利品——"家庭"出现了。

帕特曼教授的"大论点"之四出现在第 59 页，我概括为："财产权发生在家庭之前"。如果"家庭"被视为两性之间的契约关系，那么，女性身体就是这一契约所指称的"标的物"——是家庭生产的最主要的工具。在市场上，你可以购买这一工具——那就是帕特曼教授的"大论点"之十二，我在读到第 223 页时概括出来的：自由契约导致卖淫与代孕从而导致婚姻的消亡。而在家庭里，这一工具是不标价格的，因为女性已经被征服成为"奴仆"，她不会按照"自愿同意"原则进入与男性的婚姻关系，除非她获得了对自己身体的"财产所有权"。一方面，家庭是征服的产物；另一方面，家庭经济的有效运行要求决策服从两性自愿原则。这是一种紧张关系，它迫使家庭关系向着均衡形态演化。两性之间基于"契约"关系的合作，是家庭的均衡形态之一。而契约关系是以对双方各自的财产权利的承认为前提的，从而，"家庭"以女性对自己身体的产权为前提。列维—施特劳斯指出：婚姻是交换的原型。这也是帕特曼告诉我们的"大论点"之五，出现在第 62 页。与此相关的另一论点是"大论点"之六，第 73 页，我概括为：财产权是物权而不是人权。任何交换都是关于"物权"的。天赋人权，人权不进入交换。那么，自愿以身体为交易对象，这一交易是否合法呢？这是帕特曼对诸如诺齐克和布坎南这样的当代自由市场派契约理论家们提出的挑战。诺齐克曾经相信，卖身为奴是可以接受的，只要是自由缔约。

一方面，启蒙理性寻求"父权制家庭"的理性形态，从而要求女性家务活动获得自由市场价格。另一方面，父权制家庭不允许出现家庭内部女性服务的市场。帕特曼教授的"大论点"之七，第 96 页：市场竞争倾向于使女性按照"相对比较优势"继续依附于家庭。对于这一比较优势的最出色的论证，来自经济学家贝克尔。那些服从了男耕女织的分工原则的家庭经济比那些不服从专业化和分工原则的家庭更繁荣，从而逐渐淘汰了后者。于是，我们今天看到，大部分西方女性进入婚姻契约之后，就会退出劳动力市场，回到家庭里面。

在第 101 页，我这样概括帕特曼的"大论点"之八：超越市场经济，寻求生育的政治意义并化解男权政治，导致"社群主义"。篇幅不允许我展开我的概括，不过，可以引述帕特曼在这里的原话："……战争还未结束，但是争取这块阵地的战斗具有一个先决条件：妇女所具有而男人所缺乏的那种能力没有什么政治上的意义。"

最后，作为结语，我只能简单引述我概括的帕特曼教授在这本著作里表述的另外三个"大论点"，之九（页119）："精子"导致"个体自由"，后者导致"私人领域"，后者导致"公民社会"；之十（页177）："婚姻"（男性与女性）不等于"契约"（甲方与乙方）。前者仍含有"奴役"性质，是黑格尔"主奴关系"的范例；之十一（页193）："爱"是对"性契约"的阻碍。

政治经济学家的生活经济学

——评戴维·弗里德曼《隐藏着的秩序：生活经济学》

老弗里德曼写过《价格理论》（1976 年第 1 版），成为 20 世纪下半叶几乎整整两代经济学家的思想范本。我记得，刚刚到香港大学任教时，与张五常谈起选用经济学教科书的问题，我和他都认为《价格理论》仍然是最好的教科书。10 年之后，老弗里德曼的儿子，戴维·弗里德曼，也写了一本《价格理论》（1986 年第 1 版），叫做"中级教材"。我认为，戴维·弗里德曼把价格理论写到了引人入胜的境界。过了 10 年，1996 年，戴维又写了一本教科书，标题若直译，应当是《隐藏着的秩序：日常生活的经济学》。这一阶段，戴维进入了创作高峰期，发表了一系列文章，论域广阔，涉及政治经济学、法律经济学、社会学与经济学。2000 年，普林斯顿大学出版社出版了他的《法律秩序：一个经济学叙说》。

与密尔顿·弗里德曼的文字相比，戴维的文字更幽默，所论事例也更多出自现代生活世界。所以，在 1997 年以后的若干年内，每年讲授"制度分析基础"，我都要把戴维的《价格理论》电子文本当作自学者的经济学教科书，刻录在我为同学们准备的"阅读材料"光盘里。

我很遗憾地发现，2003 年 9 月，当《隐藏着的秩序》中译本问世时，中信出版社把这本书的标题译作了"弗里德曼的生活经济学"，完全隐去了主标题，并且副标题也被冠以"弗里德曼"的名字，颇有混淆大众视听之嫌。它的三位中译者，文笔似乎可以接受，可圈可点，但难达上乘。例如，中译本第 24 页有一个小标题，"naive price theory"，指的是普通消费者凭感觉常常以为正确的"天真的价格理论"，却被翻译为"婴儿价格理论"。

不论如何，这是一本好书，所以，它需要批评。中文里说到"批评"，原意是读者以毛笔在作者的文字上"批"写自己的"评"见。所以，今天的读者，因为不能"批"，所谓"批评"，就只是评论一番而已。

戴维·弗里德曼，目前在加州的桑塔克拉拉大学任法律教授，1965 年获得哈佛大学学士学位，主修化学与物理学，1971 年获得芝加哥大学博士学位，专业是"物理学"。戴维是物理学家吗？这是一个可能引发争议的问题——戴维确实有物理学博士学位，但他是一名出色的经济学家，……当然啦，经济学被视为社会科学中的物理学，……不过，经济学不应当把自己变为物理学……

可以肯定的是，从父亲那里，戴维继承了某些经济学直觉。他讨论了我们日常生活中发生着的许多"公共"现象，站在经济学立场上。熟悉经济学教科书的读者都明白，"公共"现象的经济学讨论，比"私人"现象的经济学讨论来得困难，或许困难得多。这是因为"公共"现象总要涉及私人行为的"外部效果"，从而使得马歇尔和老弗里德曼的"局部均衡"的经济学分析方法不得不拓展到"阿罗—德布鲁"一般均衡模型的视野里面去，可是，局部均衡与一般均衡，都需要排除外部效果，以便确保均衡的存在性和稳定性。

戴维在《隐藏着的秩序》第一章，开篇就叙述了公共交通问题——数量足够大的私人交通工具，可以造成公共道路的拥挤，从而降低每一私人交通工具的效用。由此，他提出了公共政策的经济学视角。这一视角也被称为"理性选择"视角，因为它假设人的一切行为，甚至婴儿的哭喊，都有理性可循。更进一步，受到动物行为学当代研究的鼓舞，戴维声称，不仅人类，而且一般生物，它们的行为都可以具有理性。

所谓"隐藏着的秩序"，按照康德的注释，应当指我们以理性的目光审视万物，试图为它们的行为建立秩序。戴维在这本教科书里为人类行为建立的秩序，我概括地称为"政治经济学"——广义的，不是狭义的。

例如，他在这本书的第二十一章，也是最后一章，"爱情与婚姻经济学"里提出这样一个合乎经济学逻辑的问题："为什么人们会与自己所爱的人结婚，而不是与自己兴趣相投，或是相互能取长补短的人结婚？"

戴维给出的解释是：（1）一方面，与别人的儿女相比，父母更愿意照料亲生的儿女。另一方面，演化生物学告诉我们，爱情是人类性生活完满的必要条件。所以，由相爱而结婚的，其儿女可以获得更高的生存概率；（2）爱情可以降低夫妻之间讨价还价的费用，因为爱着对方，所以愿意不斤斤计较自己的得失。所以，相爱而结婚的概率，比不相爱而结婚的概率高，当然有反例，只是反例的概率较低而已。

在"生活的经济学"这个题目下，戴维提出的看法，许多都合乎我们的生活常识，还有许多，违反了我们的生活常识，尽管这些看法合乎经济学的逻辑。

那些合乎逻辑而反对我们的生活常识的命题，吸引我们去了解它们，因为它们增进了我们的生活知识。

知与行的艰难

——评杜威《确定性的寻求：关于知行关系的研究》

■　　■　　■　　■

1901 年，美国实用主义哲学的"第二代传人"威廉·詹姆士，应邀从美国赴英国爱丁堡大学"基福德讲座"作一系列报告。一年后，他以《宗教体验的类型》为题目发表了这一系列报告。今天，这本书仍然被列为宗教研究的经典著作。1908 年，牛津大学邀请詹姆士担任最享盛名的"希伯特讲座"的主讲人。讲座持续了两年。詹姆士演讲的结集，就是 1909 年出版的《多元的宇宙》。这本文集发表之后，立即在理性主义思潮统治下的英国学界（当时美国学界还仅仅是欧洲学界的"无足轻重的附庸"）引发了"几乎全体一致的反对"。詹姆士这样描述当时的情形："这本书，（1）将被阅读；（2）将遭到初次的、几乎全体一致的拒绝，可以出于各种理由；但，随后，（3）还会再次被购买、引用、并终将对英国哲学界产生强烈影响。"不管詹姆士如何向自己和向亲友解释英国学界的激烈批评——为了使自己和亲友感觉好过一些，他的心脏终于最后地崩溃了——肯定与这些激烈批评所引起的悲观情绪有密切关系（详见我在《文景》2003 年发表的长篇随笔《内在的崩溃》）。

詹姆士心力耗尽，从我们这个世界逝去了。这一事件发生了 20 年之后，美国实用主义哲学的"第三代传人"约翰·杜威，年届 70，带着远远超过詹姆士的乐观的性情和健康的心脏，应基福德讲座之邀，在詹姆士的幽灵陪伴下，开始了美国实用主义哲学第二次欧洲远征。这一次，远征的目标似乎直接就是理性主义传统本身。杜威的这一讲座，发表出来，就是这本《确定性的寻求：关于知行关系的研究》。

又过了 60 年，当 20 世纪即将结束的时候，哈贝马斯以德文为杜威在爱丁堡大学的这次讲座撰写了一篇书评。在这篇书评中，他认为杜威通过《确定性的寻求》所表达的实用主义思路，足以对抗舍勒与海德格尔的"现象学"思路，霍克海默与阿多诺的"反科学"思路，和卡尔纳普与莱辛巴赫的"逻辑经验主义"思路。

与上述历史事件密切关联着的，是中国的"五四运动"。当时，杜威恰好在中国——1919 年 4 月 28 日，"杜威从日本大阪赴中国上海讲学"，并且由于那场运动，他在中国南方和北方逗留了两年以上的时间。例如，他的下列活动让我感到亲切：1919 年 5 月 5 日至 9 日，他在杭州讲学；1919 年 6 月 1 日，"游颐和园"；1919 年 11 月 12 日，以"思维的种类"为题开始在北京大学的系列演讲；1920年6月9日至13日，再游杭州。最后，1921年8月2日，杜威由济南赴大阪。

由于胡适对杜威思想的体会和扭曲，也由于中美之间的历史纠葛，《确定性的寻求》只是1966年内部发行的《资产阶级哲学资料选辑》第9辑的一部分。所以，2004年1月的这一"再版"，应当是名正言顺的第1版——由华东师范大学童世骏教授撰写"前言"并附了他翻译的哈贝马斯"书评"。

这本书的第一章"逃避危险"，如杜威所说，概括了全书的内容，它试图说明：（1）始自古希腊的西方理性知识的传统，在心理深层积淀着一种对"确定性"的固执的寻求。因为人类本性里是要求回避风险和不确定性的；（2）有闲阶级的发展使"知识"者逐渐与生活的"实践"者分离，使知识逐渐成为仅仅面向柏拉图理念王国的思想活动。因为只有在那里，人类心灵才可能找到绝对确定的事物；（3）"实践"被"理性"贬低为是与"偶然"相伴随的活动，不能够分享神圣"必然"的崇高价值；（4）对这一崇高价值的分享使得知识者不仅相信理性能够把握真实而且相信凡由理性建构的事物都是真实的。因此，形而上学不再是冥想，它成为真实世界本身；（5）可是，人类心灵是通过实践才认识了真实世界的。实践，不仅仅是"看"，而且是操作，是改造，是相互作用；（6）知与行，其实是同一件事情的两个方面。因为只有通过具体操作，心灵才可能理解、把握和界定那些被叫做"概念"的事物。

知与行的合一性，在第六章"观念的游戏"讲述得最为生动。杜威在那里借助于对数学观念的发生学考察，说明了"概念"是通过被操作而被心灵掌握的。这是一种可以回溯到实用主义哲学创始人查尔斯·皮尔士那里的看法，甚至更早，可以回溯到中世纪思想家，尼古拉斯的库萨那里。即是说，若事物"甲"与"乙"之间的互换完全不改变我们对世界的体验，则甲与乙可以被认为是"无差别"的。概念的事物也如此：若我们懂得某概念之后我们对世界的体验与懂得此概念之前我们对世界的体验，二者之间完全没有差别，那么我们就认为这概念毫无用处而且多余。如果数字"1"和数字"2"关于我们所生存的这个世界所能告诉我们的知识完全一样，那么，把这两个数字加以区分难道不是多余的吗？

最后，作为结束语，我打算指出，杜威的基本看法也同样适用于"信仰"问题。如果"信"与"不信"带给我们的是同一个世界，当然就没有必要讨论信仰问题。不过，问题恰好在于：信仰改变了世界。

自由意志与等度自由

——评金里卡《当代政治哲学》

■　■　■　■　■

关于"自由",还是让我从最新出版的两种康德译本直接引述吧:"……自由在思辨理性的一切理念中,也是惟一的这种理念,我们先天地知道其可能性,但却看不透它,因为它是我们所知道的道德律的条件。"(康德《实践理性批判》序言,邓晓芒译,人民出版社2003年12月第1版,第2页)我们看不透它,于是,才有"启蒙"的必要性。人的启蒙,康德认为,是有意识地运用每一个人自己的理性去思考和判断,故而是自由的开始。意志的自由,上帝的存在性,灵魂不朽,这是纯粹理性"不可回避的课题"(康德《纯粹理性批判》导言,邓晓芒译,人民出版社2004年2月第1版,第6页)。但自由的开始却不能就是自由本身。哈贝马斯说:启蒙是一个不断展开的、或未完成的过程。换句话说,对自由的认识,是一个时间过程,它是实践的,而不仅仅是纯粹理性的活动。

自由之所以必须是实践的,因为,仅仅停留在无限的可能世界里,自由就永远不能实现自己。人必须选择——为了落实一些自由而放弃其余的自由。这就如同你必须购买一些商品,否则你手里的钱——尽管它们带给你一些自由,是没有意义的,它们不通过购买商品就无法落实它们可能带给你的那些自由。

你的自由,从可能性到被落实在现实世界里,还不能仅仅依赖于你自己打算过什么样的生活。你的自由是否可以落实,以及在多大程度上令人满意地被落实,其实更主要地依赖于你打算落实的那些自由与你所在的现实世界里其他人打算落实的他们各自的自由之间在多大程度上发生着冲突。

政治活动,我们知道,通常被理解为"协调冲突"的活动。所以,我们每一个人都无法回避政治活动,只要我们打算把自由从它的可能性转变为现实性。换句话说,我们都是亚里士多德所谓的"政治动物"。

政治,这个概念,于是包含两重意义:(1)关于人与人之间利益冲突的意义。例如,它可以反映我们关于"阶级斗争"的意识活动;(2)关于人类应当追求的最高的善的意义。因为我们有自由并且意识到我们的自由,所以我们终归不打算陷入利益冲突的必然王国里面,庸庸碌碌地消磨我们的生命。

这样，打算落实自己的某些自由的个人就开始考虑如何兼顾他人自由，即从纯粹意义上的抽象的个人转变为社会意义的现实的个人。就我自己的转变而言，10年前我已经表述过，我所理解的自由，就是如上所述的现实社会里的个人自由——它依赖于全体具有自由意志的个人等度地落实了的自由。所谓"等度"，就是在各种不同意义上讨论着的"正义"——甚至这个语词本身也遇到来自其他语词的不同含义的挑战，例如，"平等"、"公正"、"确当"……

这其实就是政治哲学，它关注冲突以及超越冲突。在西方社会里生活着的个人，对他们自己的自由意志的等度自由的思考，这些思考以及不同思路之间的争论，金里卡教授2002年英文版《当代政治哲学》（第2版），作为一本教科书，试图概括地介绍给读者。这本教科书的中译者，刘莘，从"译者后记"判断，生活在成都，是一位文字严谨且具有令人尊重的学术功力的译者。读者如果对我这一判断存疑，不妨去看看这部两卷本译著的细密的中译者脚注和译者在"附录二"里就英文"good"（利益、好、善）一词的多重含义及其各种翻译方式所作的讨论。

对于《财经》读者，这本教科书讨论的最重要的主题，是边沁和穆勒倡导的功利主义及对功利主义的各种批判和继承。这一主题，金里卡在开篇和第二章就提出来了。其后各章，可以看作是叙述了当代诸学派对作为西方政治哲学主流的功利主义立场的回应。按照金里卡的讨论，这些流派，大致有五：（1）自由主义——是"政治的"，不是"古典的"；（2）自由至上主义，相当于国内读者熟悉的"古典自由主义"；（3）马克思主义；（4）社群主义；（5）女权主义。以及另外两章，讨论"文化多元主义"和"公民资格理论"。后者，大致相当于国内读者略为熟悉的"共和主义"。前者，更加繁杂，可以看作是其余各种立场的衍生立场。

边沁的口号"最大多数人的最大幸福"，虽然有逻辑方面的问题，还是可以当作对功利主义立场的直观概括。功利主义对我们当代人颇具吸引力，是因为它不再依赖于"上帝"——无神的时代，正义不再来自神的指导和参与。其次，它所提供的关于正义的判据是实证的，因为它只关注行动的后果——与"后果论"对立的那一学派，叫做"义务论"，只关注行动者的自由意志所服从的道德律令。边沁的口号经过经济学家的细致改造，今天被表述为"帕累托改善"——凡是可以改善至少一个社会成员的福利同时不降低其他任何社会成员福利的行动，就称为"帕累托改善"。我相信，今天，许多读者都会认为，帕累托改善大致是符合他们所设想的正义原则的。不仅如此，这一判据还是可以实证地检验的，它比"实践是检验真理的惟一标准"更严格地界定了中国改革合法性的判据。

可惜，改革在绝大多数场合都不是帕累托改善的。改革几乎总是处于不同群体和不同个人之间的利益冲突当中，并且冲突着的群体或个人往往不愿意为受损害的一方提供足够的补偿。这一状况在中产阶级社会里导致了自由主义与自由至上主义之间的争论，而在受损害最严重的一方，则引发了马克思主义者和女权主义者对主流社会的批判。

我喜欢台湾学者钱永祥先生为这一中译本撰写的"前言"的结尾部分的一段话："……落实政治理性，不外乎就是让政治本身产生一个说理的动力，让权力承认说理的必要性。制度上，这要依赖公共领域。观念上，这需要将政治带向公共化的方向。"把中国政治经济议题引向"公共领域"，这也正是《财经》一贯坚持的方向。

《新政治经济学评论》序

今日中国之政治经济学，应兼有西学之析理及本土之道义。这是我们的主张，也是我们创办《新政治经济学评论》的要旨。

理论的运用，谓之"实践"。经济学的运用，是以经济学理论的基本假设，置身于具体问题的情境之内，获得所谓"问题意识"，提出真问题，求得真解释。依赖于具体情境的理性分析，谓之"情境理性"，其经济学的部分，谓之"有场景的经济学"——场景与情境，西文原本是相同的。情境——situation，特指本土的政治、经济、法律、道德、社会习俗、心理状态、自然的与文化的传统，举凡影响微观行为的一切本土因素，概属于"行为"所在的"情境"。

若经济学只研究资源配置效率，则不妨停留在纯粹理性的层面，与实践毫不相干。这一纯粹理性的层面，固然十分重要，犹如康德所论先验理性之为实践理性的必要前提。但停留在纯粹理性层面上的经济学还不能成为"政治"的——典型如"帕累托最优"概念，不涉及利益冲突，故而不能成为政治的概念。甚至"帕累托改善"概念，如果只是一个定义，也不会涉及现实世界的利益冲突和政治活动，故而也不能成为政治的概念。

可是，只要我们试图把经济学"实践"起来，试图改善现实世界里的资源配置效率，我们就会意识到，现实世界的经济学是永远地置身于利益冲突当中的。这一基本的问题意识，是"政治经济学"的问题意识，它渗透到一切政治经济问题当中，从柴米油盐衣食住行到工资、赋税、劳动、资本、土地、金融、财政、环境与公共物品，概莫能外。置身于不同人群和不同个体的利益冲突当中，寻求资源配置效率的改善，这是政治经济学的主题。

这一政治经济学主题，它的古典形式已经由斯密、李嘉图、小密尔和马克思等经典作家获得不同的表述，大致可概括为：在"资本与劳动"利益冲突的格局内，探求国民财富增长的原因及政策。

同样的政治经济学主题，它的现代形式，经由阿罗的"社会选择"理论和布坎南的"公共选择"理论各自所代表的基本思路，获得了不同的表述，被称为"新政治经济学"。它的前沿专题，就今日所见，大致是关于各类公共政策的理性基础的基于博弈论的论证。

西方学术传统中的新政治经济学，因置身于西方社会的特定情境而密切地依赖于代议民主的或立宪的制度场景。但是，置身于当代中国社会的特定情境内，我们同样地感受到不同人群和不同个体之间的甚至与日俱增的利益冲突，我们同样地感受到资源浪费所带来的生存压力，故而，我们同样地需要研究政治经济学问题。就这一意义而言，西方学术传统中的新政治经济学，是我们可以借鉴的最主要的理论资源。

阿罗的"社会选择"理论，其主要结论被概括为"不可能性定理"——依假设不同而有不同的当代版本。布坎南的思路，其主要论证可以概括为"立宪商谈"——以比较小的代价在特定群体内部达成比较一致的同意，但绝不追求公共选择的逻辑自恰性。就布坎南的立场而言，阿罗所论证的"不可能性"，恰恰意味着个体自由、自由意志，以及自由意志之间的冲突。从而，恰恰包含着政治经济学和康德所定义的"公民社会"的主题——自由意志寻求使全体自由意志享有等度自由的社会秩序。

这份刊物的名称，"评论"一词尤其要紧。它并非要对应于英文里面的"review"（回顾）——因为目前国内的新政治经济学研究还刚刚开始，乏善可陈，无可"回顾"。这里的"评论"，直截了当就是汉语的评论——针对当下的政治经济问题，发出各式各样的符合学术规范的声音。

基于上述的主旨，我们向社会各界广泛征稿。任何稿件，只要符合学术规范且渗透了政治经济学的问题意识，都在我们审阅的范围之内。"知天之所为，知人之所为者，至矣。"谨以此语，与天下学人共勉。

读书笔记一则：《福柯的生死爱欲》

法国盛行着一种思想风格——学识渊博、力求创新、具有神秘色彩，……这种思想风格被战后法国开发成一种主要的"出口产业"。

——《福柯的生死爱欲》（不过，此名著还是直译为《激情福柯》或《米歇尔·福柯的激情》更妥帖）。

继续：

这些人作为一个群体，是作为人道主义批评家而成名的，他们怀疑理性主义的和个人至上主义的哲学，批评那种认为历史的结局必定美满的目的论历史观，对自由主义态度谨慎，对马克思主义则颇不耐烦（阿尔都塞除外）。

继续，第十一章：

人无非是他同真实的关系，而这种真实也只有在一个人自己的生活中，才得以形成或被赋予形成。……真实的生活只能由每个人来体现，而绝不应以戒律、禁条或法律的形式来加以限定。

这里，最发人深思的问题是："我们为什么只能透过关怀真实来关怀我们自己？"这是福柯在去世前不久的一次会谈中提出的问题。

回到第一章：

不要问我是谁，也不要请我保持原态，不少人无疑都像我一样，是为藏起自己的面孔而写作的。
一个人写作，是为了把自己变成另外一个人。

脚注41：

福柯关于"heterotopia"最有名的定义（即认为那是一处与utopia正相反的地方，那里"言语被当场止住"，传统知识的令人宽慰的确实性发生了消解），……各种能当场止住言语的极端体验（"势不可挡的、不可名状的、……令人销魂的"，等等），参见"无穷尽的语言"……

第二章：

在生命接近尾声时，福柯曾为"每人的自杀权利"作了辩护。……1979年，写道，自杀是"一种最简单的快乐"。人们应该"一点一点地"为自杀的行动作准备——"装饰它，安排所有的细节，找到各种要素，想像它，选择它，听取关于它的忠告，使之成为一项没有旁观者的具体工作，一项只为自己、只为那生命最短暂的一瞬间而存在的工作"。

当时，我已经疯狂得足以去研究理性，……也有了足够的理性去研究疯狂。

继续，第五章：

在福柯看来，非常奇怪，是艺术家而不是科学家，最为清楚地揭示了"符号游戏的一般规律，而人们正是透过这种符号游戏来探讨我们的理性历史的。"

按福柯的定义，一个"épistémè"，是"某个时代特有的一种认识论空间"，一种思维和推理的普遍形式，它规定着在那个时代，"什么思想能够出现，什么学科能够建立，什么经验能够在哲学里得到思想，什么合理的意见能够形成，只是可能旋而又会解体、消失。"

回想他的另一看法：

我发现这一点特别有意思，即博物学、语法学、政治经济学，这三个不同的领域，差不多是在同一时期——即在17世纪，建立起各自的学科规则的，并且在一百年后经历了类似的变化。

福柯想论证什么呢？从这几章可以判断，他希望把康德的"先验"框架嵌入到人的身体里，从而，身体的历史性，决定了"épistémè"的认识论框架，后者可以按照康德的哲学框架展开一个时代的知识体系。例如，他说了这样一段话："一个国家居民的蛋白质摄入量突然增长，在某种意义上比宪法的变化或从君主制向共和制的转变重要得多。"

第十章：

不过，福柯接着指出，人们对康德著作的解释或许太狭隘了："我认为18世纪以来哲学和批判思想的中心问题，而且过去、现在和将来都是这样一个问题：我们运用的这种理性到底是什么？其历史影响是什么？其界限是什么？其危险是什么？我们怎样才能成为理性的人，幸运地致力于行使一种不幸地充满内在危险的理性？人们应尽可能密切地关注这一问题，牢牢记住这是一个极难解决的问题。"

这印证了我的上述看法。这本书的笔记到此为止。

中国经济的特质：发言提纲

再谈中国社会的"三重转型期"：政治的、经济的、文化的。林毓生（2004）：传统中国社会的文化道德秩序与社会秩序被整合于政治秩序。后者的瓦解导致前两者的瓦解和中国人行为的意义之消失。

中国人的意义失序，以往"绝对域"的充填物——权力、金钱、名声、情欲，都以极高的贴现率被折合为目前状态的个人福利。故而，价值取向是从高向低的，是"不道德"的。

这一失序，可称为"价值逆转"的失序。它不断将较高的价值驱逐出我们的心灵。

舍勒：人类价值从低向高演化——感觉价值、生命价值、精神价值、绝对价值。凡行动表现为从低向高的价值取向，就是"道德"的行动——德行。反之，就是"不道德"的行动。参考弗林斯（Manfred Frings），《舍勒思想评述》，华夏出版社2004年1月第1版第1次印刷，第80-88页。又参考舍勒《死、永生、上帝》，孙周兴译，人民大学出版社2003年版。

在政治领域，我们甚至无法形成一个有足够影响力的政党，它将其成员联合在一起的动机是追求较高价值。

这一价值逆转，最终可导致"市场失灵"。所谓"柠檬原理"，是"逆向选择"和"败德风险"的合成。

关于"market failure"：任何交换都要求一定限度的信任感。交换，希腊文"catallaxis"，哈耶克考证，包含着"分辨朋友和敌人"的意思。布坎南，1994，"Choosing What to Choose"，以"道德成本"解释人们对交换行为的正当性的关注。

当前中国社会，血缘关系似乎对市场经济仍有一定的支撑作用。但是，基于血缘的市场制度是一种非稳态结构——利益冲突可以轻易抵消血缘纽带的支撑作用。

在三类监督方式当中，只有第二、第三类支撑着中国的市场经济——前者通常以"黑帮对黑帮"的形式，后者通常以"集权政府"的形式。

在这样两类监督方式下的中国市场经济，表现为"放、乱、收、死"的循环（李剑阁，1987）。

"开放"，带来了第三种监督方式的新形式：外资强权的监督，就是所谓"国际惯例"。但这一方式的代价是：本土文化的"殖民地化"和买办文化的兴起。西方文明的危机，通过此种监督方式，以经济规则的名义被输入到中国社会里来。而对外资强权监督的各种后果的抵制，导致了各种基于民族主义情绪的政治波动——即在无法扭转"全球资本主义"这一前提之下的短期政治行动。

第一小节的结论："腐败"，是最表层的中国现象。"意义失序"则是转型期中国现象的深层理由。

在许多学者看来，中国社会三重转型期内的意义失序，又是"全球资本主义"命题的当然含义之一，是西方强势文明在非西方社会里驱动着的"价值逆转"过程的一个环节。

所以，下列三项最重要、最根本、也最容易被简单化的两分法命题——"效率与公平"，"市场与政府"，"中国与西方"，在中国当代社会的形态远为复杂。例如，经济发展与人格异化之间的冲突，在上列三项命题的理解框架内难以获得解决。

凡中国社会当下的重大问题，典型如"假冒伪劣"问题，不典型如"三农问题"，无一不具有这样的由"三重转型期"和价值失序所带来的极端复杂性。

贸易（trade）指瞬间完成的产权转让。交换（exchange）指类别较产权更广泛但短期内可以完成的权利转让。交易（transaction）泛指一切权利的转让过程，例如资本品的购置、劳动力的培训、委员会内部互投赞成票。

简单地说，市场是使得资源配置满足帕累托效率原则的最不坏的制度。复杂地说，"贸易"市场比"交换"市场更有效率，后者又比"交易"市场更有效率。教育与医疗，涉及相当长期的交易行为。即便在西方社会，也缺乏成功的市场经验。

故而，教育资源和医疗资源的有效率配置，成为中国社会当前发展阶段最难解决的经济问题。

市场只关注短期问题。短期市场不关注 0-14 岁人口群体和 55 岁以上人口群体的问题。这两大群体面临的最大经济问题，分别是进入劳动力市场之前的"教育"问题和退出劳动力市场之后的"医疗"问题。在成熟市场社会中，教育问题与医疗问题不是单纯的经济问题，而是涉及"社区"和"政治"这两个交往结构的"公共选择"问题。高夫曼：社会交往的三类结构及三类媒体——情感的、权力的、货币的。

教育问题：个性化与规模收益之间的冲突，抽象化与儿童直观学习方式之间的冲突。

医疗问题：个性化与规模收益之间的冲突，精神疾病与心理健康日益重要。

教育与医疗的技术化倾向使心灵日益不得安顿，边缘群体的价值扭曲和怨恨情结，人口老龄化及整个社会正在进入高风险时期，劳动本身丧失了意义。

经济行为因生活意义的缺失而成为"非理性"的。原本基于"工具理性"的慎重计算的行为，演化成为"赌博"行为：赌博在乡村泛滥，遍及贫困和富裕的群体。年轻父母把孩子当作人生赌注，教育和其他人力资本的投资行为均表现出盲目和疯狂的投机性质。政府官员因生活意义的缺失而成为非理性的短期寻租者，甚至把寻租当作生活的目的，把官员的人格降低到这一短期目的之下。类似地，司法系统沦为权力与金钱的附庸。

以当代中国若干重要的"社会经济"问题为示例说明中国经济的特质——三重转型行为：

1. 收入分配极端不平等（参考《财经》专访李实，2004 年第 1 期），社会两极分化极端严重（参考孙立平发表的一系列研究报告）。

2. 由分配的极端不平等引发的需求不足，以及基于社会极端严重的两极分化的消费超前与消费滞后并存的需求结构——汽车、住宅、奢侈品；基本生活必需品、基础教育、基本居住条件、公共交通系统。（参考文献：朱国林等，"中国的消费不振与收入分配：理论和数据"，《经济研究》2002 年第 5 期。）

李实与奈特，"中国城市中的三种贫困类型"，《经济研究》2002 年第 10 期："选择性贫困的定义，这一贫困群体占城市贫困人口的 51%，储蓄率高达 42%，储蓄动机：对未来收入的悲观预期，对未来生活不确定性的强烈的风险规避态度，已经发生和预期将要发生的各种债务负担。其中，如果对未来收入的预期不那么悲观，则这一群体的平均消费水平将比目前增加 40% 以上。"

3. 权力寻租推动的地方政府投资行为及由此引发的通货膨胀。

4. 有效资本市场的缺失及职业经理人败德。

5. 可耕地面积缩小及伴随着城市化过程的农村人口的贫困化过程。

6. 实际税赋负担过高，税赋极端不公平，官员腐败与资本外逃。

7.信誉败坏引发的投资环境恶化及外资进入壁垒。

8.跨国公司与地方权力的勾结,民营企业的竞争劣势。

9.银行坏账累积,及可能出现的对中国社会的重大影响。

10.长期经济趋势判断:中期。

11.经济长周期的下降阶段对中国社会可能发生的影响。"长周期"的基本因素:人口年龄结构,自然资源结构,世界经济结构,国内产业结构,技术进步与移民。长周期的下降阶段:失业人口结构,收入的社会结构,机会分配的结构。

12.未来五年内,驱动中国经济的各基本因素的可能变动方向。

读书笔记一则：韦卓民译康德《纯粹理性批判》

■ ■ ■ ■ ■

韦译康德《纯粹理性批判》第123页第一段

日期：2003/07/27

在这一段的末尾，康德批评我这类读者说："关于纯粹验前概念的经验性的演绎是一种完全无用的尝试，从事这种尝试的那些人只是那些没有能抓住这些知识特质的人。"

根据我的理解，康德所抓住的先验知识的"特质"，根本而言是"逻辑一致性"规则。例如，"现在下雨并且现在不下雨"是无法理解的陈述，从而不是理性的；其"非理性"，在于不满足理性的最弱条件——"一致性"条件，或者用康德自己的话，不满足"排中律"。或者，上面的陈述句其实是说：存在着集合"A"与"非A"的非空的交集。

华沙学派的工作，意义在于建构不需要"排中律"的逻辑体系。模糊逻辑的含义在于，集合A和"非A"之间的灰色区域是可以描述的，只是无法用双值逻辑来描述罢了。

其实，康德自己在第111-113页（见沙尘暴的帖子）也表达了类似看法：灵魂的能力之一是想像力（灵魂属于"物自体"，但想像力却可以被直观到）。先验综合概念——（1）纯粹直观的杂多，是给予出来的；（2）想像力的运用导致对这一直观的杂多的综合，达到某种统觉；（3）知性的运用，为这一统觉赋予概念。就是说，从直观杂多的统一的有限性，飞跃到概念的无限性。

第112页，康德说"综合"是我们想像力的运用，而想像力则"是灵魂的一种盲目却不可缺少的机能，没有它，我们就不能有任何知识。"韦注：康德把心智与灵魂相区分，后者是"物自体"，不可认识。

第149页，康德说：

只有通过想像力……概念才与感性直观发生联系。所以，制约一切验前知识的纯粹想像力，乃是人类灵魂的基本能力之一。我们用它把这一边的直观的杂多与另一边的纯粹统觉必然的统一性的条件联系起来。

康德说的想像力，是灵魂把"此岸"的经验与"彼岸"的想像联系起来的能力。而休谟说的想像力，仅仅是联想能力。

康德所说的想像力，涉及到灵魂问题，我保持沉默。

我觉得灵魂问题，作为这个世界的"神秘"之一种，最吸引我。

我注意到（参见"知识，为信仰留余地"），叔本华批评康德在判断力的思考方面犯了严重错误。阿伦特承接了叔本华对康德的批评。为什么？

因为，康德已经指出：知性（理解）就是判断力的运用。判断力把概念赋予到感性直观上去。我说"现在下雨"，是我判断的结论之一。我说"现在不下雨"，是我判断的另一结论。我说"现在下雨并且现在不下雨"，是我可能作出的第三种判断，只不过，这一判断难以想像，即违背了上述的康德所谓"想像力的运用"。然而，康德并未说明，属于灵魂能力的想像力，怎么可能被理解？韦译此处有中译者脚注，其实涉及类似的疑问。

叔本华《充足理由律的四重根》，主要在说明判断力的核心作用，而对叔本华来说，判断力是创造性的原因。康德哲学是无法容纳创造性的。其实，我们在赋予感性直观以概念时，我们是在创造，运用判断力来创造。

先聊这么多，省得占用你们思考的时间。

韦译康德《纯粹理性批判》第132-133页
日期：2003/07/28

康德说：

这种杂多只有在心能够于一个印象跟着另一个印象发生的这种次序中分辨出时间来的时候，才作为一种杂多来表现，因为每一个表象，就其包含在单个的瞬间中来说，总不能是别的东西，而必须是一个绝对的统一体。为直观的统一体可以从这种杂多发生出来（像在空间的表象所需要的那样），就必须首先把它概观一遍而使之被抓在一起。我称这种活动为"领会的综合"。

此处，"领会"的综合，是康德的新见解，接近了我们东方人说的"悟性"。可惜，以后康德就不再有与此类似的论述。

接着说，康德此处的看法，与当代认知科学的研究成果完全一致，例如，中译本波佩尔1985年的《意识的限度：关于时间与意识的新见解》（北京大学出版社，2000年版）。但康德把脑神经元的比较缓慢的传导速度所产生的每一"瞬间"意识（大约三秒，见波佩尔的报告）叫做"绝对统一休"，肯定是错误的。我们不难想像，因为人们思维的速度有差异，能够快速思维的人，反应的时间可以缩短为1秒，甚至更短，这样，"瞬间"意识的内容就必须划分为比其他人更短的单位，于是，对快速思维的人而言的"绝对统一体"，对慢速思维的人来说就成为"直观的杂多"。这样，康德的"纯粹"直观就因特定的思考者而异，故依赖于经验世界，因而不纯粹了。更可以想像的是，按照人脑与计算机的比较研究，电脑是"并行计算"的，而人脑的意识流则是依康德的"时间"形式串行计算的。如果将来研制出一种"人"脑，里面植入了电脑芯片，可以让人按照并行方式观察世界，康德的"时间"就会发生谬误。"时间"这种经验形式，原本就不能是"先天"的，更不是"绝对"的。

事实上，康德的许多"绝对"看法，现在看来都是需要修正的，都不再是绝对的。可是，不再绝对的看法，怎么可以当作"先天"原则的呢？所谓相对，都指"经验"的相对性，因为有不同经验而导致的"非绝对性"。上面讲过，康德认为逻辑原则是先天的，数学概念是先天的，虽然有"综合"二字，但其"先天正确性"不依赖于经验世界的差异。今天看来，这些原则都不是先天正确的原则，都会因为经验世界的差异而有根本的变化。

其实，对于直观杂多的领悟方式（即使被给予的经验能够被理解的那些纯粹形式），从来就是因人而异的。我不理解康德为什么看不到这一点，难道招魂术的实践和火星人的幻想没有打动过他吗？难道人的智慧与其他物种智慧之间的关系不是他思考过的主题之一吗？

又例如，按照康德的体系，我可以说：人眼睛可以看见"光"，是因为作为"经验"的光线只能被人眼做如此这般的经验，只能以"可见光"的形式被呈现给人。所以，人见不到可见光谱之外的光线。但康德显然不应当把这样的经验的"形式"当作先天的形式，万一有这样一个人，他的眼睛很奇怪，能够感知普通人眼不可见的光，这经验的形式就与康德的"先天规定性"发生了冲突。所以，康德的先天形式，归根结底还是"统计"上合理的形式，不能排除"野点"。故而，康德的"范畴"，仅仅具有统计上"或然"的意义，不能够当作"绝对"来看待。

韦译康德《纯粹理性批判》第137-139页

日期：2003/07/28

康德在第132页说了：这一节的论述"最为困难"，读者不必求理解，可以先去看其他章节。

在第137页，即最困难的这一节的第三个要点，康德说：

> 一切必然性，毫无例外地以先验的条件为根据。所以，在我们的一切直观的杂多的综合里，从而在一般对象的概念的综合里，以及在经验的一切对象的综合里，都必须有一意识统一性的先验的根据，没有这种根据，就不可能想到我们直观的任何对象，因为这种对象不过就是"其概念表示这样一种综合的必然性"的东西。这个本源而先验的条件不是别的，它就是先验统觉。

我相信，关于"先验统觉"，康德这段论述是最关键的。

任何"必然性"，其最终的根据都在于逻辑学讲的"矛盾律"——甲如果不导致乙，就导致矛盾，于是，甲必然导致乙。这是矛盾律的数学运用，也是康德的逻辑推理。

任何不能以逻辑"矛盾律"为根据的陈述，都只是"或然"的。世界是或然的。

在或然世界里，"理性"表现为盲人摸象过程中的对话。

盲人所必须假设的，是"象"的存在性，以及我论之象与他人所论之象为同一象——对话的条件之一。

神经元之间有对话，语言是对话，或然理性的人之间有对话。

对话是矛盾呈现的过程，也是矛盾着的各表象被统一在概念里的过程，也即是创造的过程。

继续讨论"先验统觉"：在第138-139页交接处，康德说：

> 出现，是能对我们直接被给予出来的惟一对象，而在出现之中，其直接和对象有关系的东西就称为直观。可是这种出现并不是"物自体"；出现只是表象，而表象又有其对象——这对象本身是我们不能直观到的，因而就可称为非经验性的对象，即先验的对象……

"出现"，韦注，相当于英文的"distinguishing itself"。即自行显现，所显现的，不能是无差异的东西，必须有所差异，否则，不是"distinguish"。

这种自行显现的差异，就是"表象"的"对象"。可是，康德当然不懂得脑科学，今天我们知道，例如，唐孝威的那本小册子或者我写的《释梦百年》都认为，脑活动可以不依赖外界的刺激，例如梦境，自行显现给我们许多奇怪的"对象"，其中有些是荣格的"远古类型"，是集体无意识的符号。更进一步，这些梦境的显现及其解释，意味着我们可以"意识"到平时意识不到的对象，我们的表象，在梦境里获得了平时潜藏在"无意识"里的对象。假如我在梦境里对世界的理解，有着不同于我清醒时的逻辑。那么，康德会认为这梦境的逻辑是先天的吗？首先，梦境是自行显现的。其次，如果梦境是真实的而非虚幻的，那么，康德的先验理性就应当从梦境的理性里面去寻找。第三，如果我们发现梦境与非梦境都只有或然的意义，例如，大多数人的生命的三分之一是"梦"境，其余三分之二是"非梦"境，有些人的生命的三分之二是梦境，更有些人永远在梦境里生活。那么，何谓"先验"呢？

在"非梦"境里，无法被直观的对象，属于"物自体"。那么，在梦境里被直观的对象，如果在非梦境里无法被直观，例如随意飞翔，违背时空概念的活动，那么，这些梦境作为"表象"，它们的对象是否属于物自体呢？难道物自体在梦境里可以被给予我们吗？

并且，康德在接下去的段落里还说"只有一个空间，只有一个时间"。把这惟一的时空当作先验统觉的经典例子。今天我们知道，空间和时间都因人而异，聚集了不同能量的人，有不同的时空感受，能量差异足够大的不同的人，完全可以在不同的时间和空间里生活。

什么是"空间"？今天我们知道，人类大脑视觉区 V1-V5 的综合过程导致了"空间感"。而如果没有大脑"枕叶"的这一整合功能，我们双目所见，并非"空间"，大概只能如一条比目鱼那样，见到"平面"。

那么，如果脑疾病导致某些人枕叶功能失调，他们的"空间"就不是康德的空间了。这样，"先验"或者纯粹直观的空间，还有意义吗？至少，它只有"或然"正确的意义。

又如果，若干年后，比目鱼征服了地球，人类为了生存，必须试图按照比目鱼的空间直观调整自己的生活，不难想象，那时比目鱼流行把按照人类空间感觉行动的生物都当成"奴隶"，于是我们都要模仿"平面生活方式"。经过许多代的遗传之后，我们获得了比目鱼的空间感。

韦译康德《纯粹理性批判》第141-142页

日期：2003/07/29

此处康德说："由于自我意识是一个先验的表象……"韦注：德文原文的英文翻译，理解康德哲学最关键的一个词——"totality of a possible self-consciousness"。本页第二段解释休谟的因果性联想：

> 但是，关于联想这条经验性的规则……我却要问，作为自然规律的这条规则，其所依据的是什么呢？这种联想本身是怎样成为可能的？杂多的联想之可能的根据，就其处在对象的里面来说，称为杂多的亲和性。那么，我就问：我们怎样使种种出现由之而从属、并必须从属于不变的规律的"出现的一贯亲和性"为我们自己所理解的呢？

接着是那句关键的解答：

> 根据我的原理，这是容易说明的。一切可能的出现，由于其为表象，都属于"一个可能的自我意识的总体"。但是，由于自我意识是一个先验的表象……

康德哲学肇端于休谟问题，即因果性联想之不可靠、不科学、不绝对。此处康德的解释，根据在于他认定"世界"完全包含在自我意识的全部可能性所构成的集合之内。并且后者的符合理性之一致性是先验必然的。这是康德的全部症结之所在。在142页，康德把这个"自我意识的全部可能经验的自我一致性"称为一切知识必定由其发生出来的"本源统觉"。

按照今天我们关于脑的知识，理性是一个演化过程，同时，我们每个人的自我意识，也是不断演化地被意识到的，是一个未完成的过程。例如，我们的理性无法完全控制我们的情绪，根据里杜（Ledoux）的看法，这说明我们人类还在演化过程当中，我们的"哺乳动物脑"还未完全与我们的"新脑"结合在一起。

因此，按照演化的理性的看法，在我们每一个自我的自我意识的全部可能经验所构成的那个世界里，根本就没有"先验"成立的理性，因为这个世界的理性必须从这个自我所生存的那个特定的理性传统中去学习，才可能变得理性。其次，每一个自我意识的全部可能经验，难道就肯定包含着自我在世界里的全部可能体验吗？荣格论述过的"深层心理分析"表明，未必如此。不论如何，我认为我快要结束我的康德研究了，至少，这一次的研究，在读完他的"本源统觉"的论述之后，我认为，就可以结束了。

因为如此理解之下，康德就把全部科学的基础放置在"自我意识的全部可能性"的世界的理性一致性上面了。换句话表述我的批评。如果一位科学家说：牛顿力学符合理性并且按照数学模型具有必然性的时候，那么，康德可以说：牛顿力学的必然合理性是因为牛顿力学所研究的对象是我们自我意识的全部可能性当中的一类，故而先验就具有必然合理性，只不过，如柏拉图所论，经验世界把这一先验的合理性呈现给我们的后天的意识，例如，最先呈现给牛顿本人的意识了。

当然，结束了"康德问题"，并非结束了康德所思考的问题。我们应当询问的，不再是"休谟问题"和"康德问题"。而是由康德问题引出来的问题，例如，"自我意识"究竟是怎样界定的？我们每一个人的意识能够意识到它的"自我意识"，其基本条件是什么？如果"意识"仅仅是从无生命到有生命的连续的谱系（植物，今天我们知道是有"知觉"的），那么，何谓"自我意识"？是否应当返回到莱布尼兹问题呢？又或者，在"无意识"到"自我意识"的连续谱系里面，"自我"与"他我"的区分是否变得无法界定？是否有必要区分？多数植物是分不出"个性"的，群体与个体的意识差异，对于"理性"来说，是必需的假设之一吗？

韦译康德《纯粹理性批判》第144-148页
日期：2003/07/29

关于先验统觉，或者"自我意识的全部可能性的理性一致性"，康德自己在第144页有一个很长的脚注：

> 这个命题极其重要而且需要慎重考虑。……对于先行于一切特殊经验的那种先验意识，即对于作为本源统觉的关于我自己的意识，都有一种必然的关系。所以在我的意识里面，一切意识都要属于一单个意识，即属于我的自我意识，这是绝对必须的。……必不可忘记"我"这单纯表象在其与一切其他表象相关时……乃是先验的意识。至于这表象是否明晰……乃至它是否在实际上存在，都不是我们在这里要讨论的。但是一切知识的逻辑形式，其可能性则必然被它与"作为一

种能力的统觉"的关系所限定。

注意，康德意识到他所论的"先验意识"是否存在，是一个问题，至少无法在《纯粹理性批判》里讨论。可是他还必须把全部科学的根据放置在这个先验意识的基础上。难怪引发了黑格尔对老师的批判以及黑格尔的新思路！

在第148页，康德甚至说出笛卡尔式的语言："常住不变的'我'（即纯粹统觉）形成我们所有一切表象的相关物。"

今天我们承认，"我"是在社会交往过程中不断被建构和不断演变的，天性不变的我，是不可能的"我"。

"救助康德"之第二步

日期：2003/07/23

挽救康德"先天综合命题如何可能"之第二步，或许我问错了问题，是这样的一个问题："无限怎样成为可思议的？"各位朋友，我希望从你们那里学习新的看法。

拯救康德之第三步

日期：2003/07/28

这个第三步，我想过许多天，现在提出来请教各位：

康德哲学肇端于休谟对科学的怀疑。休谟的怀疑，说到底，其实是否定了科学理念的"绝对"看法，把科学家认为绝对的"因果关系"，修改为"或然"的因果关系，即波普晚年认定的"可能的世界"（《趋向的世界》）。康德既然要从休谟的批评下挽救科学，就必须挽救"绝对"。可是难道他成功了吗？我们今天的认识，更倾向于休谟而不是康德。

这样，我提出拯救康德之第三步骤：以对话的逻各斯取代康德的先验理性。

情境 四：诊所

从我们的精神状况谈起

1965 年，英国大约有 700 名精神病医生，他们大多读过格罗斯（Mayer-Gross）撰写的《临床精神病学》。这本书的作者于 1963 年被列入为大不列颠的精神病学奠定了科学基础的最重要的四位学者之一，此书第一版《前言》，特意向读者推荐雅思贝尔斯的心理学和精神病学研究著作："……关于更重要的概念、理论、方法的经典读本，是雅思贝尔斯 1913 年出版的《普通精神病理学》，该书在两次大战期间澄清了德国、法国、荷兰和北欧诸国的精神病学问题意识，对该学科的健康发展功不可没。"（J. Hoenig, 1965, "Karl Jaspers and Psychopathology", *Philosophy and Phenomenological Research*，vol.26，no.2，pp.216−229）。

2004 年 1 月 30 日，我从"中华精神卫生网"下载了这样一段教科书文字：

> 关于纯粹的我，James 只讨论了个人的同一性意识（the sense of personal identity）。这一主题由 K. Jaspers（1963 年，pp.121−130）大大地发展了，这就是他关于自我觉察的学说。据 Jaspers 说，自我觉察有四个形式上的特征，现简述如下：(1) 自我的主动性，各种心理活动都被体验为属于我和由我发动的；(2) 自我的统一性，不论心理活动多么纷繁复杂，都是由我这个最高统帅在指挥着，这使我感到自我是个统一的整体；(3) 自我的同一性，昨天的我和今天的我是同一个我，也就是说，在时间的流逝中，我始终体验到自我保持着同一性；(4) 自我的界限性，意思是说，我体验到我与非我是截然不同的，分得一清二楚的。在病理情况下，上述四个方面都可能出毛病，这就叫做自我觉察障碍。

这里引述的两位心理学家的第一位，威廉·詹姆士（James），就是 19 世纪末叶发表《心理学原理》并且被欧洲人视为美国"仅有的"哲学家（参阅我为他写的传记性文字《内在的崩溃》，《文景》，2003 年 7 月号）。第二位，雅思贝尔斯(Jaspers) 20 世纪初叶以"远远超过了教科书所要求的广泛性和彻底性"撰写了《精神病理学通识》，而后转入哲学，以"那个时代惟一能够与海德格尔对峙的德国存在主义哲学家"为我们中国读者所熟悉。

自我觉察障碍主要表现为双重自我的体验（the experience of double self）。若偶尔发生且为时短暂，并无临床意义，因为它可以见之于相对健康的人。在慕尼黑，雅思贝尔斯界定了这类临床精神病症——后来经常出现在好莱坞电影中的被称之为"临界状态"的各种心理病症。这类病症来自我们的生活方式，它们大多是生存压力而不是性压抑造成的。事实上，雅思贝尔斯从始至终都不接受弗洛伊德的精神分析方法，他或许是被弗洛伊德最终征服了的德国心理学界的惟一反对者。这一点，充分体现在他于1950年在海德堡大学作的题为"我们时代的理性与非理性"的系列演说中。在讨论我们时代的"非理性"时，他给出了三个例子——马克思主义、精神分析、种族主义。他在慕尼黑的同事，也是哈贝马斯曾经师从过的心理学家，寇勒（K. Kolle），写过一篇文章论述雅思贝尔斯反对弗洛伊德的理由："不是作为个人，也不是作为学者，而是作为哲学家，弗洛伊德的理论降低了我们人类的品格。"（参阅"Philosophy of Karl Jaspers"，*Library of Living Philosophers*，New York：1957）。

在我们周围，根据雅思贝尔斯的教科书被诊断为"临界心理病症"的人似乎越来越多——统计上肯定表现为与"市场化进程"高度相关，例如，《都市快报》曾经报道，杭州总人口的近20%潜在或已经患有抑郁症。尽管看上去有些吓人，这一比例在现代市场社会里却显得十分正常。如果社会完全拒绝个性化的个体生命，那么，个体就只能保持生物学意义上的个体形态而不能有"自我"及其精神，从而也谈不上有"精神"疾病。现代社会，主要是基于市场经济的现代社会，首先是因为承认分工与专业化而承认个性化的生命和自由，其次又因为尊崇艺术和技术的创新而承认企业家精神。可是，现代社会又是一个正在过渡到更高级阶段的社会形态。现代社会秩序与现代人的精神状况，几乎可以看作是"共生演化"的，是一枚硬币的两面。在我们人类的这样一个演化阶段上，为这一演化阶段所独有的，就是今天仍然被不很正确地称为"精神疾病"的心理现象。

我宁愿使用雅思贝尔斯的术语，把精神疾病叫做"临界困扰"——the boundary situation of suffering。我们每一个现代人从生到死，无时无刻不受到困扰。这主要由于：（1）资源稀缺导致生物竞争，（2）人类个体生命还不得不以生物竞争的方式保存自己，（3）可是人类个体又意识到生命价值应当超越生物竞争的层面，（4）在最高的超越体验中，一部分人类个体确实保持着信仰。

临界，是一个很形象的描述，它表明我们每一个人都可能被上述的生存竞争和意义诉求之间的斗争给逼迫到临界状态中，甚至越出这一界限，呈现出精神"不正常"状况。

生物意义上的生存，只是人的存在的最低层次。而信仰，又是一个似乎高不可及的层次。我们社会科学家讨论的，是中间层次的生存——政治、经济、法律、社会文化生活。

（原文为《二十一世纪经济报道》2004 年"丁丁"专栏作）

寂静的与躁动的

本书是这样开篇的:

这

若干年前,从中国来了一个杰出的学生,跟我从事社会心理学和理性问题的研究。相识不久的某一天,他对我说,"你知道,我和你的差别在于我把世界想像成圆形而你把它想像成直线。"注意到我脸上出现的困惑和惊讶,他补充说,"中国人相信事物处于变化当中,而事物总是回到它们的某些初始状态。故而他们关注更加广阔的事件群组;他们寻找的是事物之间的关系;他们认为不理解整体就不可能理解局部。西方人生活在简单得多的和更加确定性的世界里;他们关注的是恒久不变的事或人,而不是更广阔的图景;他们认为他们只要知道了事物运行的规则就可以控制事件。"……我开始阅读哲学家、历史学家和人类学家撰写的关于东西方思维差异的文献……

这是刚刚出版的《思维的地理学:亚洲人与西方人有怎样不同的思维方式……以及为什么不同》(*The Geography of Thought: How Asians and Westerners Think Differently...and Why*, Free Press, Simon & Schuster Inc., 2003),作者是耶鲁大学和密歇根大学的教授尼思拜特(Richard Nisbett),2002 年当选为美国国家科学院社会心理学院士。他提到的那个中国学生,叫"彭凯平",现在在加州大学伯克利分校任教。在这本书的第六章里,作者提供了一个值得深入探讨的例子来支持彭凯平的看法:心理测验者给受试儿童看三幅图画,其一是"青草",其二是"公鸡",其三是"牛",然后要求受试儿童们把这三幅图画分作两类。大部分中国儿童把青草和牛放在一类,把公鸡放在另一类。大部分美国儿童把牛和公鸡放在一类,把青草放在另一类。

为什么呢?因为中国儿童习惯于按照事物之间的关系划分事物的类别,而美国儿童则习惯把事物归入到它们作为"实体"各自所属的范畴里面去。按照"关系",牛吃草,所以,牛和草被视为一个类别。按照"范畴",牛和鸡都是动物,而草是植物。这里，儿童们表现出来的思维方式的一个重大差异在于，前者首先看到的是关系，其次才有被关系连接在一起的实体；后者则首先看到了实体，然后建构起实体之间的关系。受试者都是儿童，他们不知道动物与植物这类范畴内部的细节知识，也不知道"牛吃草"这类关系的科学道理，他们在已往的社会交往中习惯了特定社会的思维方式，并基于这样的思维习惯来完成实验者提出的要求。因此，上述的实验，可以视为是一种社会心理学实验。

进而，尼思拜特和几位中国学生对美国和中国的大学生们进行了类似的实验。他们让受试者在"熊猫"、"猴子"、"香蕉"三项当中指出最接近的两项。结果，美国学生表现出强烈的把猴子和熊猫视为同类的偏好，而中国学生则更倾向于把猴子与香蕉视为更接近的事物。这一实验表明，儿童时期形成的思维方式足以延续到成年时期。于是，思维的地理学差异对理解和缓解当代世界的各种冲突变得十分重要。

尼思拜特指出，西方学术界长期以来，或者，自笛卡尔以来，就下列各点达成共识：（1）每一个人都具有大致相同的认知能力——感官、记忆、理解、反省，不论他是非洲土著还是欧洲贵族；（2）来自不同文化传统的人们表现出不同的信仰，不是因为他们认知能力有差异，而是因为他们生活在宇宙的不同时空；（3）逻辑形式是最高的理性形式，它比常识和习惯更高级；（4）纯粹理性的形式与它所思考的内容完全无关，这一思维形式不论是被运用到自然现象还是被运用到社会现象，不会发生任何变化。

然而，尼思拜特指导的一系列社会心理学实验所揭示出来的亚洲思维方式之与西方思维方式的显著差异，动摇了上列共识。个体心智，尼思拜特指出，有其社会起源。于是，尼思拜特事实上回到了1910年代米德曾经提出过的"社会自我"（social self）的概念和后来由布鲁默尔大大发展了的"符号交往主义"（symbolic interactionism）的立场。

在东方社会，不论是中国的儒家学说还是印度的吠陀学说都有类似论述：人与自然之间的关系和人与人之间的关系远比个人更具本源意义。因此，智慧——它的一个几乎微不足道的部分被西方人称为"理性"，智慧的前提是静观万物生灭的过程并由此而体悟那个"元之又元"的道理——印度人称之为"Ritam"，中国人称之为"一"。在最近的一次讲演中，2002年获得诺贝尔经济学奖的史密斯教授（V. Smith）提出了一个介于康德的纯粹理性和上述东方智慧之间的一种理性概念，名之为"生态理性"（ecological rationality）——在适应自然环境和社会环境中不断演化的人类理性。

笛卡尔的理性是怀疑的和建构的，是拆解的和征服的，是躁动的和外求的。与此对峙的，是东方智慧，其本性是寂静的和内求的。世界之为整体所包含着的万有之关系，绝非人类渺小理性能够拆解和重构的。寂静，是智慧，静以通天下所感。

（原文发表于《财经》2004 年 3 月"书评"栏目）

关于幸福的脚注

快过春节了，我和小琪闲坐在当代商城一层星巴克里，先是对着咖啡杯发愣，继而注视玻璃窗外熙熙攘攘的过客。"不怕庸俗，我有一个问题。"我对小琪说，"什么是幸福？"真的很庸俗，古往今来多少人问过了这个无人可以回答的问题。可是，我喜欢在繁忙的生活里停下来想想这么一个庸俗问题，姑且当作是"幸福"概念的一个脚注吧。

我说：幸福就是无忧。小琪不以为然，因为，猪看上去无忧地活着，只要让它睡够吃够，只要它不意识到死亡将至。我觉得，若承认亚里士多德所说，幸福就是达到了"至善"，则我们普通人没有一个会是幸福的。然而，普通人似乎没有把"幸福"这个语词当作只在彼岸的身外之物。例如，最近出现在麦当劳广告里的那句话，"幸福就是这么简单"。或者，一种来自安徽的"恰恰"瓜子的广告语，"幸福就是恰恰"——恰到好处的恰恰？和谐融洽的恰恰？还是偶然遭遇的恰恰？

在我们普通人的生活里，若真的如苏格拉底那样，认定了"未经反省的人生，是不值得过的"，则我们会非常不幸福。因为，我们感受到的任何一种幸福，在充分反省之下，通常会变得痛苦起来。吸毒让吸毒者陷入完全无忧的境界，但对吸毒的反省可以导致痛苦。深度睡眠让睡眠者完全无忧，但对意识"丢失"状态的反省可以导致痛苦。美食让美食者感受到幸福，但由此引发的反省，在许多情形下也可以导致痛苦。甚至爱情，只要你从当初的盲目状态中醒过来，你的反省几乎肯定会把你带到痛苦状态中去。叔本华很悲观，他早就教导我们，说每个人注定了要在被目的激起的希望和达到目的之后的索然无味之间徘徊一生，于是生命终究是毫无意义的。

不朽就是幸福吗？小时候我骑车去"八大处"看一尊金身不坏的坐化老僧。他看上去毫无生命气息，浑身包裹着金粉。即便他还活着，不朽地活着，孤独地活着，他幸福吗？后来，红卫兵把他给砸烂了，不知道他是否仍然活着。中国古典的幸福观念，讲究"三不朽"——立德、立功、立言。今天，在我们普通人生活的这个时代，这个没有英雄也没有神的时代，任何德性、功业、言论，难道可能永恒地流传下去吗？当然，如果还有人相信这一套，那他就还可能通过不朽获得幸福。

后代繁衍就是幸福吗？如果不把人类简约到基因层面上，那么人类究竟为了什么理由对自己的后代能够广泛地繁衍而感到幸福呢？说到底，"我"如果不再生活在我的身体里，就只可能生活在我的灵魂里——或者，如果可能的话，我的灵魂附着在另外的身体里，但那仍然是通过"我"的灵魂活着。况且，让我的灵魂感觉幸福，与让生活在我身体里的"我"感觉幸福，这两件事情是等价的吗？对此，我目前还没有办法深入研究。不论如何，我对古代智慧留给我们的"多子多福"幸福观持极端怀疑的态度——除非现代智慧把它重新阐释为性欲旺盛的副产品。

各种欲望的兴旺不衰就是幸福吗？在西方，我常常看到老年人羡慕青年人追求欲望和满足欲望的无穷尽的能力，我常常认为正是这种原始生命力的似乎永不衰竭的状态，让他们感觉幸福。有一次，在杭州，我对一位年轻朋友讲解"寻找激情"的含义。如果他还年轻，我推测，他不会理解为什么激情需要寻找。如果他已经衰老，那么，他或许仍然不能理解为什么还要寻找激情。甚至理解我那句口号的含义的朋友，也未必赞同我的激情——宁静不比激情更接近幸福吗？

当我们置身于雪山脚下、大海旁边、白云之上的时候，尤其当我们把自己融入到自然的宁静之中的时候，我们会感到幸福，那是一种凝固在"无限"里的幸福感。追根究底，宁静是对于死亡的忘却。固然，我们无法始终忘却死亡，我们终于是要被死亡赶上，被死亡提醒着抓紧生活的。于是，宁静只是瞬间。奇怪的是，我们能够把瞬间的宁静感受为无限，犹如回光返照的垂死者突然感受到的那种宁静——它无限地延伸出去，笼罩一切，包括痛苦和死亡，在白色的淡淡的晨雾里。

当然，在我们普通人的生活中还可以找到与回光返照类似的宁静，当我们在荒野里依偎着情人仰望星空的时候，当我们从酣睡中渐渐醒来发现自己躺在懒洋洋的阳光下的时候，当我们刚刚出生久哭之后终于找到了母亲奶头的时候，当我们浴血厮杀突破重围穿越遍野横尸才意识到苍天之下只剩孑然一身的时候。

宁静太复杂了，幸福太复杂了。亚当·斯密把内心宁静视为效用的最终评价标准，太复杂了。

（原文发表于《经济观察报》"书评周刊"2004年第1期）

必要的疯狂

离开杭州的那个夜晚，10 月 27 日，每年一度的喧嚣狂欢刚刚结束，带走了原本不属于这个世界的成千上万来去匆匆的游客和仅仅为着来去匆匆就以癌症速度蔓延在这个世界里的令人厌恶的汽车。我从北山路眺望西湖，第一次看到她有种女神般的宁静。

与我已往看到的宁静不同，眼下的宁静，居然是绚丽的！几百座披着霓虹灯的现代建筑矗立在东岸，隔着苏堤把粼粼水波染得缤纷斑斓。我沉默着，听不到友人的谈话。我陷入了沉思。

我们陷入沉思的时候，思想便开始接近疯狂。根据数学家门格尔写给友人的信件，我们知道，直觉主义数学大师伯劳威尔在晚年陷入了无药可救的孤独与神秘。他沉默，因为，他告诉门格尔：社会不仅通过灌输道德控制了行为，而且通过语言控制了思想。沉默，被当作对语言的反抗。

波佩尔告诉我们（《意识的限度》第十七章），凡不能表达的，都是不被意识到的。遗憾的是，我们每一个人每天都有那么多的感受，不能表达出来，无以名状。因为与这些感受的丰富性相比，语言太贫乏。罗素也意识到我们语言的公共性质，以及由此而生的对私人体验的压抑。他在《人类知识》开篇不久就指出：科学知识越是积累和发展，它就越远离了常识性的知识。前者是公共的，因为要满足科学群体交流客观知识的需要。后者是更加私人的，因为常识所要传达的是关于生活的智慧。假如一个年轻人从纯粹的科学环境里习得语言，那么，他将无法表达诸如爱情这类的私人情感，他将完全是公共的，从而丧失他的"自我"。

语言当真如此可怕吗? 1888 年，伯格森在《时间与自由意志》的《自序》里这样写道：

> 我们不得不用文字表达自己，通常，我们还不得不用空间概念进行思考。这就是说，语言要求我们在我们的观念之间，如同在物质对象之间那样，建立种种同样明晰准确的区分，界定同样的隔离性。把思想视作空间里的物质对象，实际生活中是有用处的，在大多数科学里是必要的。但我们要询问：如此对待思想，是否会为哲学带来无法解决的困难呢？……把原本不占据空间的事物，非法地想

像成占据着空间位置，把质量非法地想像成数量，这会带来根本性的困难……

我承认，不读完伯格森的这本书，你或许根本无法理解他在上面那篇"自序"里说的那番"胡话"。可是我读完了这本书，我理解他，并且同意他的看法！

假如没有语言，例如，没有"云"这个语词，那么，为了体验各种各样的单独的云，我必须站立在窗前，或许毕生如此站立，为了体验全部可能体验到的云。为了节省我用于体验云的时间，我可以把无穷多未来的云的体验的集合，整体性地命名为"云"。于是，我见到几片云之后，懂得了如何把未来可能出现的无穷多片云，根据我感受到的特征归入"云"概念里。我把概念的"云"存入我脑部深层叫做"limbic system"的负责长期记忆的区域，然后转身走开，不必再端详各种云了。伯格森说：人类之使用概念，是为了节省体验的时间。但是，概念把生命在任何一个时刻所包含的无限可能性，就此凝固在它所概念化的那个方向上了。生命顿时变得苍白，时间失去了创造性转化的可能。

"没有免费午餐"，这是经济学家常说的道理。在这里，人类使用语言，所支付的代价，就是语言因凝固了体验，从而压抑了体验之于自我意识所意味着的无限多其他方向上的可能性。我转身走开，记住了概念的"云"，放弃了对未来可能出现的无穷多片变幻莫测的云的体验。同样地，假如我只是坐在书房里，借助一部百科全书，试图体验小说家描述的"海"。当然，我不可能这样来体验大海，我顶多凭了我对"水"的其他形态的体验来想像大海波涛汹涌的样子。见过大海的读者都明白，这样的"想像"太苍白了。

从概念到概念的想像，恕我直言，是这个被称为"知识时代"的人类的通病。就想像的本性而言，它根本不能借助于概念，它必须依赖于直觉。我们大脑左半球的功能之一是概念推理，右半球的功能之一是形象思维。从学校门走进奥林匹克训练班，再走到家庭补习老师面前，最后从考试的噩梦中惊醒，背起沉重的书包走向学校……这样的孩子习惯了从左半球看世界，从概念到概念。或许他终于可以通过层层关口，进入西方名牌大学深造，毕业后"前途锦绣"。可是，没有免费午餐。代价呢？大脑右半球的枯萎，情感贫乏，想像力逐渐消失，生活变得日益苍白。

我们的生命被凝固在工业时间里，我们都变得日益苍白，我们正在异化成为冷血动物。我站在课堂里，突然，我从心里发出呼吁：或许还不太迟，只要我们在喧嚣的市场里停下来，倾听心灵的召唤，拒绝喧嚣。让思想回来吧！

（原文发表于《IT经理世界》2003 年 11 月 20 日）

抑郁与创造

写了《必要的疯狂》，有必要写《抑郁与创造》。因为"抑郁"是当代人的一种心理疾病，而"疯狂"，则如塞内卡所言：没有一个天才是不带些疯狂的。必要的疯狂，是指思想挣脱了语言的牢笼，迸发出火花，如此强烈地改变了思想者的行为，以致他看上去有些疯狂。至于抑郁，还是让我"娓娓道来"吧。

关于抑郁，最常见的统计方面的数字包括：（1）抑郁症患者的自杀率是普通人的20倍以上；（2）在每年的自杀者当中，60%患有抑郁症；（3）女性比男性更容易"抑郁"；（4）全球平均而言，男性自杀率大大高于女性——在发达国家，男性自杀率是女性的3倍，而在中国，女性自杀率比男性高25%；（5）抑郁的人当中，大约25%需要寻求医疗帮助。可是，1990年中国大约有2560万抑郁症案例，其中只有5%得到了医疗帮助（以上资料，根据"百度"搜索引擎2003年11月3日凌晨搜索关键词"自杀率，抑郁症"得到的2090篇资料的前12篇整理）。

关于创造，具有强烈跨学科倾向的德国当代心理学家波佩尔（Ernst Poppel）在近著《意识的限度》（北京大学出版社2000年中译本）第十八章里这样写道：

> 将创造性的三个条件总结起来就是，一，要有个人"安全感"；二，要进行"思想交流"；三，要做"身体活动"。在这三个条件下，存在着最大的可能性来整理旧的和产生新的意识内容。

可是波佩尔几乎是接着上面的话立即向我们描述了这样的场景：严重的抑郁症常常发生于早晨，患者醒来之后，躺在床上，陷入对自己生活的难以自拔处境的思考，找不到任何出路，又没有人在旁边可以交流。最后，身体没有活动。在这些条件下，非常可能发生的事情之一，就是自杀。换句话说，一切抑制意识的条件都满足了。他思想里似乎总有一种想法，在原地打转，不停地搅动，无法挣脱……

借助于脑科学，我可以想像，抑郁症，是指意识的这样一种"均衡"状态：当正常人的意识总可以在许多可能的均衡状态之间运动时，抑郁症患者的意识被那些深深困扰着他的生存处境的问题纠缠住了，尽管在正常人看来这些问题是微不足道的。经过足够长的时间，自我意识就开始习惯了在如此狭小的均衡状态内活动，于是不再有能力把注意力转移到其他可能的均衡状态。

当自杀倾向从抑郁状态里发生时，仍然借助于脑科学的语言，意识陷入了这样的困境：它所习惯了的那个狭小的均衡状态（例如，"意识流"被锁定在一个范围太小的稳态极限环附近），恰好与自杀的念头有密切关系。换句话说，在这一狭小范围内，自杀行动得以不断地把它的"符号表达"呈现给自我意识。

我承认，上述的心理活动，说出来有些可怕。不过，这是我基于我的脑科学知识和我所了解的自杀过程，能够提供给读者的对"抑郁导致自杀"的最贴切的描述。

现在回去讨论波佩尔总结的让我们的创造性得以充分涌流的三个条件：安全感、身体活动、思想交流。我之所以从我书架上不下二十种参考文献里单独选择了波佩尔的这本书，是因为我喜欢他总结的这三个条件。它们最简洁地刻画了"创造性"所需要的生物的、生理的和社会的环境。而当我们不再能够创造时，我们便陷入抑郁！

从生物演化的角度说，我们首先是哺乳动物。我们脑的深处，在两耳之间，有一个不超过脑量的三百分之一的叫做"杏仁核"的结构。从那里，当我们的安全受到威胁时，便向各主要脑区分泌出足以把我们的幸福感降低到产生"抑郁"的水平的神经化学递质。

从生理和心理交互作用的角度说，李纳思（Rudolfo Llinas, 2001, *I of the Cortex*）告诉我们，身体的活动对于动物保持健全的意识非常重要。这是因为：（1）动物意识的基本功能，是对自己在特定环境内的运动所产生的各种可能后果作出尽可能准确的预期；（2）在漫长的演化过程中，灵长目的脑，执行着动物对身体与环境的交互作用的预期功能，逐渐地把它的模式辨识功能（参阅*New Ideas in Psychology*, 21, 2003, 15-29, Vandervert 关于小脑与数学之间关系的研究报告）建立在了身体运动的基础上；于是，（3）当我们的身体长期处于静止状态时，我们的脑就开始对它应当加以辨识的那些外界刺激变得迟钝起来。让我顺便向读者提一个小问题：为什么我们上学的时候发现班里的学习委员经常也是体育委员？

从社会交往的角度探讨创造性，我在许多文章里论述过了，例如，发表在《社会学研究》2001 年初的《观念创新与符号交往的经济学》。这里就不说了。最后，我要重复我认为是这篇随笔提出来的最重要的看法：当我们不再能够创造时，我们便陷入抑郁！

（原文发表于《IT经理世界》2003 年 12 月 5 日）

对当前经济及社会状况的基本判断

改革从"放权让利"开始，深层冲突不断积累，今天已经上升到了社会表层，日益严重地制约中国经济的活力，正把整个国民经济拖进"滞胀"的循环。我们面临的，是这样一些困境：

（1）伴随市场经济发展而生的权力运作的复杂化，使社会对权力的监督越来越困难。而市场经济的道德基础在当代中国的严重缺失，使权力阶层更容易陷入"普遍腐败"的泥沼。清除腐败，不仅需要最高领导人的决心，而且需要在"公共领域"内集结足以对抗庞大的制度性腐败的既得利益集团的政治力量。

（2）与腐败及其普遍化紧密纠缠着的，是企业精英们的价值创造活动——对旧的经济和政治资源进行重组以获取利润，并在创新过程中建立新型的"资本—劳动"关系。在这两个紧密纠缠着的过程中，国民收入分配的不平等状况极大地恶化了。近年来的所谓"消费不振"，是下列两方面因素联合作用的结果：（甲）占总人口80%以上的"中、低收入"群体，面临未来生活的极端不确定性——教育、就业、医疗、住房、养老，不得不大幅提高个人储蓄率。他们愿意购买的，不是汽车和住房，而仅仅是生活必需品。（乙）不到总人口5%的"财富和权力"群体，面临着同样的未来生活的极端不确定性，宁可尽量挥霍和把财富转移到海外。他们购买的不是国产货而是进口物品。这样，粗略估计，目前拉动经济的大宗国产商品的主要消费群体约占总人口的25%。

（3）长期未能达成关于保护私有财产的社会共识，所以，长期投资的主要来源是银行和财政——投资的最终担保机构。这两类机构都没有旨在激励企业家能力的奖惩制度。坏账累积的结果是，不仅国有资产账户，而且国有银行，实际上都已破产。这一状况阻碍人民币自由兑换，从而阻碍资本市场的正常运作。

（4）世界经济局势尚无趋势性好转，人民币升值压力越来越大，已往由出口拉动的经济增长动力逐渐消失，国内资本的外流趋势日益明显，失业率很可能进一步上升。

（5）最有能力推动经济发展的两大产业——汽车和住房，在它们所形成的"泡沫"最终破碎之前，推动整个经济的能源消耗迅速增长，集聚了很强的价格上涨压力——

所谓"投资推动"的通货膨胀。

（6）中国经济开始进入"产业升级"的阶段，对人力资本的市场需求迅速增长。教育和医疗，正在成为制约长期经济发展的最严重的瓶颈。这两个部门的改革与发展，因缺乏足资借鉴的西方经验而变得格外困难。

自然垄断是一个神话

去年以来，随着公用事业的民营化浪潮在各地的涌动，政策制订者们开始关注"自然垄断"的经济学根据。可惜，如我在若干年前所论，自然垄断——"natural monopoly"，自从卡尔多（N. Kaldor）在 1940 年代的研究和发表了许多论文以来，始终没有找到经济学根据。换句话说，所谓"自然垄断"，其实是经济学家讲述的一个神话。

卡尔多是当时经济学的泰斗，英国皇家经济学会的会长，自然不会不关注英国"战时经济"问题。为了给政府规制经济活动找到经济学理由，卡尔多首先构想了一种"纯粹意义上的收益递增"经济现象，即"管道输油的单位成本随输油量的增加而下降"——从甲地到乙地建造一条石油管道，则单位时间内的输油量与管道半径的立方成正比，而输油管的制造成本与管道的表面积即管道半径的平方成正比，故而单位输油成本与管道半径成反比。

这是一个具有重大理论意义的例子，它最终停止了经济学家们否认现实世界里存在"收益递增"现象的努力，从而迫使经济理论家不断努力要证明在收益递增现象普遍存在的世界里"一般均衡"的存在性。如果这一努力居然失败，那么，经济学家关于各项公共政策的"效率损失"的计算就失去了最终标准，从而经济学家将在公共政策的讨论中"失语"。

尽管我同意并竭力鼓吹过卡尔多给出的收益递增的例子，我却不能同意经济学家据此而提出的"自然垄断"概念。我们知道，接受过主流经济学训练的学者都会倾向于反对垄断，因为垄断导致效率损失。英国战时经济政策，可以理解地，是对自由竞争的某种管制。为这一管制提供了经济学根据的，是所谓"自然垄断"概念。可惜，这一概念在教科书里从未得到过清晰界定。为严格符合"效率损失"的理论根据，我尝试给出如下基于一般均衡的定义：给定技术结构、偏好结构、资源禀赋结构，假如存在着一般均衡的价格和产品数量，那么，当且仅当某一产品的平均成本曲线向下倾斜时——即该产品的单位成本随单位生产周期的产出水平的增加而下降时，就称该产品具有"自然垄断"的特征。由于假设了一般均衡，为生产该种产品所投入的各项要素的价格以及产品自身的价格——这些价格构成了产品的平均成本，得以保持均衡。故而，当平均成本曲线向下倾斜时，它不会因厂商扩张生产的活动而改为向上倾斜。

假如，如上所述，某产品有一条向下倾斜的平均成本曲线，并且，这条向下倾斜的曲线与对该产品的需求曲线相交，那么，就称关于这一商品的市场具有"自然垄断"的特征。

经济学家知道，在具有自然垄断特征的市场里，根据自由竞争的定价方式，商品价格将等于商品的边际成本——当平均成本曲线向下倾斜时，边际成本曲线总是位于平均成本曲线的下方，故而，按照自由竞争价格出售商品的厂商，将为每一售出商品承担相应亏损——每一商品带来的亏损额等于单位成本超过边际成本的部分。这样，我们得到教科书经济学的命题：在收益递增（即平均成本曲线向下倾斜）情形中，不可能存在自由竞争的企业。既然如此，为了改善经济效率，政府有必要干预市场，通过对自由竞争加以规制，政府有可能改善市场效率。以上所述，大致就是当代"规制理论"——相当于"机制设计理论"在公用事业领域里应用的经济学思想概要。

然而，我们还知道，技术与制度的演化，是所谓"路径依赖"的。事实上，技术与制度恰好构成通常被称为"共生演化"的现象。换句话说，在任一给定时空点处，技术和制度可以有理论上无限多的可能演化路径。而一旦我们根据技术的"自然垄断"特征，确立了与自然垄断相适应的制度的主导地位，我们就放弃了其余的可能演化路径，单一地走进自然垄断假设下的"技术—制度"演化路径，从而好像是"自然"地形成了"垄断"。这一看法，我曾经用了一句口号来表述："你有什么样的制度，你就有什么样的技术。"

中国和外国的产业发展史多次向我们表明，垄断的制度保护了垄断行业，继而决定了对各种可用技术的选择，最终导致了技术垄断或技术进步停滞。最近的一个例子，就是香港和中国大陆电信产业的垄断和打破垄断所导致的电信价格的迅猛下降。

在政策论证过程中，我们最经常遇到的就是关于"重复建设浪费资源"和"不重复建设就不足以打破垄断"这样两种意见的冲突。事实似乎反复表明，看起来是"重复建设"的项目，确实打破了垄断局面并极大地改善了经济效率。反对"重复建设"的意见，其经济学根据正是关于"自然垄断"的理论。

中国社会的情况，往往是"制度决定技术"，而不是"技术决定制度"。我们的政府，往往已经预设了垄断，然后接受垄断的制度，然后选择垄断的技术，然后说这是自然垄断，然后就由社会来承担一切效率损失。

所以，我同意我的一位朋友的看法：自然垄断是一个神话。这则神话至今没有找到它的经济学根据，又由于上述的一般均衡存在性定理与收益递增假设之间的逻辑冲突，我很怀疑它是否能找到经济学根据。

（原文发表于《IT经理世界》2004 年 3 月 5 日）

市场的道德合法性

为自己找到了市场的商品，未必具有"道德合法性"（legitimacy）。后者是人类社会保持"社会"之人类意义的前提条件，它为市场行为的"法律合法性"（legality）提供了道德共识。毒品有很大的市场，在许多国家里，它不具有法律合法性，虽然一个更复杂的问题是，它是否也不具有道德合法性？至少，如多年前我在"边缘"栏目里写过的，对低纯度毒品而言，我不知道怎样解答这个问题。

只要我们站在经济学与道德哲学之间，而不是站在任何一个端点上，就不难看到"卖婴"问题所包含的复杂因素。试举一例，河南某贫困农民，儿子刚刚出生，考虑到未来无钱娶妻，遂"买"一女婴，欲抚养长大，配与儿子，免遭诸如"不孝有三，无后为大"之类观念的困扰。此处固然发生了关于"女婴"之交易，难逃道德或法律的审判。相比而言，欧美人来华，向我国政府缴纳数万美元的费用，以期领养一名女婴，表面看来，似无交易发生，其实只是交易的"价格"不明显罢了。又若某亲生父母重男轻女，故而对女儿极尽虐待。从社会公义判断，此女若刚刚出生便被有爱心的人收养，反而是一种帕累托改善。更进一步追问，既然我们每一个人都没有选择我们所要投生的家庭的机会，又既然我们无法确保自己的出生是对自己而言有意义的事件，那么，我们也就几乎失去了确切的道德理由来反对领养女婴。剩下来的问题，便仅仅是领养女婴的"法律合法性"了。

可是，若售卖和购买女婴的人怀着种种不道德的动机，那么，从社会公义出发，我们就必须为着保护女婴的权利而剥夺这一市场行为的道德合法性或进而剥夺其法律合法性。

这里报道的重大案件，涉及118名婴儿的买卖，从目前披露的情况判断，也涉及种种不道德的和非法的市场行为。法律的裁决，足以影响未来类似的市场行为发生的概率以及取缔这一市场的努力可能获得的效果。在极端情形下，如果：第一，贫困人口对女婴的需求极其庞大；第二，计划生育制度用以惩罚生育的手段和重男轻女意识形态导致对女婴的廉价供给源源不绝；第三，廉价女婴和相对高价的需求足以为供给女婴的中间渠道提供超额利润，那么，我们为取缔婴儿市场所设的法律，其执行成本将十分高昂，以致终因无法获得满意的效果而形同虚设。

一般而言，法律经济学告诉我们，"严法"未必有效，往往适得其反。因为，此时执法人员握有的权力，往往为他们提供了廉价"寻租"的机会。司法明智，要求兼顾"情理"与"成本—效益"分析。此处，"情"指的是"道德合法性"，"理"指的是"法律合法性"。

这三者之间的关系，显然十分复杂。例如，对于我们处于病痛折磨下的亲人，帮助其实现"安乐死"，实在是一种合乎道德的要求。可是这样的要求，在今天，在许多国家和地区都没有获得法律合法性。究其理由，不是立法者不愿意响应这一道德要求，而是与"安乐死"相关的法律通常具有极其高昂的执行成本。直到今天，我们仍然缺乏技术手段来判断一位亿万富翁的安乐死是否真"安乐"死去，而不是遭了遗产受益者群体的谋害。

明智的立法者能够注意到，对于领养婴儿这样的行为，因其具有某种程度的道德合法性，即便发生在市场里，也难以靠法律将其杜绝。或许更明智的办法是，由各地政府特许并由被领养婴儿的亲属监督，让具有足够资格的商业机构充当领养婴儿的中介，监管之下的市场竞争和特许经营的规模经济效益，把婴儿的领养成本降低到足以取代黑市交易的程度。同时，立法取缔特许权之外的任何市场行为。

随着社会成员的道德意识的演化，我们预期，将来的父母有了更现代的男女意识和养老观念，领养婴儿的行为将越来越昂贵。在社会发展的那一阶段，人们将更愿意用其他更道德或更廉价的行为来替代"领养婴儿"的行为。

最后，我打算指出，在社会制度的演化过程中，人与人之间契约关系的三类监督方式——第一方监督（道德自律的）、第二方监督（利益相关各方相互间的监督）、第三方监督（利益无关方的监督），往往混在同一套制度里，彼此难以区分。但对任何一套制度的"成本—效益"分析，仍然适用。

事实上，这三类监督方式在同一套制度内所具有的程度不同的重要性，随着使它们各自成为有效监督的种种因素在这一特定社会发展阶段上的消长情况而有极大的变化。今天，社会理论家已经很熟悉"囚徒困境"的博弈了。在演化的囚徒困境博弈中，道德意识的轻微变动——例如，在全体都是"利他主义"的博弈者当中哪怕只出现了一个利己主义者，都可能导致"囚徒困境"的博弈者们纷纷采取"不合作"策略。

以上讨论，只是为了强调：市场的道德合法性绝不是无关紧要的。

（原文发表于《财经》2003 年 11 月 5 日）

118 个婴儿的黑色之旅

2003 年 3 月 17 日晚，广西宾阳收费站，当地民警截获一辆由广西玉林开往安徽亳州的卧铺客车，因此揭开了一个数十人共同作案的贩婴网络。近年来，该网络共贩卖女婴 117 名，男婴 1 名。

日前，玉林市中级人民法院对涉案的 52 人进行了开庭审理。知情人士透露，另有十几名涉案人员将择日审理或另案审理，此外，还有数名涉案人员在逃。

谢德明的贩婴网络

今年 58 岁的谢德明，玉林市福绵管理区福绵镇福绵村人，小学文化，一个典型的中国农村妇女。从玉林市检察院的起诉书看，谢是从三年前开始编织她的贩婴网络的。

最初，谢所编织的"供货"网络仅在玉林市，2002 年底，发展到钦州。是年，谢德明和邓聚贤窜到钦州市与居民杜秀珍、黄国娟取得联系，向她们收买婴儿。而黄、杜二人，很快成为谢的最主要的"供货源"。

而谢德明除了开辟下一级的人贩子外，还说服了大量农村接生员、个体医生和医院妇产科医护人员，甚至医院清洁工和产妇，作为谢最直接的"供货源"，这也是婴儿得以运转的最初级的环节。

几支人马共织贩婴网

从玉林市检察院的起诉书看，贩婴的网络并不仅仅只有谢德明这一支。医护人员王惠英、吴进娣，接生员王惠新、胡祖娟等人除为谢提供女婴外，还同时是陈善才、辛丽芳夫妇的主要"货源"。从 2002 年下半年到 2003 年 3 月，陈、辛二人共收买、骗取女婴 31 名卖出，其中一名卖给了谢德明。另外 30 名婴儿，都卖给了蔡立平、李秋梅、赵洪亮、胡冬梅等人。蔡立平、李秋梅等人并不满足通过间接渠道买婴，他们还发展接生员和医护人员作为直接的"供货源"。中间环节的减少，减少了贩婴成本。

重男轻女是卖婴根源

在广西，农村重男轻女的观念仍然严重，因此，将女婴送人现象比较普遍。

"他们并不是养不起孩子，而是根本就不喜欢女孩，况且为此还要承受沉重的计生罚款。"玉林市检察院一位工作人员说。

黄彩英，玉林市福绵管理区成均镇人。2003年2月3日，黄在家中产下一女婴，而黄已经有了一个四岁的女儿。渴望有个儿子的黄彩英和丈夫李勇并不想再养一个女儿。于是，接生员王惠新通知了谢德明，谢抱走婴儿后，给了王惠新300元钱。

李勇说，在农村，按规定如果第一胎是男孩，就不能再生，否则罚款5000元；如果第一胎是女孩，可以生第二胎，但必须是在四年之后，如果提前了，就要罚款3000元；如果生了第三个孩子，就要罚款8000元－10000元。

"这是经过规范之后的罚款数，在此之前，计生部门往往借国家计生政策为名，乱收费，而且不给收据，罚款后，他们就私分了。"玉林市检察院的一位干部说。

近年来，我国计生系统规范了超生罚款的规定。"于是，计生人员无利可图，他们也就不再下乡执法了。这也是农村偷生现象愈演愈烈的主要原因。"广西某大学法律系的老师说。

被贩女婴的归宿

那些抛弃女婴的家庭，并不知道自己的孩子如同商品一样被人买卖。因为在孩子被人抱走时，对方都说是找到了人家收养。

这些可怜的婴儿自打进入贩卖网络，就给她们的经手人开始创造利润。据新华社报道，人贩子以高价将女婴卖给安徽、河南等地的群众。婴儿价格根据长相和健康状况而定，最后的价格多是3000元左右。"在河南一些地方，买来一个婴儿后，只需8000元左右就可入户口"。

但是，据玉林市检察院一位曾参与审查"3·17"贩婴案的工作人员称，这些人贩子自己也不知道女婴最后的归宿，他们都是转卖给他人。这位工作人员推测说，可能卖到富裕的家庭了，有的可能作为现代童养媳被人收养。

摘自《南方都市报》2003年10月22日，鲍小东／文

认真对待劳动权利

马克思很早就意识到：如果劳动者只能通过雇佣劳动制度来获取维系生命的基本需求品，那么，私有财产权的实质就是资本与劳动的关系（《1844年经济学哲学手稿》，英文版）。恩格斯进一步指出，资本与劳动的关系是理解资本主义生产全部社会关系的"轴心关系"（参阅《在马克思墓前的讲话》）。并且在最早明确地意识到劳动作为私有产权的核心内涵的意义上，马克思和恩格斯把亚当·斯密称为"经济学里的路德"。

2004年通过的中国宪法第四次修正案，已经申明国家对"合法私有财产"承担法律保护的义务。与此同时，这一修正案也申明了国家对维护公民的基本"人权"所承担的各项义务（第十四条增补第四款）。

这里报道的辽宁西部"首富镇"矽肺患者们的生存状况，在与当地首富们的生存状况的对比中，昭显出马克思和恩格斯所说的那种"轴心关系"，以及在这一轴心关系内，对劳动者基本人权的宪法保护的真实缺失。

我们中国人正经历着"转型期社会"大约都要经历的市场经济的这样一种窘迫局面，在这里，一方面是市场的效率与公平所要求的私有产权的不可侵犯性——如果不是"神圣不可侵犯"的话，正在借助金钱的力量迅速取得政治权力的支持；另一方面，由于私有产权——劳动者的和资本者的，只是借助于金钱力量迅速取得政治权力的支持，所以就其权利（按照洛克的定义包括：生命权、基本自由权、财产权）所能享受的保护程度而言，出现了贫困群体与富裕群体的极端不对称性。事实上，中国正在成为世界上收入分配最不平等的国家之一（参阅2004年1月20日《财经》封面文章《贫富中国》）。

从另一角度说，在一个成熟的市场社会里，一位比较客观的观察家可以大致认为那里的社会成员至少在意识形态和"政治正确性"方面维持着"法律面前人人平等"的信条——哪怕仅仅是多数人的"信条"，也比多数人的"不信"要好得多。关于"信条"的这一与"共同知识"类似的特征，熟悉博弈论的读者很容易看出，它对于社会达成帕累托均衡的重要意义。

按照韦伯的看法，一个仅仅有"市场经济"的社会未必可以发挥市场经济的积极作用。因为，市场经济的有效运行需要一整套被韦伯称为"资本主义支撑系统"的契约监督制度，其中也包括对于劳动契约关系内的劳动者权益的保护制度。所以，德奥学派的经济学家更愿意使用"市场社会"（market society）这个语词，用来传递他们对英美自由主义经济学家单纯提倡"市场经济"的政策立场的批评。市场社会比市场经济复杂得多，它要求这个社会有相应于市场体制的政治体制和法律体制的变革，更进一步，还要求这个社会在价值观念、道德基础、文化生活诸方面的相应变革。

第四次修宪，固然表达出中国市场经济向成熟市场社会转变的大趋势，但困难得多的任务，是如何在中国社会落实这一修正案关于保护基本人权的那八项修正条款。

认真对待权利，就是要在价值排序当中把人的基本权利放置于对物的私有产权之上。而在许多情形中，价值排序的这一重大改变意味着法律必须对市场交易的自由作出限制——禁止生命权的交易，禁止维系生命所必需的人体器官的交易，限制对生命构成重大威胁的劳动契约，维护旨在提高生命价值的社会保障条款。

毋庸置疑，法律对市场交易的自由加以限制，可能降低市场交易的经济效率，可能降低中国商品在国际市场上的竞争力，甚至可能因增加劳动力成本而降低国外资本流入中国的速度从而降低了中国经济发展的速度。认真对待权利，特别是认真对待劳动权利，就意味着承担相应的代价。归根结底，发展的最高评价准则是人的价值而非物质资本的积累速度。

人的价值，不仅依赖于每一个人对自己目前的生存状况的评价，而且更根本地，依赖于每一个人对自己可能被极端不确定的命运所抛入的那些生存状况的评价。这一基本的正义原则，不仅得到了诸如罗尔斯这样的政治哲学家的认同，而且得到了诸如海萨尼和布坎南这样的诺贝尔奖经济学家的认同。在比他们更早的时代，斯密也注意到了市场社会隐含着的"互惠正义"（reciprocal justice）的原则，故而在写作《国富论》之前和之后，多次改写《道德情操论》，并将其政治经济学说的核心内容最终置于"道德情操论"的视角下。

在论及"金钱的权力"时，马克思注意到金钱作为一般等价物对人类的本能及欲望产生了极大诱惑（《1844年经济学哲学手稿》）。在这一意义上说，金钱以及由它所代表的那部分产权几乎不需要法律的保护，它天然就有保护自身的强大权力。道德之成为必要，是因为社会打算保护"弱势"群体。也因此，法的宗旨逐渐从"强权者意志"演化为现代社会更予强调的"正义"原则。

我们相信，为了认真对待劳动权利，必须说服中国社会的强势群体接受成熟市场社会所接受的正义原则以及相应的法的宗旨。否则，第四次修宪案的有关保护"人权"的条款就会被现实运作中的社会博弈的参与者们忽视，而修宪案的有关保护私有产权的条款就将更加有利于强势群体对弱势群体诸方面权利的剥夺。

（原文发表于《财经》2004年6月5日）

辽西"首富镇"的矽肺患者

辽宁省葫芦岛连山区的钢屯镇被誉为"辽西首富"。这里有着全国最大的有色金属钼矿山开采基地，钼矿开采让众多人富了起来。

然而一个不容忽视的现实却让这种繁华景象蒙上了些许阴影：这里附近的几个乡镇至少有几百名矽肺患者。

让人关注的是，这些矽肺患者与钢屯镇的富裕方式有着什么样的联系？

49岁的黄忠会坐在家里的炕头上一声声不断地咳嗽着。十几年前的黄忠会可不是这个样子，180斤的麻袋往身上一背就走，即使那样也不会像现在这样大口喘气。那时，钢屯镇的钼矿开采不久，黄忠会到一个镇办钼矿上班。

黄忠会干的活是"挠毛"，就是矿井里放完炮后，将崩碎的矿石和渣石用铁耙子搂到一起，然后装到口袋里，其他矿工再背到地面上。"挠毛"时会挠起大量粉尘，因为干的是重体力活，黄忠会不得不大口呼吸。这样，很多粉尘就被黄忠会吸到肺里，粘到肺泡上，时间一长，就得了矽肺。

现在黄忠会每天就是"喘气"，再就是吃药。每天要吃4次药，每次4片"咳喘感冒片"、两片"喘安片"。黄忠会告诉记者，"这些药，一次要8角钱呢，一天就是两块四啊！"

钢屯镇周围乡镇究竟有多少矽肺患者，没有任何部门能给出准确的统计。

不止一村的"常见病"

在山神庙子乡凉水井子村，兼任村支书的乡人大主席团主席告诉记者，他们村去年申请困难补助的矽肺患者有12人，去年和前年有3人因为矽肺死去。

实际的数字到底是多少？钢屯镇一个专门管矽肺的干部的回答是，那些没有在原来钢屯镇办的钼矿里工作的人得矽肺的情况他根本就不掌握，他管的是已经被定上职业病的矽肺患者，这些人一共有 200 多人。这些矽肺患者，钢屯镇政府每年要为他们支付 400 多万元的医疗费等费用。

对此，葫芦岛市职业病防治部门一名女科长能提供的也只是：整个钢屯地区以及附近因为在钼矿工作被定为矽肺职业病的一共 300 多人。

难以企及的职业病鉴定

钢屯镇主管职业病的工作人员说，钼是非常贵重和紧俏的商品，为防止一些人下到矿井里偷矿石，矿井承包人都雇用一些人守卫矿井，他们到钼矿进行粉尘检测，守卫人员常借口领导不在不让他们下井。这位工作人员说，如果发生了矽肺，劳动合同可证明职业病史，被评定为职业病，那么患者就可按照工伤享受工资和医疗费待遇。

据了解，鉴定职业病程序很严谨，必须到指定的部门进行拍片诊断，然后要住院观察，最后由职业病诊治专家小组确定。但是在当地，从矽肺患者到矽肺职业病有着一道几乎难以逾越的障碍：那就是职业病史。

钢屯镇主管职业病的工作人员说："矽肺患者定为职业病必须有职业史，就是从事井下粉尘作业的经历，这些经历必须有工资单来证明。"

葫芦岛市职业病防治部门的女科长也说，职业病史的可靠证据就是单位给开的证明或者工资表。

然而，让一些矽肺患者拿出单位的证明和工资单几乎是不可能的事。钢屯镇很多钼矿都有很多井口，矿主一般都把井口承包给个人，承包井口的人自己不直接雇用工人，而是找一些工头，工头再找工人。每天工头将他管辖的工人背上来的矿石称量后，同井口承包人结算，井口承包人将钱发给工头，工头再发给工人。因为工人不信任工头和承包人，工资一般一天一结算或者几天一结算，根本没有什么工资表。另外，让矿主给开证明，无异从矿主的口袋里掏钱，有谁会做这样的"傻事"？

于是，众多的矽肺患者根本无法认定职业病，而钢屯镇政府又只管原来镇办钼矿转制前的矽肺患者，并且还必须是户籍为钢屯镇的人，大多矽肺患者彻底放弃了鉴定职业病的想法。

摘自《华商晨报》2004 年 5 月 13 日，杨菊凤／文

产权失灵的理由

产权怎么会失灵呢？经济学家通常不承认"产权失灵"，如果非要界定这个概念的话，不妨把它说成是：界定能够达到有效率的资源配置的产权关系所需的费用太高，以致人们宁可保持现存的产权关系，而后者导致了效率损失。换句话说，我们在不重新界定产权所导致的效率损失与重新界定产权所支付的费用之间作理性权衡，结果总归是理性的。既然是理性的，就不会有"失灵"。

制度学家也讨论效率和费用，但角度稍有不同。因为制度是不断演变的，又因为经济学家必须在静态一般均衡框架里讨论"效率"和"费用"，所以，制度学家不得不另外寻求效率分析的思路。诸多思路之一，是寻求效率改善的可能制度。效率改善未必最优，它只要求有所改善，故而是一种演变的视角。

西湖的产权是难以私有化的，虽然，类似于美国的国家公园，现存的产权关系未必能达到有效率的资源配置。茶叶博物馆附近里鸡笼山村农民陆小平，自费治理西湖源头的污染，招致村民非议。西湖环境及水资源的产权，是公有的。常识告诉我们，在公共领域里实施的任何私人行动，难免招致种种猜疑——其一可谓"寻租"，其二可谓"非理性"。后者甚可疑，既然人都是理性的，那么"非理性"背后肯定还有隐藏着的动机——必须是能够增进私人福利的动机，才被认为是合乎理性的。

西湖农民们面临着的，是所谓"公共选择"问题。被普遍认为正确的决策方式，首先要求知道每户农民愿意支付的治理西湖污染的费用。机制设计理论和拍卖理论似乎已经，相当可疑地，设计出了让每户农民披露真实信息的机制。不论如何，让我们假设这一机制是可行的。进一步，让我们假设，里鸡笼山村除了陆小平这一家之外，其余农户都是充分理性的，他们都仅仅追求私人福利的最大化，并且他们愿意支付的治理本地发生的西湖污染的总费用不足以治理这一污染，除非，在这一总费用上增加陆小平家愿意支付的费用。

从效率改善的演化视角看，里鸡笼山村治理本地发生的西湖污染，是一种改善——虽然还有污染，但污染情况被改善了。为实现这一改善，陆小平愿意支付的那笔费用的绝大部分，是增进公共福利而非私人福利的。这里的"绝大部分"，是指他所增进的公共福利被其他人免费分享的部分。正是这一状况，使陆小平的行动显得不合

"理性"。凡以降低自己的适存度为代价而增加了群体的适存度的个体行为，被生物学家定义为"利他主义"行为。陆的行为，属于利他主义范畴。

利他主义行为是合乎理性的，因为，最近的几篇关于"文化与基因共生演化"的论文指出，完全没有利他主义行为的社会终将瓦解——完全符合我们的常识。

余下的问题在于，我们怎样把利他主义行为的那种合理性，与追求个人福利最大化的经济学"理性"联系起来。布坎南在1994年的一篇论文里给出过一种联系：大多数人，之所以进商店买而不偷一瓶矿泉水，是因为"偷"的道德成本，对大多数人来说，超过了那瓶矿泉水的主观价值。换句话说，不道德，是要支付代价的。当这一代价太高时，道德行为就是合乎理性的了。

于是，合乎经济学理性假设的解释是这样的：陆小平的道德判断使他认定他的"利他主义"行为是合算的，因为不如此，他就需要支付更高的道德成本。同时，里鸡笼山村里其他农户的行为也是合乎理性的，因为他们各自的道德判断使得自利行为的道德成本足够低廉以致可以忽略。

我相信，许多读者都和我一样，对布坎南的"道德成本"概念感到困惑，认为那根本不算是一种解释。这一解释的优点在于，它是经济学的解释从而保持了叙事的逻辑自洽性，并且，它让我的论述可以在版面允许的限度内结束。

道德，不论我们听从康德的看法还是听从社会学家的看法，它都是通过某些方式"内置"（internalized）于我们心中的——先验地存在、灌输或者习得。在我们每个人的主观感受里，违背了这些内置的行为准则，就会觉得非常难过。这样一种负面的效用，布坎南称之为"道德成本"。

让我们想像，某一社会，例如环绕着西湖的这个社会，它的成员们的精神日益受到来自外太空的神秘事物的污染，把先辈们经过了长期努力内置到他们心中的那些有利于社会延续的道德意识逐渐地遗忘了。于是，他们的道德判断日益降低着他们每个人自私行为的道德成本。终于有一天，他们不再愿意支付任何治理污染的费用，尽管他们都把污水排入西湖。又过了几代人，西湖消失了，她成为一口烂泥潭。围绕着西湖的居民们开始迁徙到另外的地方，西湖本土的社会，于是开始瓦解。

道德沦丧导致了道德成本降低，后者导致了产权失灵。

（原文发表于《财经》2004年1月5日）

不容易的"做好事"

自费清理西湖源头

西湖名胜风景区内的棋盘山脚下，有个住着200多户居民的里鸡笼山村，一条小溪横穿村子，将村子一分为二。

村民陆小平家住里鸡笼山村74号，门口的溪沟离源头有500米左右。这一段溪水格外干净，陆小平拓宽过溪沟，沟里看不到生活垃圾和淤泥；岸上新做了花坛，树底下平整了新土；溪沟边，陆小平请人做了一段长15米、高2.5米的驳坎；溪沟中是一个新做的净化池，上游下来的溪水流入池中，经过沉淀再从另一个口子流出。

形成鲜明对比的是，其他上下游段溪沟很脏。在溪水源头旁边，有两个2平方米的洗涤池，池里的水浑浊，水面漂有一层白色泡沫。

池边立了三块"不乱倒垃圾、注意卫生"、"大旱时期保护好这一点水源"之类的警示牌，可生活垃圾还是随处可见。只有源头一块面积不到2平方米、深不到30厘米的小水坑是最干净的，附近居民都是用这儿的水。

"20天前，我家门口的溪沟也是垃圾场。"陆小平说，"我看到西湖西进后，开出了杨公堤景区，西湖水都在净化，湖边的人都把自家门口搞得清清爽爽，觉得我这里实在是说不过去了。这条溪水也是西湖的一个源头啊，就花钱请人清垃圾，修沉淀池。"

除了这些，陆小平在溪沟对岸的桥头还做了一个露天的水泥垃圾箱。在材料费之外，他支付工人的费用花了5000多元。

风言风语议论纷纷

陆小平告诉记者，刚开始，村民看到他这样做，都夸他是在做好事，"可前两天，东西做好了，有人一反常态，风言风语，说我多管闲事。"

村民杨军认为，陆小平清理自家门口的垃圾和溪沟是应该的，"如果他真的要做好事情，应该把源头以下的溪沟都清理干净，那才让人佩服。"

"现在看起来是做好事，可谁知道他以后的打算，说不准到时他把这块清理出来的场地开茶室，或挪作他用呢。"另一位年长的村民直言不讳。

"这块地是国家的，尤其是这又属于西湖风景名胜区，土地管理得那么严，我们家怎么可能随便就占有利用呢？"陆小平觉得村民的想法有点不可思议。

村委会：赞同？反对？

对里鸡笼山村陆小平清理溪沟的事情，双峰村委会早有听说，还派人来现场查看过。"我们对这件事不好说赞同，也不好说反对。真的很矛盾啊。"双峰村村长单国梁感叹，"村民都想把门口搞得干净点，铺上水泥之类的，以免污水流入西湖。这按理说是好事情。可这违反了西湖风景区的有关管理规定，说是会把湿地硬化了，或者有其他用途，属于违章建筑，结果都要被行政执法人员查处。"

双峰村及其下属的自然村都在西湖风景名胜区，又是湿地，根据《杭州西湖风景名胜区保护管理条例》有关规定，双峰村所辖区禁止任何单位和个人随意搞建设，包括村民门口浇水泥地面、溪沟里建净化池、驳坎等。

单国梁说，12 月初，法院就强制敲掉了村民铺好的三块水泥地，2003 年一共敲了13 个这样的水泥地。"村民铺水泥地前，都和我们沟通过，我们到园文局去审批，可一家都批不下来。"

山溪清理计划搁浅

"陆小平清理垃圾、修净化池、建驳坎，这当然是一件好事情。"西湖区行政执法大队灵隐中队法制科张科长说，"但按照西湖风景区的管理规定，要在景区内动一砖一土，改变地形，搞任何建设，都要到有关部门审批。"

杭州市园文局规划建设处处长马克勤认为，陆小平的思路是好的，他所做的也是好事。不过在动手之前，他最好与双峰村委会、行政执法大队沟通，经过西湖风景区管理委员会审批，这样好事情才完美。

在风言风语和管理部门没有发话的情况下，陆小平停止了下一步的清理计划。

"我会根据自身的经济能力，清理一段算一段。如果管理部门需要我办什么审批手续，只要能批准认可我的做法，我会继续第二步清理溪沟的计划。"

《财经》特约作者　刘水清／文

产权失灵的理由 (181)

正义感与记忆

人们的正义感与人们的记忆，二者之间肯定有密切联系。我注意到，我身边有些人具有强烈的正义感，同时，他们能清晰地记住很久远的事情。另一方面，我还有几位朋友，他们没有那么强烈的正义感，同时，他们对许多以前发生过的事情，记忆模糊。于是，有一次，我在淋浴间——那是一种因注意力无所事事而让思想像蘑菇那样繁衍的类似厕所的场合，突然就意识到记忆与正义感之间确实存在值得探讨的联系。

基于上述的观察，再借助于我读过的脑科学和认知科学的许多研究报告，我推测，与正义感有密切联系的记忆，必须是长期记忆而不是短期记忆。在长期记忆里，激发了人们的正义感的，应当首先是"场景记忆"而不应当或不首先是"语义记忆"。

我还需要事先说明，"正义感"不同于"正义"。前者被当作一种情感，后者则是一个概念或理念。从概念上说，正义所根据的，是某些"正义原则"，例如罗尔斯推导出的那两条基本正义原则。从情感上说，正义感所根据的，不是原则，而是"良心"——西方文字里叫做"conscience"。我们中国文字，不打算区分知识与行动。我们传统里是主张知行合一的，所以，传统的中文，就把情感与原则合并，叫做"良知"。不过，这里讨论的看法，是基于西学传统的。这样，我才可能继续讨论下面的看法。

场景记忆（episodic memory），在迄今为止科学家研究过的人类的各种记忆类别当中，是惟一能够把记忆带回到过去时间和场景中去的脑神经网络的能力，因而常常被叫做"暖记忆"（hot memory），它是我们人类的"时间"概念的心理学和神经生理学基础。只保留语义记忆（semantic memory）的人，原则上是不可能感受到"时间"的，因为他不会有"过去"和"未来"。精神病理学的一些案例表明，场景记忆严重缺损的患者，像那部关于"鼹鼠节"的好莱坞电影的主角一样，永远生活在"现在"。

正义感不仅仅是一种情感，而且是与"社会认知"（social cognition）密切相关的情感。具体而言，基于我们的社会认知能力，我们从儿童时代就逐渐掌握了从受难者的面部表情判断其所受苦难的种类和程度，于是，我们有了孟子十分看重的"恻隐之心"——仁之端也。关于这一点，还应当说明的是，媒体报道过有一种离我们很近的人类，在街头遇见以强凌弱者却宁愿围观而不上去劝诫，他们不仅离我们"很近"——personal nearness，而且，他们就是我们。我们表现出来的这种在"非义"面前的软弱无力，实在是另有原因。在"非义"面前的软弱，不意味着所有围观的人都突然丧失了场景记忆能力，而是，被"非义"行为所激发出来的正义感，不论多么强烈，被来自我们生活世界的其他方面的欲望，彻底压抑住了。

所以，凡具有场景记忆能力的人，就应当能够激发出正义感。那些具有强烈正义感的人，是否具有更强的场景记忆能力呢？这需要进一步研究。不过，让我假设一个人，通常是女性——亲爱的读者，如果你对于这一假设有疑问，可以来信询问和从我这里得悉这一假设的脑科学方面的理由（dingdingwang@hzcnc.com）——让我们假设一个女性，她能够在脑海里瞬间就搜索出那些年代久远的事情，并且场景历历在目，人物栩栩如生。

在年代久远的事情的集合里，我们有理由推测，她儿时经历的，特别是她从父母和亲人那里获得的经验，与社会认知有关的那一部分，对她的正义感影响最大。另一方面，她能够记住的那些亲身经历，与正义和"非义"关系密切的事件，对她今天已经形成的正义感影响最大。例如，经历过"文化革命洗礼"的这一代人，他们当中不少人在1968年的时候，会对街头暴力事件无动于衷，因为，神经早已"麻木"。

这样，我们假设的这位女性，从她儿时所在的社会文化传统中学习了关于正义和"非义"的基本判断准则——这些准则都是以"暖记忆"的方式而不是以冷冰冰的语法和语义保存在脑海里的，她又经历和记住了人间的许多正义和"非义"的事情。作为对比，我们还需要假设一个场景记忆缺失或受到严重损害的人。注意，脑科学家常引的"Phineas Gage"案例，不是一个合适的案例。在这一案例中，铁路工人盖格被一根粗大铁杆从颧骨穿过颅顶，因前额叶——自我意识与理智功能——严重损伤而导致情感冷漠。场景记忆功能，虽然涉及前额叶，但主要分布在颞叶上沟和海马区——从我们两只耳朵的顶部向中央移动到距离中点3厘米左右的地方。

如果场景记忆消失了，那么，新发生的事件如何激发出我们的正义感呢？我无法想像。或许，我们仍然可以有正义行动，出于理智和理性思考，但不是出于情感。极端而言，消失了场景记忆的人，可以看作是机器人，完全理性，完全不受情感的影响。不说得那么极端，我们普通人可以看作是被排列在上面假设的那位女性和机器人之间，我们从任何事件所产生的正义感的强烈程度，"假设其他方面的因素不变"，大致也是排列在这两极之间的吧？

（原文发表于《IT经理世界》2004年）

情 境 理 性

史密斯（Vernon Smith）获得了 2002 年的诺贝尔经济学奖之后，2003 年底闪电式地访问了北京大学中国经济研究中心。我被安排与他来一次"午餐学术交谈"，希望能够吸引他参与我们拟议中的"脑科学与社会认知"研究项目。基于史密斯最近几年的研究兴趣，我把这次交谈的核心概念确定为"情境理性"，虽然我一次也没有提及这个概念。情境理性的原文是"situated rationality"——依赖于场景（情境）的理性，从根本上区别于康德所论的"先验理性"。

哈贝马斯在 1994 年的英文版《后形而上学思考》中反复使用"情境理性"，尽管他本人是一位现代主义者。从那以后，这个词在我阅读的文献里出现的频率越来越高。"后现代"对"现代"的批判，焦点便是"理性"的实质问题。对一位康德主义或新康德主义者来说，理性是纯粹的、先验的、普适的；而对一位后现代主义者来说，理性早就是一堆碎片了，甚至在历史上也从来没有出现过自治和普遍适用的理性原则。

也难怪，科索沃战争之后，哈贝马斯来到中国讲解"超文化的人权"，招致不少中国学者非议。后来，有了"9·11"和阿富汗战争，又有了伊拉克战争。有了这么多案例，文明的现实冲突把麦金泰尔的《谁之正义？何种理性？》昭显得一塌糊涂。就是最不喜欢政治哲学的中国学者们，也都开始明白理性与道德从根本上依赖于特定的场景。于是，情境理性日益取代先验理性，成了这个纷乱世界上的时髦词语之一。

根据哈贝马斯的解释，情境理性这个概念，最讲究的是对话者之间相互采取的一种同情对方的态度。没有这样一种同情态度，对方的话，不论多么诚恳，你是很难理解的。注意，若按照康德的先验理性概念，你必定能够理解对方的话语，不管你抱着多么恶劣的态度。因为你和他分享着先验普遍的理性，只要叙事足够多次且从足够多的不同角度阐释，你们相互之间不可能不理解。

抱着同情态度去理解，麦金泰尔称之为"同情地理解"。我记得，有一次在夏威夷见到一位受日本人欢迎的美国企业家。他直率地告诉我：美国的汽车厂商如果不改变他们在日本市场里的傲慢态度，就永远无法与日本厂商竞争。那一年，美国的汽车公司在各种刊物上抱怨日本市场"不可穿透"。可是，日本消费者抱怨说，美国的汽车公司竟然不肯为日本市场专门设计方向盘在右边的汽车。于是，通用汽车的"标准化"要求就带上了傲慢的侵略态度，遭到日本消费者的抵制。

类似地，当世界在两年前进入"恐怖主义时代"之后，美国的许多公众知识分子批评美国的政策制订者及主流媒体对阿拉伯文化缺乏"同情地理解"的态度。一个更近的案例，是美国政府对欧洲输入美国的钢铁设置关税，并由此引发了欧洲知识分子包括哈贝马斯和德里达在内的强烈批评，虽然，这一关税动议最近已经被美国政府取消。

许多年以前，钟阿城写过一篇《树王》。当地居民相信，或者说是"信仰"：那棵巨大而古老的树，是无论如何也不能砍伐的。有人不信邪，上去把树王给撂倒了，当然，这人遭了报应。

哈耶克在《致命的自负》附录里讨论过"图腾与禁忌"的环境保护功能，他相信：我们是我们传统的选择，而不是相反，由我们选择我们的传统。哈耶克对传统盲目遵从，以致布坎南必须公开批评他的这种文化保守主义态度。

以上各案例，都是"场景"。我们的理性，其实是嵌入到这些场景里的理性。我们的理性绝不是能够独立于这些场景、不依场景的改变而发生变化的那种抽象的柏拉图式的理性（"理念"，"共相"，"神性"）。

场景——"episode"，或者情境，不再像"概念"那么抽象从而具有普遍适用性。每一个场景都是在特殊的某个时空点上发生着的知识过程与人生体验，用哈耶克的语言，叫做"局部时空的知识"。这类知识，你在学校里不可能知道，你从学校毕业后如果只坐在办公室里，也不可能知道。因为它们发生在生活世界的各个角落里，它们是千百万生活着的人的私人体验和私人知识的一部分——没有人能够完全知道和理解其他人在其他时空点的特殊体验。当然，从这里，哈耶克得到结论：市场和价格机制，是惟一可能的途径，让每一个人都能够在不知道他人知识的情况下仍能够利用他人知识增进自己的福利。

哈耶克，因为提出过上述洞见，往往被今天的后现代主义思想家们视为"同盟"。刚从实验经济学转入脑科学领域的史密斯教授，则从哈耶克早年著作中发现了与当代脑科学研究结论十分吻合的另一些洞见。可是，坐在他左边的林毅夫一个劲儿看表，表上显示1∶30。我明白，下午2∶00史密斯要作公开演讲，只好在这里打住啦。

（原文发表于《IT经理世界》2004 年月 5 日）

略论今日西医之不科学

医学，以寻求成为一门科学的医学而论，其起源在于"治病"。与此对应的，是中医，不以成为"科学"而自居的传统中医，其起源在于"养生"。这两种不同的缘起方式，我试图向读者指出，正是今日西医之无论如何也难以成为科学的根源，和今日中医之潜在地可能具有科学性质的根源。

试想一位医生，端坐于正堂，面对一位前来"就诊"的"病"人。这一场景，先在地意味着两件要命的假设：（1）"病"，以较高概率存在，否则，理性的人怎么会浪费时间和财力来看医生？（2）"就诊"，承认了医生的权威性，排除了潜在的其他多种祛病途径。

行文至上列第（2）项假设，我想到了西方医学之祖盖伦在其医学名著开篇提出的未来医学理想：未来之医学，应当不再是专业医师之事，而是每一个人之事。因为，每个人都应当而且事实上比医师更熟悉自己的身体及其疾病的可能原因。

我们现在仍然设置"医院"，这意味着我们尚处于自我意识不足够发展的阶段。将来，我们不再有医院，可是我们有医学院，就如同我们有经济学院和文学院一样，让医学成为每一个学生修习的公共课程。

继续讨论那两项致命假设。所以，有经验且不被既得利益遮蔽了德性的医生，其判断力的首要方向，不是病，而是就诊者所信存在之病可能并不存在。所以，美国医生几乎半数处方所开之药物皆"空囊"药丸——以慰前来诊病其实无病者。而且，实验表明，对这类"病"人而言，空囊效果与实药效果在统计上没有显著差异。

现在让我们假设病人真有病，而且病症明显。例如，某部位感染发炎，据医典可用抗生素治疗。我亲眼见到北京医院内科的一位门诊医生，或许因接诊数量太大而厌倦，或许根本没有足够时间仔细诊断，反正，他只询问就诊者自己的感受，便提笔开药，两分钟，每天而言，平均两分钟，他的注意力就或许是"必须"，转移到下一位就诊者身上。这两分钟的时间，还包括记录病情和写诊治意见的时间。

这位医生在两分钟时间内，需要基于职业经验来判断，例如，感染发生的部位，在多长期间内使用了多大剂量的药物之后以多大概率恢复正常。

首先是剂量的判断问题。今天，不仅中医一贯承认，而且西方科学也开始承认（较

早如兼有科学家和哲学家身份的詹姆士、庞加勒、怀特海），在人体内相互纠缠着的无数生态链的某些环节上，一些链条集聚在一起涌现出来我们叫做"生命"的那种过程。

过大的剂量，不仅可以削弱导致感染的细菌和病毒，而且可以干扰生命所在的那些生态环节。因此，根据社会预期，医生的职业经验应当指导他作出最恰当的剂量判断。姑且不论在现实社会里我们的可怜或可恨的医生们是否有能力、有时间、有道德情操，来进行这样的判断。

于是，西医的问题就转化为对生命所依据的那些生态环节可能受到的药物和手术影响的整体判断和权衡。面临这样的问题，西方科学惟一的办法，是收集数据，建立统计关联。这样，今天，在知识爆炸的时代，我们医学院的学生几乎都被转化为应用统计学的学生了。类似地，还有经济学院的学生们和教育学院的学生们，或许，语言学系和社会学系的学生们，以及，最近的趋势表明，法学院的学生们。

但是，统计指标不是生命，它们无法刻画生命过程。我的一位美国医生，在长达三年的时间内，说服我使用一种降眼压但对心脏功能有相当负面影响的药物，理由：（1）我的眼压太高，并且，（2）根据我的自述，我的直系亲属当中存在青光眼患者。

他所根据的，是西方科学所谓"统计规律"。可是生命，尤其是人类生命，每一个都是惟一的，非如此而不能昭显其生命力。后来，我在香港大学教书期间，按照我在美国的惯例，前往一位香港医生的诊所去开降眼压的处方。那位老资格医生，在仔细检查了我的眼睛的状况和询问了我的病史之后作出如下判断：没有青光眼！

我很奇怪，难道那位哈佛毕业的医生的判断是错误的吗？老医生解释说，西方医生所根据的统计资料，大部分来自西方人体数据。可是，就"眼压"而言，我们亚洲人普遍比西方人高，而且可以高很多呢。在那以后的许多年里，我始终没有再用降眼压的药物，不仅眼睛的情况很好，而且心脏功能也很好。

让我再讲一个例子，我最难忘的一个例子：那位患者是老人，他最后一次入住阜外医院是因为心脏疾病。一周之后，他的病情很稳定了。可是，主治医生坚持认为患者"血糖"依旧偏高——比统计指标要求的"正常水平"高许多。这样，她在那天下午的处方里加了降血糖的药物。当天，患者血压下降到40，全体医护人员都参与了那次抢救。并且，患者再也没有康复。

关于统计数据及统计指标，我能够说的只是这些例子。今日西医之不科学，在于它抛弃了盖伦当年的理想——让每一个人都成为他自己的医生。因为每一个人，都是惟一的。

（原文发表于《IT经理世界》2003 年 2 月 20 日）

屠"缠腰龙"记

月余，奔走于南方和北方的四座城市之间，一连串的报告和会议之后，终于，我病了。先是酷似"心绞痛"的症状，我到校医院看急诊，做心电图的医生说我中气十足，根本不像心脏有病。不过，在从北京返回杭州的路上，我依然胸口疼痛难忍，彻夜不眠。疼了三日之后，从前胸到后背，渐渐看得出来一条宽大的带状的疱疹群了——俗名"缠腰龙"。浙大校医院的急诊医生是西医，她说常用的药是"泛西洛韦"，先服用7天，然后，"随访"。

查医学网站，获知，带状疱疹（AHZ），其病毒的学名"Varicella Zoster Virus"，简称"VZV"，据某一家以色列医学网报道，这种病毒就是我们小时候发的"水痘"，不过，它并不随水痘的消失而消失，而是躲藏在我们脊椎的粗大神经节内，常可潜伏几十年，然后，在我们身体的免疫力逐渐下降到某一程度时，VZV病毒醒来，在粗大神经结内大量复制，之后，沿神经末梢蔓延至表皮，形成带状疱疹。AHZ最强烈的发病特征就是"疼痛"，中国患者群提供的统计表明，它发生于胸背部位的概率是55%，发生于头面部的概率是15%，腰腹部为14%，颈项部为12%，其余部位的发病率不超过5%。其疼痛时而如扒皮抽筋时而如利刃剜肉时而又如一股强大电流穿越皮表。病程从7天至数十天不等。

不过，关于AHZ，最令人胆寒的，是所谓"带状疱疹后遗症"，从带状疱疹完全发作之后，患者进入所谓"康复期"。如果康复期护理不当，例如导致水疱感染，VZV在神经末梢形成病灶，则可引发后遗症，主要症状就是身体各部位持续的和难以忍受的神经疼痛。统计表明，AHZ转为后遗症的概率与患者的年龄成正比。越是老年人，其带状疱疹越可能留下后遗症。这种难以忍受的长期疼痛，往往导致老年人的抑郁症和自杀倾向。

另一方面，常用药物泛西洛韦所产生的强烈和广泛的毒副作用足以抵消它所带来的好处。这一药品的说明书，在"不良反应"栏目内赫然写着：常见的不良反应是头痛和恶心，此外尚可见下列反应：1.神经系统：头晕、失眠、嗜睡、感觉异常等；2.消化系统：腹泻、腹痛、消化不良、厌食、呕吐、便秘、胀气等；3.全身反应：疲劳、疼痛、发热、寒战等；4.其他反应：皮疹、皮肤搔痒、鼻窦炎、咽炎等。之所以引发如此众多和复杂的不良反应，说明书"注意事项"栏目表明，因为此药伤肾、伤肝、伤脾，或许还伤心脏。而且，由于是干扰素类型的药物，或许还有导致细胞癌变的可能。

这样，随着病情的曲折发展，我不断面临在接受药物毒副作用的风险和让病毒重新潜入脊椎的风险之间的复杂权衡与选择。在服药第三天的夜里，我明显感到药物产生的毒副作用已经极大地削弱了我的肾、肝、脾、前列腺甚至头骨和腿骨的各项功能，以致我躺在床上如同一具尸体，而且比尸体更糟糕，因为头部每一分钟都被神经疼痛撕扯着。时钟指着凌晨3点，又该服药了，就在那一刻，我决定放弃药物，承担与此相应的任何后果——包括可怕的后遗症。停药后，疼痛持续了一整天，晚间的时候，希望降临了：因为头痛明显减弱，说明疼痛是药物引发的而不是新一轮病毒引发的。

第二天上午，我去了胡庆余堂。挂号窗口的小姐居然问我"挂哪一科"——典型的西医挂号问题。那位"内科"坐堂医生的谈吐说明，虽然挂他的号需要20元人民币，他却未必长于治疗带状疱疹。好在这是常见病，中医网站称之为"湿火交加"。坐堂医生开了"去邪排毒"的处方，然后，他坦率地和我讨论龙胆叶究竟配童木通好还是配银花好这类问题。我取后者，因为风险较小。

中医的妙处之一是患者与医者可以进行常识基础上的信息交流，故其辨证施治是个性化的。而西医则发展了一整套只有医者才懂得的科学术语，如果不能享受"家庭医生"这样的个性化但很昂贵的医疗服务，则患者只能到"医院"去就诊，接受那里永远匆忙的医生单向度的从而往往是武断的"诊断"。我们可以认为，这是中医与西医相比而言，由知识类型决定的一种制度上的优势。前者是许茨所谓"基于常识的知识"，后者则是西美尔所谓因科学和技术手段的发达而"迅速远离常识的知识"。

中医与西医相比之更具科学性，还在于它讲究把每一生命都当作具有独特个性的整体来对待，而不是向西医那样把一切生命都拆解为无生命的零部件，从而把每一独特的生命都看作满足各项统计平均值的零部件的组合。所以，西药伤肾伤肝伤脾伤骨伤前列腺，中药扶正去邪。

就我所患的带状疱疹而言，中医主张"排毒"，即疏导毒素使之从内到外发泄出来。而西医主张"抑制"，即干扰病毒的DNA复制过程，使之不得继续发展。这是两种完全不同的哲学立场，前者看重"因势利导"，后者看重"减缓病痛"。哪一立场更符合科学？一目了然。

（原文发表于《IT经理世界》2004年）

略论西医之不可救药的理由

最近，因患带状疱疹，有机会对西医的方法论反复思考。又因一位朋友英年早逝，震撼之余，查找了他的治疗历史，觉悟到西医在思路上已经病入膏肓，无药可救。故而，甘冒天下之不讳，把我的看法公之于众。

在论述西方医学今天的病症之前，让我先引述西方医学最初的正确思路。亚里士多德在《尼各马可伦理学》第二卷第二节"实践的逻各斯的性质"里发表过这样的见解：

> 实践与便利问题就像健康问题一样，并不包含什么确定不变的东西。……只能因时因地制宜，就如在医疗与航海上一样。……不及与过度都同样会毁灭德性。这就像体力与健康的情形一样。

我非常推崇这一希腊原著的中译本，由社科院哲学所的廖申白先生译并注。在上引那段见解的脚注内，有这样一段话：

> 医疗是获得或恢复身体的平衡状态的活动，航海术是获得船舶在海上的平衡状态的活动。与此相似，实践是使灵魂获得道德的平衡状态的具体活动。（商务印书馆，2003 年版，中译本，第 38 页）。

在《略论今日西医之不科学》里，我曾引述西方医学的鼻祖盖伦的看法：未来的医学，应当成为每一个公民关于自己的知识的一部分。也就是说，未来的医学根本不应当在医生那里，而应当成为每一个人的"个人知识"——难道病历，即便医院保存它们，可以代替我们对自身历史的了解吗？难道就因为专家们知道更多的医学知识，他们就可以代替我们自己恢复身体的平衡状态的努力吗？顺便答复一位足够无知的读者对我上一"略论"的批评，盖伦是西方文献公认的西医之祖，他首次系统地整理西方医学知识，尽管今天的医生们都以"希波拉底"的名义宣誓。

从亚里士多德的论述，我们知道，西方医学在古代希腊还保持着健康的发展方向，以恢复人体的平衡状态为其目的。可惜，经历了漫长的"形而上学"时代以后，当西方医学走进"启蒙时代"的时候，它改变了自己的目的，在"理性法庭"对万事万物的审判权力的支持下，它终于获得了"诊断"的权力。

于是，接着这一权力，医生们能够诊断我们每一个人的身体，而且经常意识不到他们并没有为他人身体真正地负责任。他们通过合法诊断，获得了对他人身体的控制权。他们有权力，至少在医院里，有权力命令被他们诊断为"患者"的我们，服用指定药物，接受指定手术。他们并没有获得关于我们身体的发育史、心理史，以及社会经历等方面的充分知识，他们仅仅借助于各种仪器和检验手段，对我们当下的身体状态加以评判——这实在是哈耶克批评过的"理性的狂妄"。

更糟糕的是，西方医学的动机，被现代社会施加给医疗活动的种种法律监督和昂贵的赔款，完全扭曲了。今天，医生们不愿意承认：生命的基本存在方式，就是"共生"，与细菌和病毒共生。他们不愿意遵循古代希腊医生的方式，把医学视为恢复身体的平衡状态的活动。今天，我们更经常地，几乎普遍地听到我们的医生呼吁"根治"疾病，"消灭"病毒，"切除"患部，以及诸如此类的彻底的治疗手段。于是，今天，我们的身体再也无法从医生那里获得"平衡状态的恢复"，相反，我们在医院里越来越频繁地因为过量使用抗生素而丧失平衡——因为上千种理由，其中包括"药品回扣"。

关键在于，今天的西方医学彻底忘记了它的老祖宗的教导：保持人体的中庸之道——平衡状态。所谓平衡状态，恰好包括了人体与体内各种病毒和细菌的"共生"的平衡，如同人类应当保持与大自然的生态平衡一样。

我那位刚刚辞世的朋友，根据我找到的资料，我判断他是这样失败的：首先，他体内的癌症已经基本消失了。那么，患者就不要继续追问肿瘤消失的科学方面的理由。因为人类的科学实在渺小，不足以解释一切奇怪的现象。其次，患者应当保持对西方医学的不信任态度，继续他的生活方式。然而，我那位朋友再度走进医院接受手术。为什么呢？难道他不相信已经出现在他身体内的奇迹，反而相信西医能够"根治癌症"吗？第三，结果是，在手术和术后逻辑地必须接受的放疗和化疗的摧残之下，患者丧失了几乎全部免疫能力，以致当病毒十分正常地没有被彻底"消灭"反而借着人体免疫能力被大幅度消灭的机会卷土重来时，他，一位如此杰出的经济学家，无能为力，只好等待死亡降临了。

我呼吁，每一位有正常理解力的朋友，记住亚里士多德的教导，记住盖伦的教导，不要迷信今天的早已误入歧途并且积重难返的西方医学，相信你们自己的学习能力，只需要熟悉基本的医学知识，只需要了解初步的诊断方式。最重要的是你们比任何人更了解自己身体的历史，这是你们最大的优势，让你们对疾病的治疗能力远远超过了被现存医疗体制严重扭曲了行为动机的医院里的那些专家。

西方的医学应该终结了，因为西方的形而上学已经终结了。

（原文发表于《IT经理世界》2004 年）

转型期政府行为的双重标准

学者研究动态系统，只喜欢观察其稳态，为了数学和实证的便利。而对政治家来说，更需要关注的是系统从一个稳态过渡到另一稳态的中间阶段——所谓"过渡过程"。

我们说过，改革需要至少两代人的时间，才可能接近新的稳态。因此不难理解，转型期政府行为，为了自身的合法性，需要有双重标准。其一，是原有的稳态社会所要求于政府的服务项目——就业、物价、住房、计划生育、技术改造……其二，是新的稳态社会所要求于政府的服务项目——产权、法治、环境、市场秩序、社区服务，等等。

所以，同样不难理解，转型期政府需要满足双重标准的开支预算，在其他因素不变的假设下，总是要比转型前和转型后的政府预算大得多。多出来的部分，是改革的成本之一种——政府的"转型期服务"。

杭州市的政府，受到浙江省早已形成的与民营经济相适应的政治文化的影响，比我们观察到的其他许多地方的政府更迅速地接近了转型期后的政府形态。当然，杭州市政府的"经济实力"对于它的双重标准下的服务能力至关重要。很难想像贫困地区的政府有能力同时提供双重标准的公共服务，典型如 SARS 时期的财政约束。

这引出一个问题：当财政约束不允许政府同时提供满足双重标准的公共服务时，公众应当对政府行为施加什么样的额外约束，以改善政府所控制的那部分资源的配置效率？

我知道，这是"边缘"栏目，我不能在这里讨论"公共政策"或"政策基础"方面的问题。所以，借着这则报道，我只讨论"警察"资源的配置问题。好在这类问题的讨论，都是"以小见大"的。

在旧的稳态社会里，警察资源的配置，历来是依赖于"运动"的。运动来了，警力的出动可以不考虑效率，四处抓娼妓、小偷、盗版光碟、违章建筑。给人的印象类似于有一次我在浙江大学门口见到如临大敌的警察队伍为两辆"首长汽车"维持秩序，完全不在乎资源的浪费。这是旧的稳态的政府行为的残余习惯，不适用于新的稳态。

走在杭州街头，有事你未必找得着警察，他们的数量似乎太少。那些站在马路中央指挥交通的警察，对违章行驶的私人车辆，尤其对横冲直撞的特种车辆，熟视无睹。即便目睹了，也是无能为力。另一方面，他们对出租车和自行车倒是很严厉的，给人以"欺软怕硬"的感觉。

以上观察表明，警察资源的配置，确实是社会博弈的均衡格局的一部分。在旧的稳态社会里，群体淹没着个性，政府代表着抽象群体。政府也是抽象的，它的行为由一些控制着政府办公室的官员加以具体化。而官员们的行为很复杂，大致而言，服从韦伯论述过的权力科层的社会学原理，即"努力最小化"的行为模式——为执行上级官员下达的各项目标所支付的努力的最小化。在许多情况下，他可以让更低级的官员替他支付这种努力，这就是"踢皮球"的办公样式。

所以，那些不被上级官员青睐的公共服务项目，只能等到"运动"来临的时候，才得以调动警察资源，这叫做"老债新债一起还"。

若干年前，北京一所大学的昌平校区，因为常年没有路灯和缺乏足够的保安措施，发生过一名女生被奸杀的事件。那一次，是学生们自发组织的一场"运动"，让大学领导开始关注昌平校区的治安状况。

在转型后的新的稳态社会里，让我们参考美国的体制：纳税人供养的政府尊重个体的各项权利。个体聚集在一起成为社区，享有宪法权利来选举他们自己的官员。官员们，尤其是各个城市的警察总监，必须关注他的选民们的情绪，否则就难以连任甚至遭到弹劾。司法和执法是相互独立的部门，这有利于市民维护自己的权益。例如，市民们可以选举一位更关注市民权益的检察官，为了平衡那位不在乎市民权益的警察总监的权力。

当然，韦伯论述过的权力科层的行为模式，在新的稳态社会里依旧有效。警察资源的配置，仍然是权力博弈的结果。只不过，现在，市民的权利通过社区代表——议员和社团组织的领袖们，成了当地权力博弈的积极参与者。

转型期社会的警察资源配置，与上述的两个稳态社会相比，是真正复杂的问题。警察资源的相当大一部分服从旧体制的管理目标，典型如户籍登记和临时户口检查制度，相关的警察力量，俗称"片儿警"，相当庞大，且仍嫌不足。这与新的稳态有很大关系，因为新的稳态社会保护和鼓励劳动者自由流动。城市的街头理所当然地会出现许多"流浪汉"，他们或许是等候工作，或许是投靠亲友，或许干脆就是喜欢四处游荡。从统计数据看，犯罪率确实与流动人口数量呈现某种正相关性。不过，这方面的统计历来忽略了流动人口给城市经济带来的正面效益。权衡利弊，我推测，流动人口对新的稳态社会的城市是有益的。关键在于，我强调，流动人口对于新的稳态社会，利大于弊。

这样一来，警察资源就显得太稀缺。一方面要按照旧的户籍管理体制配置足够多的"片儿警"，一方面又要为不断增加的流动人口配置防范恶性罪案的警员，例如，流动人口每增加 1000 人，政府就得增加一名警员。

比较可怕的情况是，政府为缓解过于紧张的开支预算，转而鼓励某些公害行为，借此开源，弥补开支亏空。例如，北京市的私人汽车数量迅速攀升，公共交通系统的运营质量和速度却迟迟难以改善。究其权力博弈的格局，显然与地产业和汽车业的既得利益有关。

转型期政府的行为，由于有了双重标准和相应的两种合法性，变得错综复杂、难以理解。对这则来自杭州市的报道加以推测，不妨算成对下述看法的支持：在配置警察资源的时候，市民社会的标准正在逐渐取代集权社会的标准。

背景材料

两架写着"救命"的纸飞机

章女士的"晶晶布店"开在临平大酒店后面的弄堂里，店门朝南，正对着酒店厨房（二楼）和锅炉房（一楼）。布店的右边紧挨着两家发廊、一家小饭馆，左手边还有一家中等规模的洗浴中心，而附近也散落着不少棋牌房和发廊，平日里来来往往的人流量很大。附近人说，这里住着不少外地人，且大多为单身。

9 月 6 日下午 4 点，章女士正坐在店里昏昏欲睡，一位熟客进来，手里拿着个纸飞机："晶晶，这是在你门口捡到的，有人要你救命。"

客人是笑嘻嘻地说的，章女士以为是玩笑。"纸飞机的机翼上分别写着两个歪歪斜斜的'救命'，像是孩子的笔迹。"但她把纸飞机打开，事情却有些蹊跷。

32 开的白纸上，左半边写着章女士的小名"晶晶"，上面画了个圈，右边依次写着"西、北、西、北"。这几个字的笔迹颇为老到，章说不像是小孩所写。"晶晶"两字的下方画一条连着的折线，像一座 4 级台阶，末端是个黑点。纸的左下角有一串数字，"133"打头，像是手机号。

丈夫跑出店门，又在地上发现一架纸飞机，上面同样写着好几个"救命"，但里面却是一片空白。

夫妻俩立马报警。

第一次排查

下午4点多，余杭警方开始了第一次排查。纸飞机上的手机号码少了一位，线索中断。由于纸飞机上的那条折线像四个台阶，警察怀疑可能指的是布店上面的四楼。

"四楼住的那个女孩子我认识的，打她电话却没人接，再问她的小姐妹，说是好久没见她，我顿时急了。"章女士说。

警察冲上四楼敲门，半晌没人应声，但屋外的空调却在运转。半个小时后，正当警方准备再次上楼破门时，那个女孩子却自己下楼来了，说自己在上网，戴着耳机，没听见敲门，纸飞机也不是她扔的。

第二次排查

晚饭时分，更多的警察开始挨家挨户敲门，排查对象除了"晶晶布店"楼上所有单元，还有左边一幢楼的第一个单元，以及对面的临平大酒店——所有纸飞机可能扔出的地方。

一辆消防车也赶赴现场，以备高楼层的救援需要。社区工作人员也赶到现场，没人应门的，警察在他们的见证下破门。

到晚上9点多，警方没有发现异常情况，这才收队走人。

居民说多了安全感

一位警官临走时告诉章女士，必要时还会采取在附近逐个查人字迹的办法。

"我都有点不好意思了，这件事有可能只是我的大惊小怪。"章女士说，"不过看他们为此这样尽心尽力，大家都多了点安全感。"

在警察撤走之后，附近住户的看法都开始趋向一致——这只是一个误会、一件小事或者是个恶作剧；可能只是一张指路的示意图，或者是儿童的玩耍。

"我起先很奇怪，这么件小事，用得着这样兴师动众？"一位住户说，"后来听警察说，前段时间，外地哪个地方就出了类似事情，有人用纸团求救，结果事情是真的。"他说他两天来一直为这事感动着。

摘自 2003 年 9 月 8 日《都市快报》，汤佳骏／文

类似"纸飞机"的案件

▲2003年7月4日下午4点40分，四川简阳市，一位七旬老太路过红建路地下城堡新天地火锅店外时，二楼一位十六七岁的女孩向她扔了张纸条，最终，警察解救出八名从乐山市骗来的女孩。

▲2003年7月21日，一名年轻女子被一位热心的"川姐"以介绍工作为名转卖给"鸡头"，在海口市一出租屋被强迫卖淫。该女子写了求救条给嫖客，嫖客又将求助纸条转交给一位出租车司机，司机报警，该女子被救出。

▲2003年7月23日下午，石家庄石岗大街派出所副所长王联红在某小区巡逻，捡到一只夹着纸条的指甲钳，纸条上写着："我被绑架，请师傅快报公安110，88栋2单元5楼左门。"警察由此解救了一名因2万元债务而被非法拘禁的男子。

两种神圣

古典自由主义（libertarianism）与自由主义（liberalism）核心性的差异在什么方面呢？我认为，在于哈耶克反复引用和论述的洛克的那句名言："财产是道德之神。"七个字，带出了两种神圣——英美传统中私有产权的"神圣不可侵犯性"和欧陆传统中康德的如天上星空一般神圣的"道德理想王国"。

一方面，私有产权是个人自由的保证（参阅我为布坎南《财产与自由》中译本写的序言）。另一方面，每一个人的道德价值都是目的（参阅我写的《哈耶克"扩展秩序"思想研究》，连载于《公共论丛》）。这篇报道里的"做木器生意的张先生"愿意出 20 万元，替那两位因贫困潦倒而"没有坚持住"的青年人，再赎一次《悲惨世界》里冉·阿让所犯的偷窃罪，他的良心应当是受到了康德论证过的"道德理想"的感召——每一个人都应赎救，每一个人都是贵族。

张先生和这两名犯偷窃罪的年轻人的故事——关于可能成为贵族的小偷的故事，就这样，把我们每一位读者困入两种神圣之间。

就在我写这篇"边缘"评论时，我得知北京大学招生办公室未能如愿录取湖北文科状元——今年 19 岁的周迅。因为他在中国科技大学读书期间，偶然但致命地，偷了别人的书包。偶然，是因为他的书包刚刚被别人偷走，一时气愤；致命，是因为他偷来的那个书包里有价值数千元的财物。

这类故事不仅发生在青年人身上，也发生在我的同代人和上代人身上，只不过，在当事人的道德修养方面，有"坚持得住"与"坚持不住"的区别。

20 世纪 40 年代在北大讲授哲学的齐良骥先生，多年研究康德哲学，其遗著《康德的知识学》（1998 年出版）被认为代表着今天中国人研究康德的最高水准。他去世之后，北京大学的韩水法教授写了一篇特别感人的回忆文字，恕我原文引述如下：

在那个恶湿俱下的时期（特指 20 世纪 80 年代中期至 90 年代中期市场大潮冲击下的中国学术生活），人们不断地降低自己对于正当事业的要求和标准，以便能够勉强地活下去。大学教师的职业在那个时期仿佛是一项志愿工作，有权，当然也就生活无忧的人，不断地向人们鼓噪：创收！于是，笔者在当时每每为一个荒唐的逻辑所纠缠：你不能指望大学教师的职业所提供的报酬够支付这项工作所必需的费用，即便勉强的温饱，你都必须自己在职业以外挣出来，遑论其他的一切。从事学术研究的人们仿佛是有原罪的，必须经受一切苦难才得到救赎，但不是在这个世界。……先生那一代人也经受着同样的贫困，而却别有意味。有一天，我出北大东门，看到先生在果园一侧的路边稳稳地走着。我下车趋前问候。他说，买了点新产的碧螺春，又补充说，东西越来越买不起了，想了很久，只是实在想尝尝，才买了2两。……历史在这里开了一个惨痛的玩笑，国民政府时期和平年代大学教师的工资，竟成了90年代中国大学教师的美谈、一个可望而不及的理想。……1990年，世界康德会议在美国召开，先生很早就寄去了论文，并且被安排在大会上作主题发言。但是，先生向各级单位的申请都遭到拒绝……先生在给我看会议寄来的各种材料时，显得非常痛苦——这是我看到的惟一一次，因为先生向来如康德一样，内心充满了宁静。

（原载《读书》2001年7月）

于贫困潦倒之际，齐先生坚持下来了。如韩水法教授指出的：在我们这个社会里，能获得别人的敬重，是一件神圣的事情。而能够找到值得我们敬重的人，也是一件神圣的事情。

私有产权是不应随意侵犯的，因为随意侵犯私有产权的社会，最终将使一切人贫困潦倒。请注意，我使用了"随意"这个语词，因为，事情确实可以有另外的一番道理。因对社会选择理论的贡献获得诺贝尔经济学奖的森（Amartyre Sen）的著作揭示出这番另外的道理：在各种天赋人权里面，免除饥饿的权利有时应当被置于私有产权之上。注意，只是"有时"，不是"随意"。

康德说：

有两样东西，我们愈经常愈持久地加以思索，它们就愈使心灵充满日新又新、有加无已的景仰和敬畏：在我之上的星空和居我心中的道德法则。……后者肇始于我的不可见的自我，我的人格，将我呈现在一个具有真正无穷性但仅能为知性所觉察的世界里，并且我认识到我与这个世界的连接不似我与现世的连接那样仅仅是偶然的。"

（《实践理性批判》，韩水法译，商务印书馆1999年版，第177页）

法律的真义，是要帮助每一个人从其"偶在"的困境里上升到道德自由境界。然而，法律必须有，且成为法律。

背景材料

人生十字路口的救赎

"我们没有坚持住"

今年年初，24岁的韩某和16岁的谭某怀揣各自的梦想，来到杭州。谭某想挣钱养家，而大学毕业的韩某则希望过自由自在的生活。

然而，半年之后，等待他们的却是冰冷的镣铐。

今年4月，他们和另外四名男青年以网吧为目标，疯狂偷窃，足迹遍布浙江省大部分地区，作案40余起，仅在杭州就偷盗了26家网吧，涉案价值20余万元。6月底，两人在诸暨作案时被抓获。

回顾这半年来的遭遇，韩某的回答是"我们没有坚持住"。

在初一的时候，谭某的爸爸上吊自杀，只剩下他和母亲、弟弟。妈妈一病不起，谭某就此辍学，一边照顾家里，一边自学电脑修理。今年年初，因为妈妈身体好些了，谭某决定出门挣钱，并在杭州的一家网吧找到了工作。网吧管理特别松，每晚只剩下他一个人。老板常让他去电脑城和绍兴路旧货市场买电脑配件。他开始把内存条一根一根往外拿，卖给旧货市场的人。但不久就被老板发现开除了。一无所有的谭某只好住到了录像厅。

在录像厅，他遇见了韩某。兰州人韩某是家中独子。从小被父母严格管束，韩某一心向往自由自在的生活。去年大学毕业后，韩某独自去扬州一家电脑公司。却被父亲找回家，硬送到了上海姑父处。今年年初，他背着两大袋书，偷偷来到了杭州。没料到，钱包、身份证被人偷走了。只剩下100块钱的韩某只好住进了录像厅。每天白天出门找工作，晚上回来看书。

开始，在录像厅相识的谭某和韩某这两位"难友"互相鼓励，不要跟同在录像厅住宿的小偷那样学坏。两人每天靠着韩某余下的100块钱度日。但是韩某的求职并不顺利，最后韩某也没钱了。谭某摸着"咕咕叫"的肚子对韩某说，我想去偷网吧。韩某同意了。

从 4 月开始，两人在杭州偷了 26 家网吧。后来再转往外地。6 月以后，每偷一次，两人就商量下次不再干了。虽然，他们所得的钱已足够维持生计，但是贪念和侥幸心理占了上风。他们还是继续干下去。6 月 27 日，在诸暨，韩某把钱给了谭某，让他 7 月份回家看看妈妈和弟弟。可是就在那一天，他们被抓住了。

上城区公安分局刑侦二中队一位办案人员说，他们抓住了谭某和韩某时，韩某第一句话就是：我的书还在杭州录像厅，一定要帮我保管好。

"只差一点，我的人生就是另一种模样"

谭某和韩某被捕后，自己交代作案 40 余起，但 80% 的案件没有报案。7 月初，杭州市下城区公安局办案人员在杭州市《都市快报》刊登了电话，希望事主速去联系。

出乎意料的是，前来联系的失主不多，反倒有很多热心人来电，表示要帮助两位失足的年轻人。其中有一位做木器生意的张先生，甚至提出愿意帮两人赔偿他们偷窃的 20 万元。

张先生解释，他这样做的原因是：只因为他也有和他们相似的经历。

年届不惑的张先生看上去是个非常体面的老板，但也有一段辛酸的往事。他说，只差一点点，他的人生就是另外一个模样。

13 岁那年，张先生的父母因车祸双亡，成为孤儿，在村里靠村邻偶尔的施舍过日子。饥一顿饱一顿，又没人管，他开始偷东西。终于有一天，他因为偷了一只刚会下蛋的母鸡，被村里人打昏过去。

这时，一位走村串户卖货的大婶收养了他。18 岁那年，张先生被婶婶送去学做木活，从此离开家，跟着师傅走南闯北干活。

年底，一个意外的消息传来，婶婶病了。他回家陪着婶婶看医生，得知婶婶得的是食道癌，必须马上住院。而住院费要先交 250 元。

20 年前，250 元是一笔很大的数目。百般无奈之下，张先生想起师傅枕头底下有一只信封，信封里装着师傅做生意挣来的钱。当天晚上，他悄悄回到师傅处，鼓起勇气拿出了信封，打开一看，里面有 500 块钱。他一横心揣走了信封。

第二天，他便送婶婶去了医院。

安顿好婶婶，他回到师傅处。师傅问起他婶婶的病，说他是个有良心的孩子。沉默了一会，师傅突然问他：你婶婶知道你的钱是从哪来的吗？

张先生回忆说，当时他吓得汗都流了出来，一下跪在师傅面前。没想到师傅轻描淡写地说，那钱他已经记账上了，算是工钱，"这事没有其他人知道。"

回顾当时的情景，张先生心里充满了对师傅的感激。师傅没有把他当成小偷，他也没有因此走上邪路。他说，他一生碰上了两个好人。若没有婶婶，没有师傅，自己的人生真不知会怎样。

张先生希望，每一个在十字路口的人，都像他一样幸运，能碰到像他的婶婶和师傅一样的好人。这就是他为什么愿意替那两位年轻人赔偿20万元的原因。

"现在要放他们出去是不太可能的"

近日，记者采访了杭州市上城区公安分局刑侦大队办案人员，了解到谭某和韩某的偷窃案，目前已经有30起案子结清。两人的故事在媒体发表以后，公安局收到了许多电话，有愿意帮助经济赔偿的，有愿意提供法律援助的。但是目前还没有实际的行动。

谭某和韩某此刻正在看守所，处于批捕阶段。这位办案人员表示，如果有希望法律援助的，公安局愿意配合，但是"现在要放他们出去是不太可能的"。

对于谭某和韩某将接受的处罚，办案人员估计，"很可能会判三年以上。"

《财经》记者　楼夷／文

情境 五：墓地

追忆背景

我相信，是我们全体活着的人的"共谋"，害死了我的父亲。他死的时候，身体赤裸，头拼命向后仰，脸侧过去对着墙，张开了嘴，眼睛痛不欲生地紧闭着。我站在病房门口，被强烈的陌生感和与生俱来的对死亡的恐惧攫住呼吸，不敢走近他的遗体。片刻之后，我听到 Rona 气愤的声音："丁丁，你必须亲自为你爸爸穿衣服，他是你爸爸呀！"在关键时刻，我总是听她的。首先因为她凭直觉可以看透我的思想，其次因为她是我的"永远的小李"，是我"最好的那一半"。我跟在小李后面，为我父亲穿上衣服，始终不愿意看他的脸，但始终知道那脸上的表情——痛不欲生的表情，十字架上的耶稣肯定有着同样痛不欲生的表情。

我们全体参与了"共谋"的人都明白，至少我认为他们都明白，那致命的最后一击，来自我。父亲死前的那天，我回到他身边，像儿时那样，坐在他床前，把他温暖的右手拿起来贴到我的脸上，如果不是病床的限制，我会把头贴到他胸上。我忏悔，我欲语而不能，我欲哭而无泪。小李站在他另一侧，轻声说："爸爸，我们回来了，永远在一起。"

包括我母亲在内，没有人同意我的看法，尤其是在他临终的床前。他绝不会因我的行为而生气，他太爱我了，爱到了有时会被人认为"娇惯"儿子的程度。例如，8 月间我去明尼苏达州拜访亚来——我小学和中学的同学，也是我此生不渝的老朋友，听他在饭桌上说起我们小时候的故事。那是我们小学四年级的时候吧，亚来是中队长，负责我所在的那个学习小组。夏天某一炎热的午后，老师上课时发现我迟到了，让亚来到我家里找我。我家离小学很近，白天很少锁门。亚来径直走进我的卧室，看到我正香甜地在我爸爸怀里"午睡"。最让亚来惊讶的是，他看到父亲一边打瞌睡，一边仍在为我摇着他那柄大蒲扇。亚来因为目睹了这一场景，直到今天仍然认为我父亲"娇惯"我。

在家里，记忆力最出色的，应当是我母亲。而记忆力和敏感的神经元，则肯定是她从她母亲那里遗传来的。当然，我还是不明白，除了出身世族，我母亲的母亲何以有那样出类拔萃的记忆力和"才情"。不论如何，我母亲说，在她的记忆中，我父亲从来没有打过我。以我小时候"淘气"的水平，母亲的这一看法，凭了她记忆力的权威，便足以表明我父亲对我包容或者"娇惯"的程度。

不过我还是记得，或许是很少的几次，父亲生我的气了。那是"三年自然灾害"时期——后来我们知道，如刘少奇评价的那样，当时那场"自然灾害"，其实是"三分天灾，七分人祸。"舅舅长期派驻在日内瓦，颇积蓄了一些"财富"。他回国述职期间，总带些小礼品给我母亲，其中包括三只瑞士造的小巧的闹钟和一架德国康泰克斯照相机。这些东西，说是"小礼品"，对当时国内人们的收入来说，称得上是"贵重物品"了。谁知道，某日——肯定是我母亲被文化部派往越南的那两年里的某一天，我父亲发现那三只瑞士闹钟被我一一毁坏后，藏在抽屉的最里面。他立刻找到我，责问缘由，而且，我觉得，他之所以怒火中烧，是因为我的解释实在令人气愤：只是为了知道闹钟为什么会"闹"，以及钟表为什么会自动"计时"。结果，这些"贵重物品"就都被我肢解成为一堆细小的螺丝和弹簧，再也无法组装回原样。那架相机得以幸免，因为我找不到合适的工具打开它的金属外壳。

还有一次，我和院子里其他孩子们玩捉迷藏，关大门的时候，竟然把邻居家小女孩的手指头夹在门缝里。那家邻居是日本华侨，那小女孩长得极其纤巧，所以，当她的父母带着他们女儿以及她鲜血淋漓的手来我家"告状"时，我父亲和母亲吓坏了。母亲抱了女孩就往医院跑，父亲留在家中训斥我。

小学四年级的时候，母亲把我带给她的一位年轻同事，请他教我做半导体收音机。我把父亲领到西四无线电元件商店里去采购做半导体收音机所需的元器件，我清楚记得那店里一只苏联造的"三极管"的价格是 6 元 1 角 6 分——在当时那可是"天价"了。为儿子的智力开发，父亲不遗余力地"投资"，那天投资儿子的"半导体"资本的数额不会低于 20 元——大约是他月工资的十分之一。还有一次，父亲到王府井百货大楼为我买了一只地道的真皮制作的足球，又是"天价"——26 元。他下班回家时带给我的这件礼物让我惊喜了许多天呢。不过那只让所有孩子羡慕的足球马上就被小学体育老师"命令"借给体育课使用，并且当天就给踢烂了。父亲一方面为这事十分气恼，觉得体育老师实在不讲道理。另一方面，他抽空又把足球拿到王府井百货大楼去修补，据他说，修补的费用足够买一只"三极管"了。我的让邻居孩子们羡慕的其他"资产"还包括一双昂贵的冰鞋，价格比两只足球还贵。然而父亲自己的生活"如农民般的俭朴"，熟悉他的人都这样说，他是一个能吃大苦耐大劳的人。

这样，我和家里其他子女记忆中的父亲的品格，最初的和最深切的，是他的节俭和奉献。在这一意义上，尤其是当父亲能够毕生保持了这两种品格而不蜕变的时候，我们都说，父亲是一个纯粹的人。节俭和奉献是"利他主义"精神的外在表现，一个毕生保持了利他而不利己的人，一个毫无利己之心的人，我们说，是纯粹的人。

这样一个纯粹的人，我的父亲，在几天之内突然离开了我，永远地离开了我。用小李母亲的话说，"甚至他的死，都不给别人添麻烦。"每次她这么说着，就开始擦眼泪，说："你爸爸真是个好人呀。"于是每次她谈到我父亲是个好人，我就得转开去谈别的话题，因为这个话题让在场的人太伤心。套用小李的母亲的表述方式，甚至在死后，他都不想让别人太伤心。

可是父亲与我梦魂牵绕，他经常出现在我梦中。有一次，我梦见全家人围坐吃饭，饭锅放在我们身后的地上。母亲和我们几个孩子用很大的声音各自说各自的话，各自夹各自的菜，没有人注意到父亲在角落里端了一只空碗。我发现他碗里什么东西都没有，就试图告诉大家为他留些菜，但那一刻，我看到他弯下腰，去刮饭锅边上的残余。我心里一酸，流出泪来，梦就醒了。

小李和我从太平间里出来，默默地，我们上楼，回到刚才抢救父亲的病房。在走廊里，她突然抱住我，失声痛哭。一边哭，一边说："他沉默了一辈子，充当我们每个人的背景，让我们表演。他连一句话都没有说，就走了。"她的感受让我刻骨铭心，父亲是"我们每个人的背景"。我们每个人的人生表演，完全是因为有了"背景"，才有了光彩。可是这背景本身却不会凸现出来，它没有"光彩"，没有"个性"，没有"我"。惟其如此，它从来不被人注意，从来不打算引人注目，从来不欲求分享表演者的荣誉。

现在，这"背景"不在了。我们活着的人，每一个人，都深切地感受到它那珍贵和伟大的奉献。每一个人，首先包括我的母亲。她是他的终身伴侣，他活着的时候，她是他生活的中心。因为身世和性情的缘故，母亲是这个家的中心，也是家族与外界关系的中心。在外界看来，父亲似乎是母亲的陪衬。就在父亲去世的当天，母亲便被孤独包围了，回家后，第一件事情就是让小保姆安排她睡在父亲的床上。在那以后的两年里，直到今天，母亲始终生活在父亲的影子里，她似乎永远在和父亲对话，只在和父亲对话。

海德格尔接着莱布尼茨和黑格尔继续询问和探讨："为什么是有，而不是什么也没有？"因为，"无"是万有的背景。我们感受到的，都是"有"的。惟其不能被感受到，"无"才必须被思考，必须通过思考才凸现给我们。

我从父亲那里继承了两种似乎截然不同的品格，其一是思考。因为父亲喜欢思考，喜欢帮助别人思考，更喜欢帮助我思考。其二是激情，因为父亲安静的外表下，其实充满了激情。父亲喜欢思考，这在熟悉他的人里面，算是一件公认的事实。可是父亲充满了激情，却远非每一个熟悉他的人都知道的。我知道，因为我从小看到过无数次他被随便什么电影里的随便什么善良或伟大的行动感动得热泪盈眶，以至于我成年之后也变得太容易动感情，太容易被善良或伟大所感动。

善良和伟大，同时具有这两方面性质的事情，王国维称之为"壮美"，以区分与道德意识无关的"优美"。同时追求"壮美"所具有的这两种性质的行为，通常被人们称为"理想主义"行为。父亲，就上述意义而言，是一位理想主义者。

单纯地追求善良，许多人如此，或许出于天性，或许出于信仰，或许出于教育。单纯追求善良的行为，不必导致深刻的思考。只有不仅追求善良而且追求伟大的人，才有机会思考"善行"的普适原则——它的社会构成原理，它的政治经济前提，以及它的道德哲学基础。

然而，认识父亲的人都会表示怀疑，觉得把"追求伟大"当作父亲的品质之一不很恰当。我理解这类怀疑，从"日常生活语义学"的角度看，我也同意这类怀疑，但我仍要坚持我对父亲的判断——他是一个理想主义者，他追求"善良"和"伟大"。

父亲的母亲，因为怕"死鬼索命"，从未对世人透露过父亲的生日。父亲参加革命，在革命队伍中，想必有许多审查表格是必须认真填写的，他把自己的生日确定在"1917年10月"——与俄国"十月革命"同年同月。后来，周围的人们开始注意自己的生日以及与生日有关的种种庆贺活动的时候，父亲习惯了把自己的生日进一步确定为"1917年10月1日"——与中华人民共和国同月同日。

父亲毕生都认同于中国共产党和党的事业。他讲课的地方是陕北公学和华北联大，他研究的领域是五四运动和中共党史，他最后的工作单位是中国革命博物馆，他离开这个世界的日期，是2000年7月1日——中国共产党的79岁生日。

共产主义者的理想是解放全人类，可谓"伟大"，可谓"壮美"，又可谓"悲壮"乎？父亲在这样一种理想的鼓舞下，以农民的朴实，以农民天生就有的善良动机，去追随民族解放与人类解放的事业，故而有伟大的情操，有对伟大事业的认同感，有与"伟大"相关的语言与思考。

我在献给父亲和母亲的一本文集的序言里写过："理想，只要是真的，就是感人的。"共产主义理想当然不例外，只要是真的，就令人感动。然而这感人的理想，却因不合时宜，往往带上了悲剧的情调。大同世界，可望而不可求。"乌托邦"停留于空想阶段，天下遂求"小康"——小康者，"幼吾幼，老吾老"，人皆私其所私，未思大公而已矣。

文化革命，对笃信共产主义理想的父亲而言，无异于一次悲壮的实验。"走资本主义道路的当权派"，一批接着一批被打倒了，"野心家、阴谋家、中国赫鲁晓夫"，一个接着一个被揭露出来，最后，连"伟大的无产阶级革命家"，也一个接着一个地迷失了方向。

理想幻灭，心灵蒙上阴霾，父亲沉默了。我记得有一次，父亲对我说：这世界上最伟大的，是"爱"——我明白他所指，不仅是亲情之爱，也是博爱。善良与伟大的事业，经过轰轰烈烈的革命之后，不再是伟大的，甚至不再被认为是善良的，剩下来的，便是一种宁静的、大革命晚期的、关于"爱"的情感。

与高尚的爱相对应，出现于大革命之后的另一种情感，远比前者来得普遍和世俗，列宁称之为"对革命的反动"，我们叫做"玩世不恭"。

玩世不恭不是宁静，它是过剩能量的躁动。但这过剩的能量不再有道德上合法的途径去宣泄，便转化为价值虚无主义，转化为对主流意识形态的消解过程，典型如"摇滚"和"朋克"，既表明对社会的反抗，又表明对自我价值的不屑一顾。

父亲对我的影响见诸于他始终如一地警惕我情绪中很容易出现的对革命的"反动"倾向。在父亲眼里，我是个意志薄弱的孩子，需要亲切的勉励，需要思想上的关怀，需要坚韧不拔的父爱。1969 年 11 月，我从黑龙江生产建设兵团"逃跑"回到了北京，父亲劝我不要贪图安逸生活，争取主动返回兵团。我在北京逗留了一个月左右，便回到嫩江县我所在的连队去了。在连队里，我情绪消沉，不思上进，数月后，突然收到父亲一封情深意切的家书，边读边流泪。父亲饱含着爱的批评，激励我在文明世界的边缘——"北大荒"生活下去，坚持读书，并且开始思考中国社会的现实问题。

岁月悠悠，1974 年我调回北京，1977 年考入大学，1985 年出国深造，1997 年回国工作，直到 2000 年父亲去世，我和父亲之间的情感与思想交流从未间断过。我离不开父亲的帮助，因为我在人生道路上遇到太多的问题也太容易遇到问题。

后来，我的人生道路变得顺利起来的时候，父亲反复提醒我注意的，一是"谦虚"，一是"慎独"。直到今天，这两项提醒仍是我时时需要注意的。

我的薄弱意志，似乎注定了要耗尽父亲的生命。现在，他的生命终于耗尽了。我恍惚听到二姐对我耳语：医生说，他死时心脏已经破裂。

于是，父亲的灵魂常来看望我。至少，在我的感觉里，那张遗像里他的目光时刻注视着我——从书桌上，如果我在写作；从天上，如果我忘记了他的提醒；或者，从舞台的背景里，每当我的人生表演进行到关键时刻。

你怎样信仰，你就怎样生活

——追忆杨小凯

■　■　■　■　■

如同早晨勒阿弗尔港的太阳在莫奈心中留下的印象一样，我心中的小凯，被定格在 1986 年多雨季节哈佛大学校园附近假日饭店的门厅里，他站在那儿，衣着朴素，态度谦和，替我们这些远道而来参加留美经济学会首次聚会的同学提行李。

后来，我读了小凯发表在留美经济学会早期刊物上的博士论文初稿的一部分，写信告诉他一些我的看法。让我惊讶的是，很快就收到了他的回信。1993 年，他访问香港中文大学，我从香港大学过维多利亚湾去拜访他，正式地，第一次见到了他。印象依旧：朴素，谦和。

那次见面后，不久，小凯访问香港大学经济学院，介绍他的"内生分工理论"，在我们这群"交易费用"经济学家当中引发了许多批评意见，大致是指他没有真正理解交易费用问题。

我和小凯只见过这三次面，就再也没有见面的机会了。不过，如张五常教授多年前私下评论的那样，小凯是一位"行动者"（man of action）。行动者的特征之一是精力过人，似乎永不疲倦。这样，对我这名"旁观者"来说，由小凯的永无休止的行动所产生的各色各样的故事，便纷至沓来，居然从未中断过。

这些故事伴随着小凯的生命历程，它们吸引我不断地从别处返回到小凯这里，寻找他的理论和思想，探求他的问题意识，感受他的心灵诉求。

小凯之于我，是整整一代中国人在数亿颗头脑的沉默中锤炼出来的少数"有头脑"的人之一。他们的头脑的特征，受了他们时代的洗礼，几乎无一例外地同时具有如下两种倾向：（1）批判性思考的倾向，（2）关注本土社会根本问题的倾向。

当这两种倾向分别属于于不同头脑的特征时，不难推测，它们塑造的头脑可以分别被称为"学问家"——如果是倾向（1）在起作用，"改革者"——如果是倾向（2）在起作用。

我从鲁迅先生那里获得了这样的看法：当他经历了"社会断层的纵切面"的各个层次的社会生活时，他便具备了最犀利的洞察力和最深切的问题意识。换句话说，他便同时具备了上述的倾向（1）和（2）。一个剧烈动荡的社会，就是以这样一种昂贵的方式，孕育了自己的掘墓人。小凯所在的知识分子代群，按照李泽厚在《现代中国思想史论》里的划分方式，应当是"第五代"知识分子——其心理结构的塑型期，恰与共和国历史上最动荡的时期重合。

至今，在我们每一个人周围，硕果仅存，大约还能找到几位或十几位具有上述特征的朋友。他们是1976－1989年这一阶段，或许也延续到其后中国社会变革运动的中坚力量，他们习惯于"反潮流"思考，他们对脚下这片土地情深意切。

但是，除了具有"第五代"知识分子的代群特征之外，小凯的性情更显著地受到他的个人历史的塑型，或许，肯定地，还有先天因素的影响。他性情里的朴素与谦和，令人惊讶地，从未妨碍他率直地表达他的那些反潮流的见解。

这样一种难得的性情，把小凯从具有上述代群特征的知识分子群体中鲜明地昭示出来。与80年代改革的风云人物们相比，他更注意保持边缘身份，更愿意采取对主流思想的批判姿态。

或许是一种"路径依赖"效应，小凯始终保持了"边缘人"对"主流思想"的批判姿态，不论是在国内，还是在海外。他呕心沥血地创建的"超边际分析学派"，究其思想渊源，发端于他对主流经济学的批判。

多年来，让我难以赞同的是，小凯宁愿把他的那些迸发着活力的思想装进数学形式的分析框架里，而未能彻底地与主流经济学的形式主义决裂，未能记得凯恩斯在给哈罗德的信里表述过的看法——一旦他的概念被转化为数学，概念里的思想就将死去。

但是，小凯有信仰。当我再一次从别处返回到小凯那里，寻找他的理论和思想的时候，我记得那是2001年，我再一次被他的信仰的力量打动了。那一次，我在他的主页上读到了几个对于他的理论至关重要的"存在性"定理的证明——是在数学家们的帮助下得到的。尽管，在我的理解中，这一定理表明它自身与小凯的"超边际分析"在思想上格格不入，它毕竟是小凯从博士论文时期开始的不懈努力的一项令人肃然起敬的成果。

信仰是内在的，当它外化出来的时候，表现为宗教行为。宗教行为未必意味着内在信仰，而且，它还以外在规则压抑内在信仰。可是，当信仰纯然是内在的时候，它就经常变得晦暗不明，它的超越此岸的意向就经常表现为强烈的"超越意向"——心灵向上升华却看不清彼岸在何方。这样，心灵便无法获得宁静。无处安置的心灵，把身体和头脑鼓动起来，发挥出超越常人的精力，并把这精力散发到生活世界的一切方面，不论那是学术的还是政治的，不论那是伟大的还是琐碎的。

克尔凯郭尔说：你怎样信仰，你就怎样生活。小凯在人生旅途几乎接近终点时，才获得了信仰的外在形式，他那颗贯注着从社会断层里爆发出来的整个时代的精神冲动的头脑，才真正可能被他的心灵的宁静所笼罩，归于沉寂。

归于沉寂吧！思想原本不能传播给不思的人。

（原文发表于《财经》2004 年 7 月 20 日"逝者"栏目）

略论"梦无意义说"

波佩尔毕竟是科学家，在《意识的限度》这本出色的小册子里，各个章节都精彩得让我爱不释手，惟独第13章"无边无际的梦意识"，结尾部分，带上了明显的"科学家偏见"。

读者会感到奇怪，"科学"原本是要废止"偏见"的，惟其如此而不能够成为科学。不错。但科学家不是科学，只是科学研究群体的一名成员。科学与偏见的抗争，只能通过使科学群体内部意见达成共识的那些具体制度来实现，而不能依赖于任何科学家个人的客观性努力。自从胡塞尔提出"哲学现象学"的使命并导致了伽达默尔的"哲学阐释学"以来，西方思想界就下列看法基本上达成共识：任何个人，不论他怎样努力，总是有偏见的。这类偏见，伽达默尔称之为"前理解"——发生在"理解"之前的那些潜移默化的无意识状态对意识、注意和思考的影响。偏见只能从对话中消除。这一思路最终把我们带到了哈贝马斯提出的"对话伦理"和"对话理性"的立场上。

所谓"梦无意义说"，主要根据之一是：研究者监测母腹中的胎儿，发现人类在母腹内做梦的时间占总睡眠期间的比例大大超过了成年人和老年人的相应比例。我们的睡眠，按照脑电图显示出来的脑电波的类型被科学家划分为"α"、"β"、"δ"、"θ"。关于这些脑电波的详细解释，请读者参阅我写的一篇冗长的纪念文章，《释梦百年》，原载《读书》2000年8月号，已经收录到我的一本文集《记住"未来"》里了。这里只指出我那篇冗长解释引用过的三本重要参考书：（1）Stephen LaBerge，《意识清醒的梦》，作者是斯坦福大学"梦实验室"主任；（2）Allan Hobson，《做梦的脑》，作者是哈佛大学梦研究的权威人物；（3）Anthony Stevens，《个人神话》，作者是神话学与梦境研究的符号学专家。

这三本关于梦的当代著作，分别站在三个不同的研究立场上：（1）梦有意义，（2）梦无意义，（3）特定睡眠阶段的梦有重大意义，其余的梦则完全没有意义。

波佩尔引述的那一派观点，即（2），正是以哈佛教授霍布森为领袖的。只不过，波佩尔为之增加了一项论证，那就是人们观测到的胎儿"快速眼球转动"（REM）。这一论证大致是这样的：（1）人刚刚降生就会做包括吃奶在内的一些动作，表明人类的脑在胎儿期间已经学会了协调这些动作；（2）在母腹内，胎儿的身体不易运动，但眼球可以自由转动；（3）所以，人脑，尤其是视觉脑区，必须在胎儿降生之前"试运行"以达到足够熟练的程度；（4）做梦不需要身体运动，但伴随以眼球运动，故梦可以成为胎儿的"运动"；（5）如果梦成为人类演化过程中训练胎儿视觉功能的一个阶段，那么，我们出生之后所做的梦，就可能仅仅是"残余"，而不包含任何意义。

我打算批评的，是上列论点的最后一点，即（5）。因为，它在逻辑上不能够成为它前面那四个论点的推论。至少，我们可以想像同样具有说服力的下述看法：即便梦是胎儿训练脑视觉功能不可或缺的演化阶段，即便我们脑的做梦的功能是胎儿发育阶段留给我们的"残余"，我们仍有理由相信弗洛伊德和荣格所相信的，人生的某些重大意义，由于不能被容纳到我们的意识生活里来，往往通过梦境以符号的形态表达自己。

相信脑做梦的功能仅仅是胎儿发育特定阶段的残余，与相信人类的无意识但有意义的符号表达能够利用这一残余功能呈现给我们的意识，这两方面并不相互矛盾。

这样，波佩尔著作第 13 章结尾部分就显得十分可疑：

> 什么作为梦的内容而表现出来，以及从生活经验的哪个方面产生出来，根据所提出的理论来看，在大多数情况下都是偶然的。……这个理论就是说：梦是没有作用的，因为它只不过是出生前程序的一点残余而已，而且来自感官的信息在梦中不能发挥其强大的控制作用。我们这时所面临的是这么一种生物学状态，在这种状态中，意识陷入了一种绝对的非常状态。

作为对比，让我引述我那篇冗长的纪念文章的"上"篇结尾处的一个看法

> 对于"科学"，我们应当保持尊重，因为那是我们世界的秩序的来源。但是科学，至少就它在当前的（由霍布森所综述的）成就而言，只努力于解释梦的"形式"，并没有努力解释梦的"内容"。或者，没有比荣格心理学更好地解释梦的内容。科学认定"大脑总是将梦境理性化，为梦境提供意义"。但是科学没有说明为什么梦境必须具有意义，以及梦境具有的究竟是什么样的意义，科学甚至否认"无意识"心理世界的存在。……物理学寻找"真理"，心理学提供"意义"。

今天，深层心理分析和人文学诸学科，借助于脑功能呈像技术、演化心理学和认知考古学等新兴学科，共同为我们的梦境提供意义。

（原文发表于《IT经理世界》2003 年）

那个叫"马赫"的幽灵……

近半年，大约是从 2003 年 7 月份开始的吧，来自马赫的一些观点总伴随着我的脑科学阅读，挥之不去，不得以，我只好重读马赫，重新认识这位徘徊百年的幽灵。

马赫的名著《感觉的分析》，是列宁《唯物主义与经验批判主义》的主要批判对象，商务印书馆 1996 年再次刊行的译本，是洪谦先生主持翻译的，从版本到文字，都很考究。马赫在《第一版序言》里说道："我常常被引进感觉的分析这个领域里来，这是由于我深信全部科学的基础，特别是物理学的基础，须等待着生物学，尤其是感觉的分析作进一步的重要阐明。"

上引马赫自序，虽然于 1886 年出版，但据马赫在 1902 年《第四版序言》里的回忆，"大约在三十五年前，我克服了自己的成见，稳固地确立了当前的立场，从而摆脱了我生活方面的最大精神烦恼……"也就是说，《感觉的分析》的主要思想，大约是在 1867 年就形成了的。

我在其他文章里介绍过（参阅《内在的崩溃》，《文景》2003 年），马赫、伯格森、詹姆士，这三位相互影响的西方思想家，大约在同一时期——即 1880－1910 年间，奠定了当代"发生哲学"（emergence philosophy）的基础，这一哲学思路后来被怀特海大肆发挥，成为一部重要而巨大的著作，今天仍让我们读不懂，那就是《过程与实在》。怀特海是罗素的老师。罗素的文字以清晰见长，他的老师从数学转入发生哲学之后竟然变得如此晦涩，可见伯格森思想所导致的"内在崩溃"的奇特效应。为防止我自己的叙述也变得晦涩起来，我打算部分地使用认知科学的语言来转述马赫的思想。

我们的注意力，从外物扫描到内心，把"世界"带到我们的意识当中来。这一过程，被称为"表象"——presentation，它的英文含义是"直接呈现"，与"再度呈现"——representation 相对而言。不过，与汉语的"表象"相对应的，还有一个英文语词，就是"perception"——意思是"感知和理解"，也译作"统觉"。值得注意的是这个英文语词的形容词——"perceptive"，通常指"富于想像力的思考"。

幽灵继续叙述：我们感觉到了颜色（视觉）、声音（听觉）、压力（触觉）、温度、空间、时间……这些来自不同感觉器官的信息，经过几乎相差数倍的传导时间，最终抵达我们的大脑皮质和被统合为关于世界整体的感觉。

在各种关于外物和自我的感觉当中，有一些感觉似乎比另一些感觉更加稳定和具有连续性。出于"习惯"，也出于"经济思维"原则，我们把这些更恒久的现象视为"实体"——被概念化和理想化了的"持久性"。

于是，当我注意到眼前这只咖啡杯时，我的表象把一个实体——咖啡杯，而不把组合为"咖啡杯"的各种感官信息，呈现给我。从生物演化的角度看，为适应环境，我们必须直接把"实体"而不是把构成实体的各种"要素"呈现给我们的意识，非如此而不能应付瞬息万变的生存竞争。当然，这样一种直接呈现出"实体"的表象能力，也带给我们一些错觉。最致命的错觉让我们认定世界是由分子、原子、基本粒子等实体构成的。我们的物理学想像力曾经让我们相信我们最终可以找到世界的"始基"，只是在最近的三十年里，我们才开始正视玻尔基于"互补性原理"对世界图景所作的阐释。

世界的始基，假如被观察到的话，不妨叫做"甲"、"乙"、"丙"……而世界之内的任一实体，例如"咖啡杯"，则是上列始基的一种特定组合方式，即函数关系：咖啡杯 =F（甲、乙、丙……）。

然而，相对论和量子力学逐渐打破了我们的幻想，让我们不再相信存在着一成不变的"始基"，让我们日益接受海德格尔的看法，把世界视为"关系"的集合，而不是"实体"的集合。

幽灵继续叙述：上面给出的从各种始基到咖啡杯的映射"F"，其实，是一种"关系"，是把甲、乙、丙诸始基结合在一起的关系，只不过，这关系的表象，我们称为"咖啡杯"。换句话说，物理学思考最终把我们带到了这样的立场，在这里，诸如甲、乙、丙、咖啡杯这样的实体，都只不过是比实体更根本的世界之内的各种关系的不同组合方式。也就是说，关系"F"、"G"、"H"等是更根本的现象，实体则仅仅因某种关系而被呈现出来。

关系，是变动不居的。从而，世界，是变动不居的。关系是"发生"过程，是"发生哲学"的研究对象。自我意识、自我、我，这三个相互关联的概念，渐次地把我们的注意力从正在发生着的过程——在社会交往过程中不断重塑的自我意识，带到了最具形而上学意味的"我"——似乎具有恒久性的实体。

幽灵说：其实，根本就没有"我"。有的只是一束"关系"，这些关系聚合起来，生成了"我"。当这些关系散去的时候，"我"便消失。

（原文为《IT经理世界》2004 年作）

荒诞真实

目前，使用进口药物，每一位艾滋病患者每年的药费，已经从 10 万元降低到了 3 万元。"资金不是最关键的问题……关键是政策……和有治疗艾滋病专业知识背景的医护人员的数量。"（《生活周刊》2003 年 11 月 24 日）

湖南常德沅江边一座土墙农舍，村里最穷的老林夫妇，攒了不到 3 万元钱打算翻修破旧的家。2003 年 10 月 11 日，13 岁的儿子林强偷走了这笔存款，和几个年龄相仿的伙伴进了夜总会，包了若干位"小姐"，三天内花完了父母的这笔存款（《家庭》2004 年 1 月上半月版）。

京郊顺义区赵全营镇板桥村，一个平常的小院落里生活着 70 多个孩子，有一半来自北京，另一半来自河北、宁夏等省。这些孩子们年龄参差不齐，最大的 16 岁，最小的今年刚满 3 岁。他们都有一个共同点——他们的父母，或父母的一方正在监狱中服刑或已经因判处死刑而离开人世。到 2003 年为止，全国 4 个这样的儿童村，共代养了 400 多名罪犯子女，按最低标准计算，每年开支 170 万元。（根据《财经》记者张帆 2003 年 11 月 27 日撰写的文稿）

"西湖警方请有关检察人员翻阅 13 名艾滋嫌犯的案卷。但警方说这不是正式移交材料。因为集中关押、审判艾滋嫌犯是新课题，有关人士都在小心探讨此事可能出现的结果。……移交材料→批准逮捕→审查起诉→法院审判→5 种可能：刑期一年以下，在看守所服刑；一年以上，在监狱里服刑；缓刑，回到社会；保外就医，在医院服刑；无罪释放。……《看守所条例》规定，患急性传染病或其他严重疾病，且羁押中可能发生生命危险或生活不能自理的，看守所不予收押。艾滋病人是否在此列，法律还无明确规定。"（《都市快报》2003 年 11 月 26 日）

香港智行基金会的杜聪在走访艾滋病村后认为，"许多孤儿心中有很强的仇恨，这种仇恨是很大的社会危机。只有我们去关心他们，保障他们的教育，才会使他们的心灵创伤得到弥合。"（《都市快报》2003 年 11 月 28 日）

"人造美女"在中国热闹起来。日前，华美医院启动四川"造美工程"的消息刊发后，仅仅一个上午，该医院就接到了 200 多个报名电话，还有 6 名女子迫不及待地带着自己的身份证和照片赶往华美医院现场报名。与此同时，"上海女子出资 10 万整一张脸"、"沈阳女孩要做人造美女"等报道也见诸报端，仿佛人造美女时代已经来临（《南方日报》"健康周刊"2003 年 12 月 6 日）。

我们生活在荒诞真实里，很久了。我们反正无所作为，所以，无言以对。行为的"合理性"，哈贝马斯（《交往行为理论》卷一）指出，与行动者的知识结构密切相关。我们判断一个人的行动是否合理，首先需要界定他据以行动的知识结构——不知晓有毒而喝下毒酒不能被判断为"非理性"行为。1953 年，巴布亚新几内亚"佛"部落的一名女孩参加了她刚刚死去的祖母的葬礼并分食了死者的脑。1957 年，这名女孩也有了"脑疯"的症状，并于次年死去（Robert Aunger, *The Electric Meme*, Free Press, 2002，P.7）。信仰和确信系统为我们的行动提供意义从而在很大上决定了我们的行动。

可是，我们头脑里的大部分知识不是靠了亲身体验获得的，而是从他人体验——记录和模仿获得的。换句话说，我们主要是从那些被表达出来的人类知识获得我们自己的知识的。这样，我们行为的合理性，就依赖于我们社会的被表达出来的知识的状况。

更深入考察，我同意许茨（《社会实在论》）和布鲁默尔（《符号交往主义：方法与前景》）的看法：社会用以表达知识的，被称为"符号"的那一整套系统，是社会性地建构起来和根据社会规范加以运用的。有制造"铺天盖地"效应的话语权力的主流媒体和汽车商人们，联手把"汽车"塑造为财富和能力的符号，所以我们就开始"合理性"地用废气和水泥把原本优雅安静的校园和小区笼罩起来，让行人无处躲车，让大车欺负小车，让最弱的人最容易死去——一种明确表达出来的合理性。类似地，只不过，这一次不是主流媒体，而是基于传统——那些被表达得最长久和最有效的知识的集合，艾滋病被建构成为现代人的死亡符号。所以，杭州的小偷们合理性地高举艾滋病盾牌逃避追捕，贫困的艾滋病患者们合理性地聚集在杭州成为小偷，真真假假的"艾滋小偷"们被抓了又放，合理性地享受余下的人生。最后，与真和善的遭遇相同，"美"不再有个性可言，它只是整形外科的技术表演，是大众追捧同一副面孔的标准化运动，是假面掩盖着的生命力枯竭。

我们社会的阴暗、关于这阴暗的真实世界的知识和生活在这阴暗世界里的人，从来就缺乏表达的权力和权利，更谈不上参与或影响立法过程。他们用以表达生活意义的符号，由于被社会建构为"法外之物"（out-laws），就转换成为直接的行动——以荒诞的行为威胁从而参与主流社会生活。弱势群体的成员们，包括林强和"儿童村"里的犯罪子女，他们都是"法"之外的"物"。当政府退出"社会计划者"的角色，但尚未完全转入它在"法治社会"里的相应角色时，在旧世界与新世界之间的灰色区域里，生活着许多这样的法外之物。他们只能以行动来表达他们的"人"格，合理性地，把他们自己区分于"物"。

我们建构和分享着我们生活于其中的荒诞真实。

（原文发表于《财经》2003 年 12 月 20 日）

背景材料

"艾滋小偷"难题

11 月 25 日早上，29 岁的秦大利（化名）和他的 11 名来自广西鹿寨的同乡被集中押出戒毒所转押到看守所。他们是一个特殊的群体，警方和民间对他们有一个特别的称呼——"艾滋小偷"——也就是说，他们既是行窃者又是艾滋病感染者。杭州警方的此次行动被称为是全国首次大规模对"艾滋小偷"进行的集中刑拘。这意味着，警方对于对他们进行进一步的刑事制裁做好了准备工作。

有 10 年毒龄的秦大利在四年前因与毒友交叉使用注射器而染上了艾滋病毒。为吸毒败光了家产的他来到杭州后，曾因为吸毒和偷窃屡次被抓又屡次获释。但这次，秦大利将可能面临不一样的命运。警方称，只要查出充分的证据，秦大利等十多名"艾滋小偷"就会在刑拘调查后，被送交检察机关，由检方对其提起公诉直至法院作出判决。

刑拘的困惑后

6 年抓了又放的游戏结束了。

6 年前，面对这样人数众多的染有艾滋病的盗窃集团，警方只能一放了之。负责此次押解的杭州西湖区公安分局刑事侦查大队副队长王擎坤回忆，部分小偷以染有艾滋病相要挟以免受处罚的情况最早发生在 1997 年，这一年，西湖区警方摧毁了一个外省在杭的特大吸贩毒盗窃团伙，抓获涉案人员 50 多名，并查出其中有 18 人是艾滋病感染者。

不过从惊恐中回过神的警员们很快发现，抓到的原来是块烫手的山芋。因为关押这些吸毒的"艾滋小偷"是个大问题，杭州没有这样的场所，即使通过拘刑和一系列司法程序，这些人最后被判刑也只可能被监外执行。无奈之下，王擎坤他们决定把这些冒着生命危险抓来的"艾滋小偷"放了——包了一节火车车厢遣送他们回乡。但让王擎坤恼火的是，那次遣送后不久，又看到这伙人在杭州街头乱晃狂偷。

5个月前，这样的情况依然没有多少改变。西湖区公安局一名刑警6月19日在杭州市古荡区一家超市门口抓住了一个小偷。这个小偷没有反抗，他束手就擒的重要原因是知道警察在抓了他之后一定会放了他，因为他是非同一般的"艾滋小偷"。

事实也确实如此，此前警察们抓到"艾滋小偷"，不敢关在一般的审讯室，怕传染到其他嫌疑人；送到防疫部门，防疫部门只是按规定登记了事；送到戒毒所，这些人戒几天毒后又被放出来。从那时到现在的6年间，杭州警方在这些涉毒人员中累计查出了100多个艾滋病病毒携带者。他们中84.8%是青壮年，年龄最小的才12岁。"我们一直小心翼翼地和这些'艾滋小偷'玩了6年抓了又放的游戏。"王擎坤回忆起这些不由苦笑。

然而，类似的情形愈演愈烈，越来越无法让杭州警方与杭州市民忍受了。一次，王擎坤他们去抓捕一名染有艾滋病的嫌疑人，该嫌疑人居然抽出两针筒血液冲着民警大喊："你们要是过来的话，我就把血淋到你们身上，让你们染上艾滋病！"就在对"艾滋小偷"集中刑拘的前一天，杭州媒体又报道，一小偷在被抓后，冲着周围的群众大喊："我有艾滋病！"

还不止于此，因为抓了又放，这些"艾滋小偷"以为警方奈何他们不得，便呼朋引伴地过来。在此次集中刑拘前，杭州一派出所抓住一名小偷，在他身上查出了一封来不及发出的信。此人在信里让同乡赶快来杭州，信中说：杭州人钱多而且好偷，杭州警察也不打人，只要你是艾滋病病毒携带者。

"因为他们是艾滋病人"

秦大利们是在11月中旬在盗窃时被杭州警方抓获的。参与抓捕的杭州市西湖区公安分局巡特警大队的队员欧阳小勇回忆了抓捕经历。在11月13日，他和其他队员接到了抓捕"艾滋小偷"盗窃团伙的通知。15日，行动正式开始，所有参与抓捕的刑警都戴上了公安特用的防刺手套。"他们几乎不反抗。像秦大利那样常年吸毒又感染艾滋病毒的，体质非常差。即使他们想逃，跑了200米就会吃不消停下来。"欧阳小勇说。

这一天抓住的26人团伙中，至今检查出已有14人携带艾滋病毒。警方调查表明，这些被抓的"艾滋小偷"都是在吸毒时交叉使用针具传染的，而非传言所称是为防警察而故意注射艾滋病毒。

11 月 25 日早上，在戒毒所里经过 7 天强制戒毒的秦大利们看到押送车和大批刑警，知道这一次警方不会像以前那样抓了就放，于是激动起来，朝刑警脸上吐唾沫，欲以此作抵抗。但戴着厚塑胶手套和头盔的刑警们早已做好了准备。秦大利等 12 名"艾滋小偷"被拘押进了看守所二楼的一个大房间，露台上装了新的铁栅栏。被押进不久，秦大利和同伴开始喊冷。看守所所长赶紧派人再去买几床被子。他们难受的时候想吸烟，也被破例允许了。看守所负责人告诉他们，允许他们一天共吸一包烟。他们怄着气，直到过了下午 2 点还不肯吃中饭。

下午秦和同伴的情绪稳定多了，他们穿着看守所为他们买的新睡衣陆续接受审讯。下午 5 时，被提审的秦大利突然毒瘾发作，痛苦地蜷作一团。"忍得住吗？"警察给他点了一支烟，接着又开始不停地为他擦去鼻涕和呕吐物。秦大利脸色发青，深深地吸了几口烟，痛苦地熬过了大约 10 分钟，才缓过气来。

在另一间提审室，同样染有艾滋病的盗窃嫌疑人陈六子（化名）在接受审问。陈六子今年 21 岁，家里有 6 个兄弟姐妹，他也是这个团伙里年龄最小的。1999 年，才 17 岁的他就开始吸毒，2002 年开始用注射器。"周围好多朋友都吸，那时我很好奇，也就尝了。"他来杭州一年不到，现在已经是第五次被抓了。"白天吃了就睡，睡了就吃，晚上出来到翠苑那带活动。""活动"就是当扒手，皮夹、手机都是猎物。

秦大利和陈六子都没有女朋友，他们自己交代也没有嫖娼行为。民警解释，如果吸毒已到比较深的程度，对性的兴趣就几乎丧失了。

摘自《南方都市报》2003 年 11 月 28 日，傅剑锋、陈卓／文

也谈死刑之废止

刚读了安徽作家潘军的新作《死刑报告》（人民文学出版社 2004 年 1 月第 1 版第 1 次印刷），颇以为然，于是，我便开始留意关于死刑的各种报道。此处整理出来的几篇报道，从不同角度反映了死刑问题的复杂性。对于如此复杂的问题，我们当然不能指望存在任何简单的立法与司法途径可以提供满足各种不同正义诉求的解决方案。所以，下面的论说只求引发读者的思考与争辩，不以澄清死刑问题的全部含义为要旨。

对罪犯处以死刑，是一种惩罚方式。既然如此，就一定可以有关于死刑的成本与效益的考量——首先从每一个社会成员的个体立场，其次从全体社会成员的群体立场。因此，我们可以把"公共选择"理论运用于考察死刑问题。但这里只可能讨论死刑之若干案例，例如，"故意杀人犯"的死刑废止问题。即便被认定为"故意"，这里报道的案例也仍然揭示出重大的案例差异性。司法是一门"权衡的艺术"，由此可见一斑。

人类社会演化到现代阶段，单纯为着复仇便对杀人犯处以死刑，已经难以成为一种正义的论证方式了。因为，今天我们所要求的正义，通常是公义，而不是私义。以血还血，只是相关族群之间的私义，而非全体社会成员的公义。当然，在实证立场上，我们并不否定"复仇"可能带来的相关社会成员的效用水平的改善，我们只是要求把这类改善，通过特定的符合社会正义的集结规则加以集结。

从全体社会成员的角度看，对故意杀人犯的惩罚，其首要含义在于对未来可能出现的类似的故意杀人犯的警示。贝克尔最早意识到这里包含的经济学分析：当预期被捕获的概率与惩罚所带来的预期负效用之乘积，超过犯罪成功的概率与犯罪带来的预期效用之乘积时，潜在的犯罪分子，如果他们仍然保持"理性"的话，就不会实施犯罪的行动。

其次，任何社会成员都不能否认，立法与司法，可能发生错误。废止死刑，相当于把某种"期权"制度引入了立法与司法系统，让我们在将来可能纠正这类错误并给予这类错误的受害者适当补偿。不过，这一社会收益必须与由此发生的相应的社会代价相权衡。例如，社会为此必须供养那些真正"该死"而不被执行死刑的罪犯，为他们支付终生监禁的费用。或许，与终生监禁的费用相比，另一项代价更为高昂，即因死刑被废止而大大降低的潜在故意杀人犯对实施犯罪可能带来的负效用的预期。由此而引发的理性的故意杀人行动的概率，很可能将大大增加。

与废止死刑密切相关的第三项成本，或许，是与"终生监禁"有关的执法成本。我们都明白，执行处罚所需的时间越长，在通常给定的技术条件和制度条件下，执法的成本就越高昂。终身监禁所需要的执法时间，通常比死刑（立即执行）要漫长得多。于是，对终身监禁的执行过程，难免会因法律系统的腐败而转化为诸如"假释"这样的实际上的"不执行"。而由此引发的未来潜在犯罪分子对犯罪带来的负效用的预期的改变，等价于为未来犯罪提供了更强烈的激励。

在效益方面，废止死刑除引入了一种在将来可以纠正错误的"期权"机制外，还可能在事实上改善现存法律体系下的弱势群体的处境。例如，这里报道的家庭暴力的受害者的杀人案件，向我们表明了这样一种改善的可能性。一方面，家庭暴力的使用者对可能的惩罚所带来的负效用的预期相当低。另一方面，现存法律对故意杀人罪的惩罚所带来的预期负效用相当高。这样，废止死刑很可能在事实上改善了家庭暴力的受害者在反抗暴力实施者时的处境。这一效应，有些类似美国人坚持每一成年人拥有私人枪支的权利的效应——改善了私人对抗公权的不公正行为的处境，当然，也引发了其他的问题。

关于"现存法律体系下的弱势群体"这一概念，我觉得有更多解释的必要。当一个社会缺少法治传统时，它是按照何种方式配置权力和权利的呢？至今为止，我们知道两类最重要的配置方式：（1）原始的公社制度，（2）独裁的科层制度。这两类配置方式，在不同程度上，都比"法治"远为密切地依赖于私人之间的联系，尤其依赖于每一社会成员与当权者的私人联系。因此，在法治传统缺失的社会里，法律体系往往保护了强势群体。颇如古希腊的智者们所称，法律是强权者的命令。

如果读者提不出比我在上面讨论过的更多的议题和理由，那么，我觉得，关于废止死刑的各种权衡当中，最主要的是这样两方面利益的权衡：一方面，废止死刑可能改善法治传统缺失的社会里的弱势群体的处境；另一方面，废止死刑可能为未来的潜在犯罪提供更强烈的激励。

（原文为《财经》2004 年作）

图书在版编目（CIP）数据

情境笔记／汪丁丁著· —上海：上海人民出版社，
2004
ISBN 7－208－05376－6

Ⅰ·情··· Ⅱ·汪··· Ⅲ·随笔－作品集－中国－当
代 Ⅳ.I267.1

中国版本图书馆 CIP 数据核字（2004）第 098457 号

出 品 人 施宏俊
责任编辑 钟智锦

世纪文景

情境笔记

汪丁丁 著

出 版	世纪出版集团 上海人民出版社
	（200001 上海福建中路 193 号 www.ewen.cc）
出 品	世纪出版集团 北京世纪文景文化传播有限公司
	（100027 北京朝阳区幸福一村甲 55 号）
发 行	世纪出版集团发行中心
印 刷	北京华联印刷有限公司
开 本	700×1020 毫米 1／16
印 张	14.5
插 页	1
字 数	266,000
版 次	2005 年 1 月第 1 版
印 次	2005 年 1 月第 1 次印刷

ISBN 7－208－05376－6/F·1205

定 价 20.00 元